講談社文庫

加筆完全版　宣戦布告　上

麻生 幾

講談社

上巻　目次

プロローグ　9
第一章　21
第二章　90
第三章　267

■宣戦布告　上　主要登場人物■

■警察庁
長官　宇佐美一也
警備局長　龍崎猛
外事課長　川北俊光
外事課分析第三係補佐　清水英雄
警備課長　湯村健治

■警視庁
麻布警察署外事課警部補　本間昭彦
公安部外事第二課長　松岡秀昭
公安部参事官　岡崎一
SAT隊長　葉山克則
SAT第一中隊制圧一班長　堤孝保
SAT制圧一班　陣内一直

■福井県警察本部
本部長　沢口誠一
警備部長　岡田史郎

■海上自衛隊
第八航空隊哨戒機P－3Cタクティカル・コーディネーター　一尉　権藤尚文
自衛艦隊司令官　海将　剣持光雄

■陸上自衛隊
第一〇師団師団長　加藤真蔵
師団司令部第三部長　一佐　田川秀美

■内閣
総理大臣　諸橋太郎
官房長官　篠塚義章
官房副長官（事務扱）　淵野茂

内閣情報官　瀬川守良
内閣安全保障・危機管理室長　千葉浩一
内閣法制局長官　股川隆夫
防衛庁長官　山ノ内二郎

■政党
自民党幹事長　岡本雅洋
社民党党首　西宮里枝
自由党党首　近藤一郎

■中央官庁
防衛庁事務次官　土橋修三
防衛庁防衛局長　沢渡兼人
外務省事務次官　田島裕一
外務省総合外交政策局長　南信夫

桜林洞ギャラリー営業部員　東山完治
同企画課長　諏訪園千佳子
向島芸者　檜山由起子
北朝鮮秘密工作員　李成沢
北朝鮮人民武力部偵察局第二十五空挺部隊大佐　パク・アンリー

F対策部隊配備図

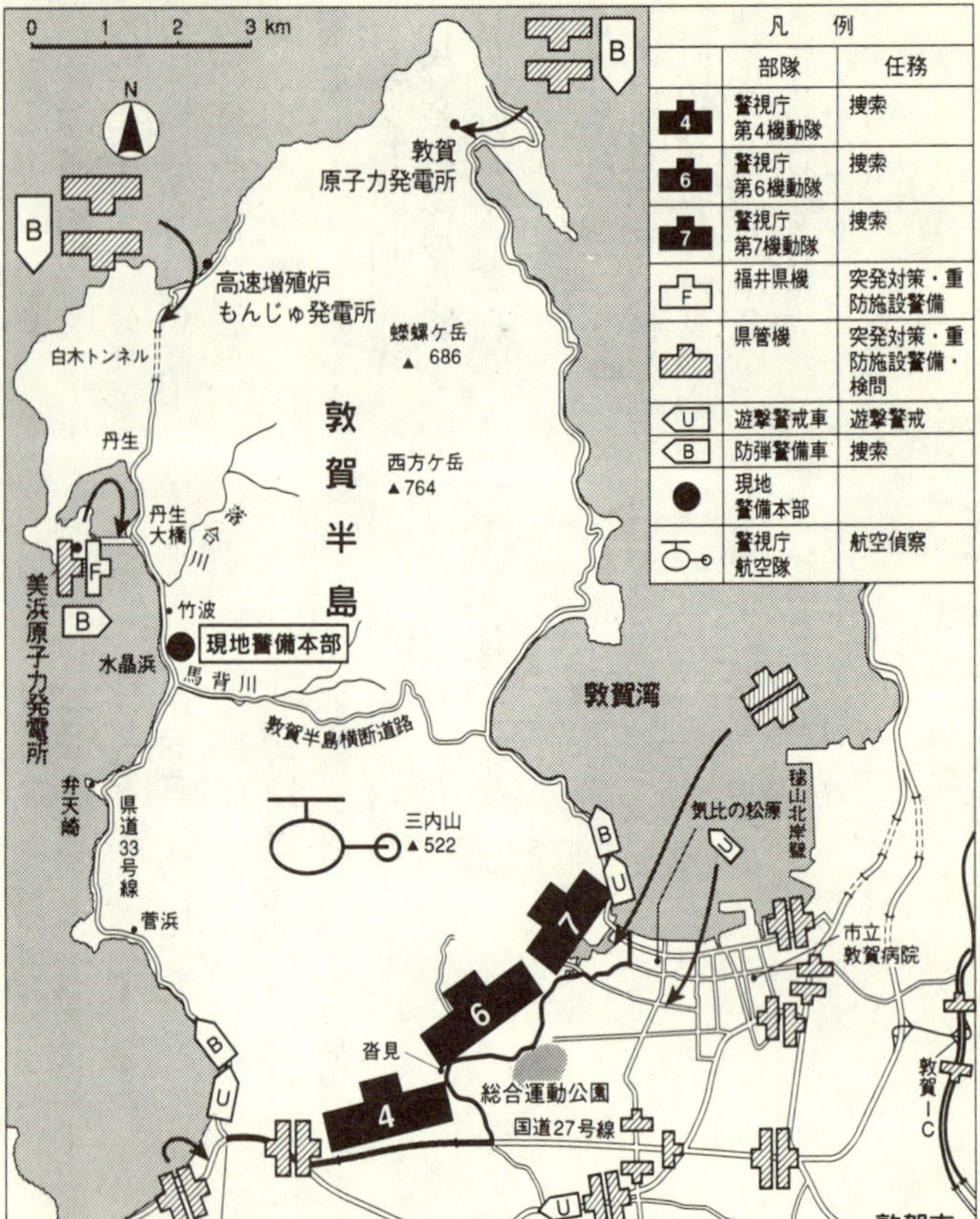

© Iku ASO

加筆完全版

宣戦布告

上

警察庁・警視庁組織略図
（本作品と関係ない部分は省略）

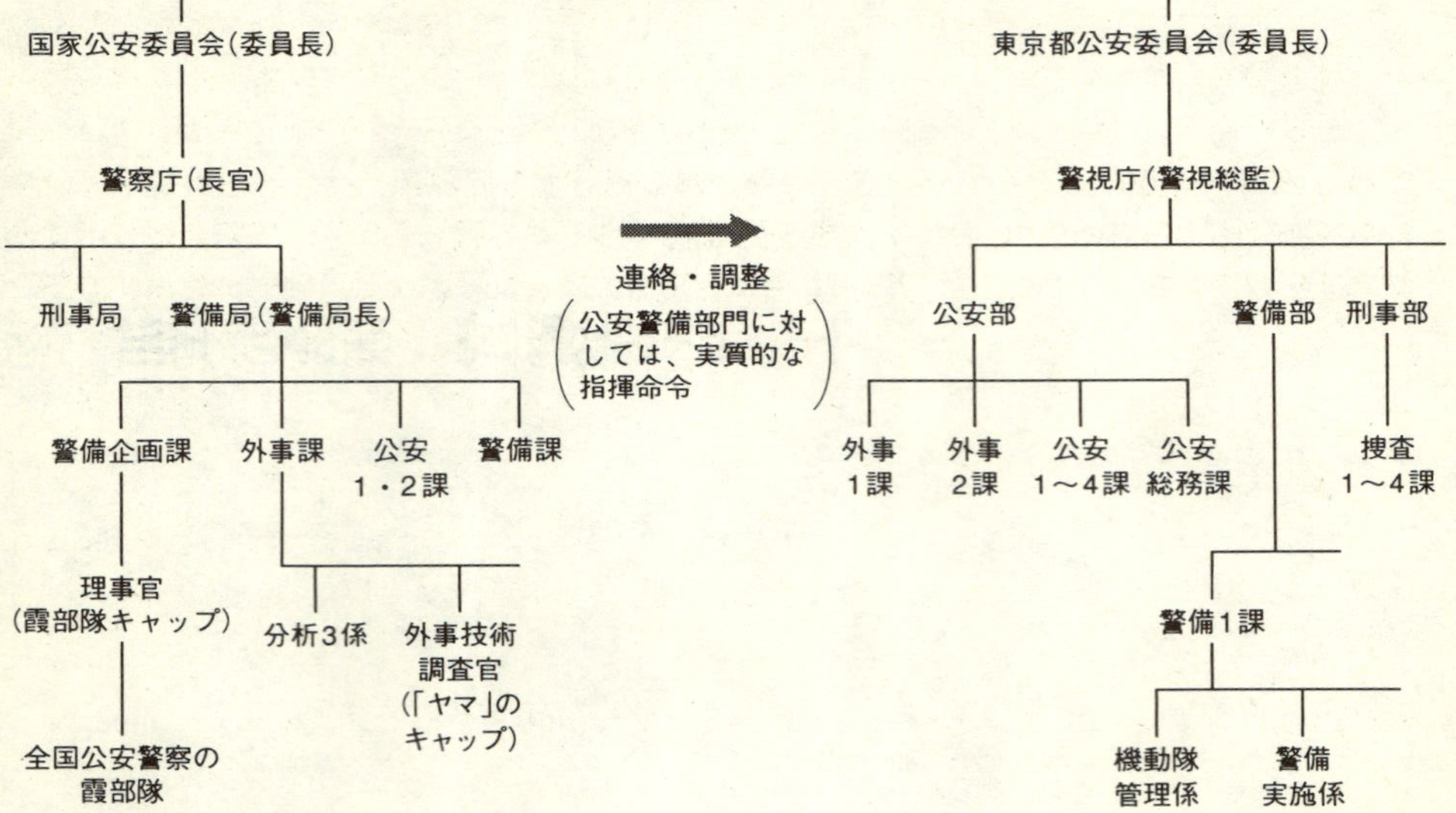

プロローグ

窓がある。

ごくありふれたこと。こんなことが最高だと思ったこともなかった。

出勤してから初めて見る陽光だった。全国の外事担当部門から送られて来る書類の山に埋もれている部屋は、一日中、厚いカーテンで締め切られている。しかも埃の分子が見えるような薄汚いカーテンだ。庶務係が黙っていても埃をとってくれるものと最近まで思っていた。だが、考えてみると今まで誰かが掃除をしている光景など一度も見たことがない。歴史的遺物である人事院ビルからこの新合同庁舎二号館に移って来たというのに、中身はまったく変わらない。カーテンに始まり、綻びが目立つソファまで官用品は年代物のままだった。しかもこの新しいビルは、空気が淀んでいる。かつての庁舎は天井が驚くほど高かった。だからチェーンスモーカーがいたとしても煙は天井に上ってしまう。自然の空気循環が稼働していた。それと比べ、ここは人間の体温さえも対流を阻害している。

だがスタッフたちが周りから遮断されているのは、以前と同じだった。入口ドアには部署名は表示されていない。それどころか、番号さえ付けられていない。多くの部屋をわが物顔で出入りする警察庁担当記者たちにさえ、この部屋の存在は知られていなかった。

警察庁警備局外事課分析第三係で補佐を務める清水英雄は、炭坑夫が地上に出て豊潤な神の光を眩《まぶ》しく見るかのように目を細めた。隣では、直属の上司にあたる外事課長の川北俊光が、腰を押さえながら辛そうに顔を歪めていた。二年前、椎間板ヘルニアを発病。だが手術を怖がって、通院治療だけで外科的治療から逃避していた。それでもときどき足の先まで激痛が走るらしく、会議の席上でも苦悶の表情を浮かべることが多い。その姿は二十階（警備局フロア）でもすっかり有名になっていた。手術をしたらどうですか。清水は、川北がうめき声を上げる度、いつも勧めてはいた。だが、もし外科医のメスがふらついて脊髄を傷つけたらどうするんだ、と色をなして怒鳴る。

今日もまた、飛び出た髄核が中枢神経を圧迫しているらしい。

「ここの椅子は硬くてかなわん」

そう言ってはまた腰に手をやって顔を歪めた。

やっと見つかったのは、引っ越し用のダンボールがうず高く積まれているごく小さな会議室。それも、座りごこちの悪いパイプ椅子しか転っていなかった。

ドアが開いた。金縁メガネをかけた初老の男が入ってきた。その姿に、カウンター・インテリジェンスの総轄責任者である川北がゆっくり立ち上がったのを、北朝鮮（朝鮮民主主義人民共和国）情報収集部門の最高責任者である清水が、危なっかしく見つめた。

「お忙しいところ本当に申し訳ありません、博士」

腰に手をあてた川北の絞り出すような声で、三人は互いに笑顔で握手を交わした。

「いつもなら鑑定書の送付だけで終わるところを、今回はわざわざ、お呼びがかかるとは？」

博士と呼ばれた初老の男が言った。

「局長がどうしても直接、ご説明をお聞きしたいと」

科学警察研究所の法医学第一教室で技官を務める水野正彦医学博士は、気を悪くしたふうでもなく窓際の席まで進んだ。そして、脇に抱えていた書類の束をよっこらしょとテーブルに置き、慣れた手つきで映写機の準備を始めた。

部屋の外から重く引きずるような靴音が聞こえた。ドアが勢いよく開かれた。

「退任の挨拶に来た警察大学校長の話が長くてね。思い出話というのは人に聞かせるものじゃないね、まったく」

日本の警備・公安警察の最高指揮官である警備局長の龍崎猛は、形態解剖学のプロに大股で歩み寄り、渾身の力を込めて手を握った。水野の顔が歪んだ。

「今回は最高の結果を出していただいたそうだね。わざわざこちらまでご足労願って申し訳ない。何しろ、きわめて秘匿を要する事案であること。また、私自身も紙ではなくて直接この耳でうかがいたかった。しかし、最高の結果は、いつも最良の結末を導くとは限らないがね」

水野博士は、局長の言葉の意味がわからず、しばらくその自信たっぷりな顔をみつめていた。だが、しばらくすると作業に戻った。余計なことは聞かないほうがいい。知っていいことと悪いことがある。警察組織で三十年以上も飯を食ってきた水野の身に染みついた教訓だった。

部屋のごく小さな窓はふたたびカーテンで被われた。陽光が遮断された。またカーテンか。清水はがっかりした。

電気が消され、暗闇に襲われた。ぼうっと浮かぶ白いスクリーン。水野博士の少し鼻にかかった声が聞こえてきた。科学者らしい厳格な口調だった。

「このほど警察庁外事課から嘱託されました、インデックス7、第九番目の警察庁警備局外事課保管の写真と、外事課保管マイクロフィルム第2514号及び第232号の二枚の写真に関しまして、警察庁丁外発第四一二号鑑定依頼書に基づき分析したところ、今から申し上げます鑑定結果にいたりましたので報告させていただきます。できるだけ簡単にお話ししようと思っておりますが、なにぶん専門的な事項です。ご不明の点がありましたら、そのつどおっしゃってください」

　カチッという映写機のスイッチが押される音がした。スクリーンに二枚の大きな顔写真が投影された。

「鑑定資料A」とラベルが貼られた右側の写真は、ほぼ真正面から撮影されていることが何とかわかる程度で、画像はかなりぼやけていた。左側の「鑑定資料B」なる写真は、頭の上から撮影されているようだ。だがメガネをかけた男の顔が鮮明に写っていた。二つの顔面部分には、左右と上下に何本も線が引かれ、それぞれアルファベットの記号が付けられている。

「われわれ法医学第一教室では、この『鑑定資料A』と『鑑定資料B』の顔写真についての異同識別を、つまり顔貌の形態解剖学的検査により比較検討を詳細に行いました」

　博士は説明を中断し、準備してきたぶ厚い資料をめくった。静まり返った部屋に、紙をめくるサラサラという音だけが響いた。

「まずこちら『鑑定資料A』をご覧ください」

　レーザーポインターの光が不鮮明な写真の上に固定された。

「この人物は、ほぼ正貌、つまり真正面から撮像されており、実際の顔形に近いと思料されます。この顔形、顔全体の特徴のうち、第一に指摘させていただきたいのは、下顎角部《したあごかくぶ》です。スクリーン上では、このGOと記された左右の線です。分析するに、やや張り出していて、オトガイ部、スクリーン上でＧＮとするラインのことですが、これが丸く尖っている。ゆえに比較的、顎の尖った面長の顔であるとの印象が強く……」

「オトガイ部とは何だ？」

龍崎が訊いた。

「あ、失礼しました。オトガイ部とは、顎の上の部分、もっと分かりやすく言えば、口をぎゅっとつむってできる〝梅干し〟状の部分の一番上のラインを意味します。このラインは顕著な個人差があり、形態解剖学的にも大きなポイントの一つになっています」

「分かりやすい説明だ。先を続けて」

「ありがとうございます。では、もう一度、スクリーンをご覧ください。この顔部輪郭の線の形状からして、当該人物は、つまり輪郭は卵円形、われわれの間では『ＰＯＣＨⅡ型』と呼んでいる分類に属する顔型にほぼ一致します。また顔形を計測学的に分類しましたところ、頬骨弓幅《きょうこつきゅうふく》、スクリーン上では鼻の一番高い部分を中心とした左右のＺＹと書かれたラインですが、これと形態学的顔の高さ、Ｎ－ＧＮというラインの計測値から算出されるガルソン指数は、概算値で八七とはじき出されました。ちなみに、ガルソンというのは、この計算方法を考えた人物の名前でありますので無視していただいて結構です。つまり結論を申しますと、この算出方法での鑑定の結果、狭顔型の顔であると判断することができたのです」

再びカチッという心地好い音がした。龍崎が手に持ったタバコに灯りがともった。水野博士の言葉が一瞬止まった。病的な愛煙家だとは聞いていたが、この部屋に入ってきてから、まだ十分もたっていないはずだ。もう三本も吸っている。首相官邸でもところ構わずスパスパ吸う前代未聞の官僚だという噂は、本当だった。

水野博士は、スクリーンに視線を戻して、説明を続けた。

「さらにわれわれは、下顔部の高さについても計測学的な検査を行いました。左右の肉眼角点の中点とオトガイ点に対する下唇・オトガイ部高径の比率は概算値で〇・四〇。顔面高の特徴を持つ男であると判断されました」

警察庁幹部たちの低く唸る声が響いた。

「これが何を意味するのかと申しますと、この『鑑定資料A』の人物が、アゴの長い、面長でアゴが尖り小さい顔であり、しかもそれぞれ、きわめて特徴的なラインがあることを示しています」

「鑑定資料A」の顔写真にレーザー光線が移動した。

「全体的な特徴は今、申し上げた通りです。次に顔面各部の形態についての分析に移ります。まず、この人物が眼鏡を使用しているため、眼および眉の形態を詳細に観察することは困難ではありますが、写真に写った眉の陰影の状態から、その走行は、ゆるい弧状になっていると判断されました。さらに外鼻の形態、簡単に言えば鼻の形ということになるのですが、それを分析するには、『鑑定資料A』の画像が、あまりにも不鮮明であります。しかしながら、法医学第一教室では、様々な挑戦によって、その難関をクリアすることができました。この鼻尖、いわゆる鼻の先の部分の形状は写真の陰影の状況から、比較的小さくて丸く、ほぼ前方に真っ直ぐ突出した水平型の解剖学的形態を備えているものと判断されました」

「写真鑑定を見るのは初めてじゃないが、説明を受けるたびに、ますますその技術は高度化していることが分かる」

川北が得意でもないお世辞を口にした。

「世界最高水準であると自負しております」

だが博士は表情ひとつ変えなかった。

「『鑑定資料A』の鼻の特徴は、鼻翼小鼻の発達程度が比較的弱く、外鼻は鼻高に対して鼻翼高の小さい、つまり『狭鼻型』に分類されるタイプです。さらに、この鼻の形を人類学的計測値をもって算出したところ、その鼻指数は概算値で五八・八。この値からしても、狭鼻型と結論づけられました」

レーザードットが「鑑定資料A」の唇に移動した。

「顔写真の陰影状態から分析すると、この全赤唇高、ご覧いただいている唇の真ん中部分の特に真っ赤な部分ですね、赤唇高というのですが、これが比較的厚い。上・下の赤唇の形態が明瞭な人物と考えられます。また、上唇部のニンチュウ、漢字では『人中』と書きますが、これが比較的深い状態にあるものと推察されます。さらに、唇の左右の一番端の部分でありますロ裂線は、ほぼ直線状になっているのが特徴です。今までご説明したのが、右側の『鑑定資料A』の全特徴であります」

水野博士は、映写機のライトに照らされながら、右の顔写真から左の写真にゆっくりと移動して「鑑定資料B」の横で向き直った。同じように形態解剖学的な鑑識結果から、顔貌型、鼻型など顔形の細かい部位について、「鑑定資料A」と比較した鑑定結果を、警察庁幹部三人の前で披露した。

「耳介の形状と、髪型および髪際型――額の生え際の意味ですが――これらの形状については、二つの写真の撮影時期が異なるため、その異同について積極的に言うことは、あまりありません。ただ髪際型の形状だけは、正中部がやや浅いきわめて類似したV字状という所見にいたりました。また、正中部の相貌学的顔高に対する前額部高径の比率にも、AとBとの間には、あきらかに顕著な類似性が認められました。たとえば、鼻翼幅と口裂幅比についても『鑑定資料A』が一・一五、『鑑定資料B』が一・一六という数値がはじき出されたことにより、酷似していると言えます。最後に行った、スーパーインポーズ法による重ね合わせ写真においても完全な合致を示していました」

形態解剖学のスペシャリストは、咳払いをして龍崎を見つめた。

「結論を申します。『鑑定資料A』と『鑑定資料B』の人物とは、顔形、下顎オトガイ部の形状、鼻形、口唇部の形態ならびに前額部、髪際型の形状など、ほとんどの形態所見におきまして、きわめて顕著な類似性を示しています。異同比較が可能でありましたすべての検査項目におきまして、二つの顔写真がほとんど共通した形態所見を示したということは、異同識別上、大変重要なことであります」

「それで、二枚の写真はどういうことになるんだ?」

龍崎が訊いた。水野博士は、老眼鏡をはずしながら静かに答えた。

「科学警察研究所では、『鑑定資料A』と『鑑定資料B』の人物は、間違いなく同一人物であるとの結論にいたりました」

警察庁幹部三人はいずれも無言だった。ただじっと二つの写真を見つめ続けていた。

「ありがとう、博士。これほどの不鮮明な画像から、そこまでの結論にいたった技術水準は、やはり世界最高だ。来年度予算請求時には、この成果を参考資料として貼付させて頂こう」

終始無表情のまま水野博士が会議室を去る後ろ姿を、三人の警察庁幹部はドアの外まで見送った。廊下の曲がり角で姿が見えなくなると、すぐにドアを固く閉めた。カーテンが開けられて、眩《まぶ》い光が狭い会議室にさし込んだ。

龍崎の顔から、科学警察研究所の科学者に向けていた柔和な表情は消えていた。しばらく腕組みして天井を仰いだ後、二人の部下に身を乗り出した。

「重要であるのはアイツが日本にやってきた目的だ」

絞り出すような声だった。長机の上には、ついさきほどスクリーン上で投影されたものと同じ、キャビネ判の二枚の写真が並んでいた。不鮮明な写真の下には、ノルウェー国家警察テロ対策部を示す〈ＫＲＩＰＯＳ〉という文字が小さくプリントされていた。

警察庁外事課では、二枚の写真に写る人物を同一人物だと断定することには意見が割れていた。一枚の映像が、あまりにもボヤけていたからだ。だが、科学警察研究所の専門家は、長年の経験とハイテク技術を駆使して、同一人物だと見事に断定した。

龍崎は川北の目を凝視して言った。

「コイツを〈ガイソク〉で流せ。そしてホテル作業もさせろ」

それから一時間後。警察庁電送室は大忙しになった。職員たちは一枚のペーパーを全国警察本部のカウンター・インテリジェンス部門に流す作業に忙殺された。

外事即報　第二五六七号　秘匿区分／無期限極秘
全国都道府県外事担当者　　警察庁警備局長

記

朝鮮人民軍の偵察局員と思料される当該の人物が、日本の偽造旅券を行使し、成田空港から不法に入国した。各都道府県警察本部におかれては、当該人物の発見に努めるほか、朝鮮会関係各所の視察を続けられたい。尚、発見の際は、秘匿によって行動確認を行い、警察庁外事課内線2312まで即報願いたい。以上。

第一章

一九九八年四月二日午後六時二十分　東京都内幸町

グリーンのベスト、赤いワンピース、そして黒のスカート。そのシックな制服は、ロビーの喧騒とは打って変わって、一つの空間を実に落ちついた雰囲気に包んでいた。もう三十年間も制服のデザインは変わらない。そのため銀行や商社などの大株主からは、そろそろイメージチェンジしてみてはどうかね、というあくまでも良心的な提案をもらう時もあった。だが伝統ある帝国ホテルのファンたちは許さなかった。客室に備えられているアンケートでも、クレームがつくことなどほとんどなかった。

エスコーターと呼ばれる彼女たちが活躍するのは、日比谷公園に面した帝国ホテルの正面玄関から入って、フロントを右に見ながらロビーを抜けて奥まった所にあるエレベーターホールだ。彼女たちは、宿泊客や宴会場へのゲストが迅速にエレベーターに乗れるよう、恙《つつが》なく誘導することだけに専念している。ホールを挟んで左右にそれぞれ四基もあるエレベーターの前では、ほとんどのゲスト、特に主婦や老人は、いったいどのエレベーターに乗っていいのか戸惑って立ち尽くしてしまう。そこでエスコーターたちが素早く近づき、一番早くドアが開くエレベーターにゲストたちをエスコートするわけだ。帝国ホテルの接遇部ロビーアテンダント課に属し、徹底的に訓練を重ねた彼女たちの動きは、いつも敏捷だった。

次々とエレベーターホールに姿を現すゲストに笑顔を振りまいていた彼女たちは、黒服のロビーアテンダント課長が近づいて来たのに気がつくと、サッと緊張した顔つきになった。そもそも課長は日頃からほとんど笑い顔など見せることがない。彼女たちがホテルに就職する前は、テレビドラマで見た柔和でナイスミドルのホテルマンを期待していたのだが、その期待は入社一日目から脆くも打ち砕かれた。父親にも怒鳴られたことがない彼女たちは、敬語の使い方を一つ間違えただけで、こっぴどく課長に叱られることから社会人一日目を迎えることとなった。

だが、ロビーアテンダント課長が近づいてエスコートガールたちが緊張したのは、課長にいつ怒られるかビクビクしていたからではなかった。すでに彼女たちは、プロのホテルウーマンとしての職務をこなしていた。VIPサービス担当課長は、エレベーターホールの手前まで来ると、柱に隠れるようにして腕時計をチラッと見た。その光景を見たエスコートガールたちも、ほかのゲストに目立たないように一斉に腕時計を確認した。

「〝壁〟を出す」

ロビーアテンダント課長は、エスコートガールの一人に近寄ると小声で囁いた。課長の指示は直ちにほかのエスコートガールたちへと伝わっていった。彼女たちの動きは一糸乱れず、しかもゆっくりとした動きだった。

エスコートガールたちは、エレベーターホールの両端に隠された〝壁〟を引き出しはじめた。〝壁〟の下にはローラーが付いている。女性の力でも簡単だった。ガラガラと音をたてて〝壁〟が出現した。〝壁〟は左右に計八基あるエレベーターのうち三基だけを囲むようにロビーをピタッと封鎖した。

エスコートガールたちのうち半分が、ロビーアテンダント課長とともに、封鎖されたエレベーターホールから防弾壁の間を通って、VIP玄関へと急いだ。横一列に並び、VIP玄関の両脇に整列した。その間にもスカートに付いた糸屑を指先で摘まみ上げ、身なりのチェックを入念に行う。エスコートガールたちにとっては、もう何度となく経験していることだったが、この瞬間はいつも極度の緊張状態に置かれる。彼女たちは帝国ホテルの顔として、一番始めにVIPと顔を合わせることになるからだ。

両手を前に組んで直立していた一人のエスコートガールは、微かに右手を動かし、左手のワンピースの袖口をほんの少しめくった。腕時計の針は上下に直線となるまであと三十度。いよいよVIPが到着する。彼女は背筋を伸ばし、大きく息を吸い込んだ。

一般のゲストには公開しないVIP専用の出入口を持っているのは帝国ホテルだけである。これまでも、来日記念晩餐会に訪れたエリザベス女王、ブッシュ米大統領など国賓級のゲストは、必ずこの〈VIP玄関〉を利用した。VIP玄関の前に車で到着した特別ゲストたちは、一般客の目に触れることなく、〝壁〟によって守られた三基のエレベーターを独占することができる。

〝壁〟はふだん、エレベーターホールの両端に隠れている。〝壁〟の下にはローラーが付いていて、VIP来訪時には八基あるエレベーターのうち三基を囲むように封鎖する。しかも周囲の環境と色も形もまったく同じため、一般の宿泊客たちはエレベーターホールには五基のエレベーターしかないと思うだろう。反対側からでも〝壁〟しか見えず、通路を間違えたと判断するだけである。

偶然にも、テロリストグループが〝壁〟のシステムに気がつき、サブマシンガンをぶっ放したとしても、その音さえVIPたちには聞こえないだろう。〝壁〟は鉄板や防弾チョッキにも使われるケブラー繊維などの六層構造になっているからだ。そのため帝国ホテルのロビーアテンダント課のスタッフたちは――ゲストの前ではけっして口にはしないが――この〝壁〟を〈防弾壁〉と呼んでいる。

鈍いエンジン音が聞こえたと思うと、警視庁第四機動隊に属する二台の白バイがまず姿を見せた。そのすぐ後を、警視庁警護課の二台のSP車が滑り込んできた。先頭車の助手席に配置されたSPは、窓から上半身を出し、赤い警告棒で周囲を牽制しながらVIP玄関の少し先に止まった。その後方に、トリコロールの国旗をなびかせたベンツ700SELが静かに停車した時には、警備体制がすでに完了していた。

SP専用車のドアが激しく開け閉めされる音が周囲に響いた。イヤホンを片耳に押し込んだ数人のSPが素早く車から飛び降り、VIP玄関の左右に展開。中央に仁王立ちしたSP班キャップが掌に隠したウォーキートーキーで、チーム全員に安全確認応答を小声で要求した。しかし、いつもほどの緊張感を味わう必要はなかった。なにしろVIP玄関には一般客はまったく近づくことができない。

SPたちが周囲に鋭い視線を叩きつける中、ベンツの後部ドアから恰幅《かっぷく》のいい紳士が姿を現した。その瞬間、SP班キャップが直近警護についた。第五共和制六代目フランス大統領はズボンポケットに片手を突っ込んだまま、出迎えた帝国ホテル社長を始めとするスタッフたちに手を上げて、気さくな笑顔を振りまいた。深々とおじぎするホテル社長夫妻と挨拶を交わした後、赤いパーティードレスに身を包んだトップレディーとともに赤絨毯を踏みしめてVIP玄関をくぐった。防弾壁で守られた通路を通り、すでに準備されていた一基のエレベーターに消えていった。それに続いて東京駐在の大使たち、自民党幹事長、外務大臣などを乗せた車でVIP玄関は洪水と化した。

帝国ホテル宴会場の中でも二千四百平方メートルもの広さを誇る最大の広間「孔雀の間」。海外でもピーコック・ルームとして知られている豪華な空間は、すでに三千人近くの招待客であふれていた。日本最大手の画廊「桜林洞ギャラリー」の創立三十周年記念パーティーが、あと少しでオープニングを迎えようとしていた。

桜林洞ギャラリーが南青山に創立されたのは一九六八年。かつては写実洋画ばかり扱っていたのが、ここ数年のうちに、コンテンポラリーの国内外の洋画を専門に扱うようになった。ひと昔前なら、日本洋画界の重鎮、小磯良平を代表とする写実絵画が人気だった。だが最近、顧客やコレクターの興味は、すっかりコンテンポラリーへ流れていた。

一九八八年から三年間続いたバブル経済の頃は、企業を始めとする顧客がゴッホのような巨匠絵画を求めて狂奔した。文字通り泡のようにあふれた金が投機的に絵画マーケットに流れ込んだ。バブル経済が崩壊した今、絵画市場は冬の時代と言われて久しい。だが、桜林洞ギャラリーは早くからコンテンポラリー絵画へ商品の主流を移してきたので、バブル崩壊のあおりを食うこともなかった。地味だが着実に売り上げを伸ばし、昨年の年商がついに五十億円を突破した。相次いで倒産する画廊の中で生き延びてこられたのは、各界に張りめぐらされたＶＩＰクラスの豊かな人脈を抜きにして語ることはできない。

ＶＩＰの一本釣りに成功すれば、あとは数珠つなぎだった。紹介が紹介を呼んだ。桜林洞ギャラリーの沢村芳輝社長は、何十年もの間、昼は必ずビジネスランチ、夜はこまめにパーティーに顔を出し、プライベートの時間を持つことすら一度もなかった。芸術という高貴な香りが、画商というビジネスの生々しさを覆い、相手のとまどいを呼ぶことなく幅広い人脈を広げるのに役立った。沢村は日本で一番幅広い人脈を持っている人物だと言っても過言ではなかった。

しかし、四年前。すべてを変えたのは沢村の再婚だった。沢村は新しい人脈作りにすっかり意欲をなくしてしまったのだ。噂として業界に広がったのは、年齢差が三十歳近い自分の娘ほどの女性にすっかり魂を抜かれてしまったのだという。ビジネスランチの予定を突然キャンセルし、若妻の手料理を食べに西麻布の自宅に帰ることもたびたびあった。そして、気の抜けたような沢村社長に代わって、現在の桜林洞ギャラリーの経営責任者としてすべてを仕切るようになったのは、営業企画課長の諏訪園千佳子だった。

今晩の記念パーティーでも、準備作業の始めから終わりまで、千佳子がそのほとんどを仕切ってきた。大規模なパーティーにもなると、前日よりも逆に一週間前が最も忙しい。千佳子は、この数日、ほとんど睡眠らしい睡眠を取っていなかった。今日も朝から、ほとんど何も口にしていないし、喉もカラカラだった。

千佳子は、パンフレットで顔を扇ぎながら、宴会場入口の受付台で名札の整理をしていたアシスタントを呼んだ。

「マホちゃん、悪いけど、何か飲み物をホテルの人にもらって来てくれない？」

「はい、判りました」

千佳子の秘書である彼女は、二年前に入社したバイリンガル。やっと最近になってから千佳子の右腕としてテキパキ仕事をこなすようになって来た。

彼女が駆けだして行く姿を頼もしく見送っていると、桜林洞ギャラリーの〝お局《つぼね》〟が、千佳子に近づいて来た。

「諏訪園さん、そのマニキュアは、今日の雰囲気にはちょっとふさわしくないんじゃないの」

千佳子の形のいい爪には、レブロン製パール発光のダークグリーンのマニキュアが輝いていた。まるで売春婦じゃないの――〝お局〟は、そう言いたそうに、千佳子の目の前で顔を歪めた。

五十二歳になる、この〝お局〟は、千佳子が入社する前から桜林洞ギャラリーで働いていたが、いまだ総務部の主任にしか過ぎない。実質的な画廊経営の権限は、今では千佳子が握っていたのだが、二十年以上も桜林洞ギャラリーに尽くしてきたという年輪の重みの前では、誰も〝お局〟に逆らうものはいなかった。

普通なら、ここで、皮肉の一つでも言って反撃するところだ。だが、今日は、付き合っている暇はなかった。千佳子は、腕を上げて時計を見た。宴会サービス課宴会二階係のチーフとの最終打ち合わせを急がなくてはならない。

「あ、マホちゃん、こっち、こっちよ」

千佳子は、コップを大事そうに持って歩いて来た真帆の姿を見つけると、〝お局〟を無視するかのように、その場を離れた。受付の後ろの椅子に座ると、受け取ったオレンジジュースを一気に喉に流し込んだ。ふっー、大きな溜め息が洩れた。〝お局〟は、呆れた顔で睨みつけていた。

宴会サービス課の宴会二階係長がやって来たのは、ちょうどジュースがカラッポになった時だった。係長は、片手に分厚く丈夫な白い袋を抱えていた。袋の表面には、オーダーペーパーと呼ばれる紙が貼ってあった。そこには、主催者の氏名、料理の発注内容、注意事項、受付体制など細かい項目の中に文字がビッシリと埋め尽くされ、白い部分がほとんどない。オーダーペーパーを見るだけで、宴会準備計画の全体像がひと目で判るようになっているのだ。ホテルの全セクションは、このオーダーペーパーを基本に全てが動く。そして白い袋は、準備が進むに連れて分厚くなってゆく。料理のメニュー、出席者リスト、会場のレイアウト図、VIP関連事項、招待状などの指令書と言われるペーパーが次々と投げ込まれるのだ。宴会二階係長が持っている白い袋は、パーティーのすべてが収められていた。

半年前までは、そのオーダーペーパーは、まったくの白紙だった——。

桜林洞ギャラリー三十周年記念パーティー開催のために、千佳子が帝国ホテルの宴会予約課を最初に訪れたのは、昨年十一月始めのことである。打ち合わせは、会場の選定、間取りと、それぞれの部屋代の相談から始まった。もちろん見積もりをホテル側が作って来たら、交渉して少し安くしてもらう。大手のホテルの役員、営業部幹部とは、日頃からビジネスランチをする機会も多いので、値引き交渉は比較的スムーズだ。また、桜林洞ギャラリーから持ち込めるものは交渉する。マイクやお酒などは特に割高なので、可能なものは自己調達した方が安い。

難問は日取りだった。普通は発起人の必要があれば、都合を聞いてなるべく合わせる。どうしても来ていただきたいVIPには、何度も本人や秘書に念押しをして、日程を合わせる。ただ日取りの選定で、千佳子が特に苦労したのは、海外からの賓客と、日本のVIPとの日程を合わせることだった。これが結構大変なのである。

日程が決まれば、すぐに招待状の印刷が待っていた。この作業がまた大変だった。単に、印刷するだけでは済まないからだ。

今回のパーティーには、何人ものVIPに、発起人として名前を連ねてほしいと思っていたので、あらかじめ手紙を出して承諾をもらい、早めに招待状に刷り込まなければならなかったからだ。招待状の発送は、遅くても一ヵ月前に出したい、と千佳子は考えていた。返信用ハガキが返ってくる日程を余裕をもって逆算した結果だった。だから招待客リストも、なるべく早く作っておかなければならなかったのだ。

用意したリストには、作家（画家）、彫刻家、版画家、美術評論家、美術館館長、学芸員、コレクター、顧客、政治家、官僚、在日大使、財界人、画商、美術誌の幹部や記者、新聞や雑誌の報道関係者が、十数ページにわたりズラリと並んだ。

準備作業の中で、千佳子が一番神経を使ったのが、招待状を送った相手が、はたして本当に来てくれるかどうかという点だった。特にVIP級の来賓はできるだけ多く集めたい。千佳子は、主だったVIPのスケジュールを押さえるために足しげく通った。いずれも今まで顔見知りばかりなので、本人からの約束は簡単に取れる。だが、企業の場合、実際にスケジューリングするのは秘書の役目。そのため、一ヵ月ごとに、秘書と連絡を取ってスケジュールの念押しを行う必要があった。とにかく、パーティーの日程を繰り返し伝えることで、秘書が忘れようにも忘れられないインパクトを与えることが肝心なのだ。

招待状ができ上がると、VIPの会社や役所を回り、本人か秘書に直接、招待状を手渡した。さらに翌日には手紙を書き、「くれぐれも宜しくお願い致します」と付け加えることも忘れなかった。

招待客からの返事を待ちながら、宴会予約課と、今度は式次第の打ち合わせに入った。挨拶の方の候補、海外からの祝辞の候補、食事の内容、司会役のアナウンサーの手配、カメラマンの手配、通訳の手配、控え室のチェック……。一般に芸術家はグルメが多いと言われるので——千佳子は必ずしもそうは思っていなかったが——メニューには気を使う。洋食がないと華やかなムードがないが、財界人は高齢者が比較的多いので、お寿司や和食の充実したメニューが欠かせない。

本番の二週間ほど前になると、細かい打ち合わせに入った。主催者側の登場の仕方、受付の方法、芳名帳の用意、会場の花飾り、来賓の胸のリボンの準備、祝電報の催促、桜林洞ギャラリー社長のお礼のスピーチ原稿など、準備することは山のようにあった。最後の一週間は、毎日午前二時までに自宅に帰ったことはなかった。でも、つらかった日々も今日で終わる……。

目まぐるしく過ぎた半年間の記憶に浸っていた千佳子は、孔雀の間入口近くで沸き起こった招待客たちのざわめきで現実に引き戻された。

孔雀の間入口近くで歓声が湧き起こった。何人もの護衛やお付きを引き連れ、フランス大統領夫妻が悠然とした歩調で入場してきたからだ。招待客のほとんどは、後から続く外務大臣や官僚たちには見向きもしなかった。ただ、呆然と、貴族出のジェントルマンとレディーに憧憬の眼差しを送っていた。

桜林洞ギャラリー社長の沢村も、二十七歳の若い二番目の妻を脇に連れて、メインゲストのフランス大統領を迎えるべく、招待客の間をかき分け、慌ただしく駆け寄って来た。

広間の右手にセッティングされていたオーケストラの指揮者が、大きく両手を上げた。流れるようにタクトが宙を舞った。ざわめいていた会場が、一瞬、静寂に包まれた。〈パリの空の下、セーヌは流れる〉のよく知られた物悲しい旋律が会場に響きわたった。会場の至るところでため息がもれた。盛大なパーティーがいよいよ始まったのだ。

パーティーが始まってからずっと主賓のフランス大統領に付き添う大役を与えられたのは千佳子だった。その姿は、ゲストたちの間でひときわ目立つ存在だった。ジャンニ・ベルサーチェのシルクタフタドレスを颯爽と着こなした姿に、近くを通るゲストは誰もが振り返った。彼女がわずか三十一歳で部長職に就けたのは、英語、フランス語を操るトリリンガルであったこともさることながら、日本人離れした身長百七十センチのスレンダーな肢体もプラスに働いたことは言うまでもなかった。

千佳子が、政治家、官僚や財界人のオフィスを訪ねると、食事の誘いを受けないことはない、と言っても過言ではなかった。だからと言って、ディナーの誘いを受けたら大変であることを身に沁みて理解していた。VIPと称される人種の男たちは、必ずと言っていいほど高級ホテルの料理店を予約する。そして、最後のフルーツが出た時、いきなりテーブルの上に部屋のキーを置く男も、一人や二人ではなかった。千佳子の記憶では、東大法学部出身のキャリアと言われる高級官僚ほど、その傾向が強かった。かれらのこれまでの人生を尋ねてみると、ほとんどの男に共通項があることがわかった。学生時代は、国家上級公務員の試験勉強に明け暮れ、彼女も作らず、趣味と言えばマージャンくらい。役所に入れば、すぐに責任あるポジションに就かされる。大蔵官僚であれば、二十代半ばにして地方の税務署長を務めるほどだ。

若手官僚は企業や業者が放っておかない。夜の世界に接待されれば、事前に言い含められたホステスや芸者にモテまくる。女性に対して無菌状態で大人になったかれらは、自分は相当モテるんだという錯覚に陥る。だから、有無を言わさず、部屋の鍵を千佳子の目の前に放り投げることができるのだ。

しかし、桜林洞ギャラリーの社員である立場を考えると、大事なお客様であるVIPたちに向かって、怒って断ることもできない。そうかと言って、自分の身を投げ出してまでの会社への忠誠心が千佳子にあるわけでもなかった。気分を害することなく、いかにやんわりと断るか……。それが最も神経を使う〝仕事〟だった。

宴会場を軽く見渡しただけでも、かつて自分をしつこく口説いた男たちの顔がいくつか見えた。何人か、千佳子の視線に気がついて、意味ありげにウインクする男もいた。いずれの目も卑猥な色をたたえている。千佳子は、フランス大統領に群がるゲストたちに視線を逸らした。大統領は、各国の大使との歓談に熱中していた。

外務大臣を先頭にした自民党代議士の一行がフランス大統領と千佳子の間に強引に割り込んで来た。千佳子はそっと後ろへ退いた。

——このあいだに、ちょっと見てこようかしら。

千佳子には気になっていることがあった。どれくらいの招待客が来てくれたのか、今日のパーティーの成否はそれで決まる。桜林洞ギャラリーにとって一大勝負だった。

千佳子は目立たないようにその場を離れると、宴会場正面入口に作られた受付に足を運んだ。招待客リストと芳名帳の照合を行っていたギャラリーのスタッフを見つけると、耳元まで顔を寄せ、小声で尋ねた。

「ねえ、どう？」

若い男のスタッフは、千佳子がつけていたフレグランスの甘い香りに一瞬、頭がクラクラした。千佳子の赤い口紅を見つめたまま動かなくなった。

「何？」

「あ、えーっと、招待客の方々は、ほとんど全員来られています。よかったですね」

千佳子は微笑んで、とまどう若いスタッフの頭をポン、ポンと軽く二回叩いた。踵《きびす》を返して宴会場に戻りながら、これまでの努力が報いられた満足感に浸っていた。

だが安心するのはまだ早かった。最後のチェックが残っている。今日はこれが一番やっかいな問題になりそうだった。招待客に帰り際に渡す記念品の到着が、ついにパーティー開始時間に間に合わなかったからだ。画廊にとって、記念品を何にするかは最も神経を使うことである。センスのない記念品だと、画廊の品位を疑われるし、イメージ全体が崩壊しかねない。だが美術品だったら何でもいいというものでもない。できうることなら、桜林洞ギャラリーが抱える若手の有望作家がデザインした絵皿が一番理想的だった。ところが、これがやっかいなのだ。若手作家には、芸大の出身教室の先輩や、恩師の作家もいる。美術界も師弟関係は絶対だ。また桜林洞ギャラリーにとっても大切な作家も多く、芸術院会員クラスも目白押し。しかも、それぞれ派閥や人間関係の好き嫌いがあるからまたややこしい。下手に新人作家のデザインを記念品に採用すると「何で桜林洞さんは彼だけ贔屓《ひいき》にした」と陰口を叩かれる。前回の二十年記念パーティーでは、師弟関係、派閥や人間関係を考慮して、それぞれ違う記念品を持って帰ってもらったが、二人の大先生——それもお互いの仲がすこぶる悪いどうし——の記念品が逆になっていたことから、後から大騒ぎになった。今年はもう、その苦労にコリゴリして、千佳子は無難な記念品を選んだ。三千人近くの招待客に渡す物なので、数が揃わない物もダメ。結局、準備されたのは、お洒落なガラス陶器だった。ところが、苦労して選んだにもかかわらず、パーティーが始まって一時間もたとうとしているのに、商品の袋詰めを依頼した梱包業者からの荷物がまだ届かないのだ。千佳子は苛立ち始めていた。

桜林洞ギャラリーの営業部員の一人である東山完治は、さっきから喉が渇いてしかたがなかった。自分の顧客を接待するために招待客の間を忙しく回っていたので、ジュースひとつ口にできなかったのだ。隙を見て宴会場隅のバーコーナーに行こうとすると、そのたびに「ヒガシ君」という呼びかけに必ず出くわした。東山は美術業界だけでなく政財官界にも幅広い人脈を持っており、今日のパーティーに出席したVIPの多くも東山の顔をよく知っていた。何十人ものVIPの顧客やコレクターを持ち、年間の売上だけでも十億円以上稼ぎ出していた。今では桜林洞ギャラリーの年商のほとんどを彼一人がまかなっているともいえた。

　しかし、かれらが声をかけるのは、単に営業マンと顧客という関係だけからではなかった。東山が時折持ちかける、特別なサービス——それを多くの顧客が期待していた。

　やっとバーコーナーに足を向けられたのは、パーティーが始まって一時間もたった後のことだった。

「ビールをくれ。それも飛びきり冷たいのを」

　バーテンダーからグラスと紙ナプキンを受け取り、琥珀色の液体を一気に喉に流し込んだ。口についた泡を拭っていると背中をつつかれた。

「ねえ、もう頭にきちゃう」

　振り向くと口を尖らせた千佳子が立っていた。

「どうした?」

「ゲストがお帰りの時にお渡しする記念品を業者がまだ持ってこないの。さっきも社長が近づいてきて『まだか、まだか』って言うんだもの。もし間に合わなかったら今度のボーナスは大幅減額だわ」

　千佳子は怒ってても笑ってもエクボができる。東山は十歳年下のそんな千佳子が可愛くてしかたがなかった。だが、自分だけしか知らない笑顔もある——。

「パーティーが終わるまでには、さすがに来るんじゃないの。大丈夫だよ。受付の社員に、業者が来たらすぐに連絡するように言っておけばいいじゃない」

「あの子ね、私が顔を寄せて近づいたら顔を赤らめているの。可愛いの」

「あんまり若いヤツを刺激するなよ」

「今度は胸元をもっと開けたまま屈んで刺激しちゃおうかな」

千佳子は小首を傾むけて笑った。

「キミも悪趣味だな」

「こんなストレスばかりじゃ、もう溜まりっ放しよ」

東山は思わず千佳子の腕を取って、柱の陰へ引っ張っていった。孔雀の間の柱は、戦前の帝国ホテルを設計したアメリカ人建築家ライトのデザインをそっくり模写して作られている。柱にはとくにライトが好んで使っていた、重厚感溢れる焼きレンガの「テラコッタ」を埋め込んでいた。

「声が大きい」

「いまさら誰に聞かれたっていいわ。私のことをね、エッチなんて嫌いだわという顔をしているって言う人も多いくらいだから、このあたりで訂正しようかと思っているし」

近くのバーテンダーが千佳子の顔を盗み見るのに東山は気づいた。

「声が大きいと言っただろうが」

千佳子は悪戯なエクボを東山の瞳に残し、再び人込みの中へと戻って行った。

六本木　麻布警察署

麻布警察署の三階。そう広くもない部屋に、十名の男たちが呼び集められていた。

日本の役所は、全国的に、どの建物も空調設備を稼動させる期間が決まっている。麻布警察署も例外ではなかった。特に今夜は気温が二十五度を超えていた。会議室は男たちの熱気で蒸し暑く、ほとんどがワイシャツの袖をまくっていた。

麻布警察署外事課、指定作業班のキャップである本間昭彦警部補は、最後に遅れて会議室に入った。部屋をグルッと回って、会議用テーブルの隅に座ってはみたが、灰皿がないので落ちつかなかった。やっとテーブルの隅っこに見つけると、一番若い外事警察官に指で合図した。アルミ製の灰皿を目の前に転がし、キャスターマイルドに百円ライターで火をつけると、隣に座るもう一人の若い班員が露骨に嫌な顔を投げ掛けた。

最近の若いやつらは、タバコも吸わないし、酒も飲まない奴が多過ぎる。それより許せないのは、警視庁の多くのセクションで禁煙になっていることだ。今度の警視総監は、警視庁ビル全体を禁煙にしようかと、神も恐れぬ言を信じがたいことだが言っているらしい。

いつもの不満に浸った自分を本間は恨んだ。タバコの煙をこれみよがしに大量に吐き出した。無頓着な靴音が聞こえた。警視庁公安部の松岡秀昭外事二課長と、外事第二課ナンバー2の木村雅夫理事官が会議室に姿を見せた。

赤ら顔をした麻布警察署外事課長の丸山治が、ひな壇の中央に座り、全員を見渡した。

松岡が立ち上がった。

「皆、ご苦労。今回の出動、君たちは幸運だ。マルタイの視察活動を始めてから、わずか半年で、エスピオナージの醍醐味を味わえることなど、例外的なことだ。場合によっては、接線の瞬間をキャッチできるかもしれん。今晩は寝られないぞ。覚悟しておけ」

木村が硬い顔で入れ代わった。

「言うまでもなく、君たちがかねてから、警察庁指定の容疑解明事件として視察下に置いてきた北朝鮮の諜報容疑者の一人であるマルタイは、これまでも何度か不審な動きをすることはあったが、残念ながらエージェントとの接線を現認するにはいたっていない。ところがだ。今日の夕方、マルタイは動いた。今までにないきわめて不審な動きを開始した」

松岡は指定作業班全員を見渡した。

「マルタイは今頃ダブルベッドを占領している。特異であるのは、これほどの高級な環境にマルタイが足を踏み入れたのは初めてであることだ。現在、視察員一名がマルタイの部屋を固定視察についている。今晩こそエージェントか北朝鮮からの潜入秘密工作員と接線が行われる可能性が高い。よって、これから作業班を総動員して視察作業を行う。帝国ホテルには、警察庁外事課から協力要請をしているので安心しろ。また、視察拠点として、マルタイの真正面の部屋は取れなかったが、出来うる限り、近い部屋を用意した。警察庁指定作業となった限りは、何としてでも結果を出せ。ハッキリ言って、今度の警察庁警備局審議官は、大幅な作業の見直しを指示しているらしい。作業予算を削られる口実とされるようなことはするな。作業の詳細は、本間君から説明してくれ」

タバコの火を消そうともせずに、本間は白ボードに貼られた帝国ホテルを中心とした周辺地図の前に立った。灰が床に落ちるたびに、丸山の眉間に皺が寄った。

「マルタイの部屋はホテル西側、ロビーフロア真上の本館1226号室。その部屋から、視察拠点は、右斜め三番目の部屋に位置する。ここには、すでに配置している視察員に加えてオレと佐伯が入る。一階ロビーの流動視察班には、配備についている船田に二名が加わってくれ。さらにゾーン追尾班として、帝国ホテルの正面門のここに二名、宴会場出口付近のここは、さらに二名だ」

佐伯勝幸巡査部長が手を挙げた。

「言ってみろ」

本間が顎でしゃくった。

「ちょっと、マズイことがあるんです」

「マズイこと？」

「本館南側、宴会場二階の大広間では、大手画廊のパーティーが開催中です。とくに宴会場出口は、三千名もの招待客であふれる可能性があります。外国や議員などのＶＩＰも何人か来ておりまして、SPも大量に現場に展開しています。つまり、ロビーフロアがその流れに呑み込まれる恐れがある。それに……」

「それに何だ？」

　本間が顔を歪めた。

「コウイチの調査《チョウ》第二《ニ》係が作業中のようです」

「何でチョウドメのやつらが来てるんだ？」

　チョウドメとは超ドメスティックの略である。外国諜報機関と対峙している外事警察官から見ると、国内問題である極左暴力集団担当の公安一課は、あまりにも泥臭く、スマートには映らない。外事警察官たちのささやかなプライドだった。

「脈管（極左過激派の公然部隊と非公然軍事組織とを結ぶ支援員）と見られている医者が宿泊しているようなんです。それで二十人ものチームを送り込んできてまして」

「脈管？　一人か？」

「いえ、妻と子供を連れて」

「バカ！　単なる家族サービスじゃないか。穴を掘ってばかりいるやつらは、そんなに暇なのか」

　穴を掘るとは、住居ローラー作戦を捜査の基本としている公安一課を揶揄《やゆ》した言葉だった。

「排除すべきです」

本間は松岡を見つめた。

「分かった。警察庁から言ってもらおう。コウイチには貸しがある」

松岡が意味深な笑いを作った。

「画廊のパーティーの招待客については、集中するのは一瞬のことだ。何とかマルタイの動きとぶつからないように祈るだけだ」

本間は部下が慌てて差し出した灰皿にタバコを押しつけた。

本間警部補を指揮官とする麻布警察署の指定作業班チーム十人がこれまで行ってきたのは、「コスモス作業」という作戦コードがついた容疑解明作業だった。外事警察の用語には縁起をかついで、成長すると美しい花を咲かす植物や力強い印象を与える銘酒の名前が使われることが多い。ただ、捜査オペレーションを意味する「作業」という言葉だけは、何十年もけっしてカタカナに置き換えられることがなかった。

「コスモス作業」がスタートしたのは、半年前。たった一本の情報線からだった。

デンマークのカストラップ国際空港の手荷物検査場《BCE》で、北朝鮮外交官旅券を持つ一人の男が検挙された。許可された量を超えるマールボロ百箱を持っていたことで税関法違反（密輸）に問われたのだ。北朝鮮の外交官は、一九七〇年代から西ヨーロッパや北欧の空港でタバコや麻薬を密輸しようとして何度も検挙されていた。ヨーロッパ全域の税関当局にとって北朝鮮の外交旅券は要注意対象だったのだ。

その男は、北朝鮮一般渡航用パスポートを提示したため、税関職員は自主的に荷物のカバンを開けるように言った。だが、男は突然カバンを持って逃げ出した。検査場に一斉に警報が鳴り響き、北朝鮮人は、税関職員によって羽交い締めの上、取調室へ連行された。カバンを開けたデンマーク税関職員は驚くことになった。タバコの山の奥から一通の日本政府発行のパスポートが発見されたからだ。

この情報は、デンマーク国家警察テロ対策部から、直ちに在デンマーク日本大使館に伝えられた。しかしそれは正式な外交ルートからではなかった。テロ対策要員という隠された任務を与えられ、警察庁から派遣されていた日本大使館文化班員というカバーを持つ二等書記官にダイレクトに伝えられた。後から、外務官僚の日本大使館政務班長が「どうして外交ルートで大使館に教えてくれなかったんだ」とデンマーク外務省に抗議を行うことになったが、デンマーク政府はまったく相手にしなかった。どの国でも、治安機関や情報機関どうしのネットワークは、公式の外交ルートから除外されている。とくに、デンマーク国家警察テロ対策部と日本の警察庁外事課は、同じコップ・インテリジェンスとして、共通の認識や親しみを感じていた。これまでも、日本赤軍の追跡オペレーションなどで、デンマーク警察から多大に協力してもらった経緯もあった。

二等書記官から至急報を受けた警察庁外事課では、直ちに警察庁指定作業に認定。川北外事課長から警視庁外事二課長の松岡に極秘捜査の指示が下った。同時に、指定作業のオペレーション部隊のキャップに選ばれたのが本間だった。

本間は五年前、ヨーロッパで探知された偽造旅券番号から、一年間の容疑解明作業の末、日本人エージェントを旅券法違反の共犯で逮捕した実績があった。目立たない男である。仕事の手法も、ドブをさらうがごとしの現場主義で、奇をてらうこともしない。関係者の相関《チャー》図《ト》づくりに専念するよりは、コツコツとした検証作業に没頭するタイプだった。

朝鮮外事の指揮官たちが本間を選んだのは、本間がマスコミ関係者との付き合いを噂されたことがまったくないという〝珍事〟も評価されたからだ。マスコミと警視庁捜査員との関係を調査する警視庁人事一課監察班の特別チームからも、特異な情報が首脳部に警告されたことさえ一度としてなかった。

本間の最大の特徴は何か、と外事警察の指揮官たちが訊かれれば、まったく目立たないことだと部下たちは口を揃えた。声のトーンも低いわけでも高いわけでもない。容姿は、典型的な七三分けの黒髪に、紺色の背広とネクタイを好むという、ごくありふれたどこにでもいるサラリーマン。いったん街の人込みに足を踏み入れると、瞬く間に溶けいってしまうほどだった。

警察庁指定作業に認定されると、捜査費用として国家予算が転がり込む。その代わりに日々の捜査の進捗具合を日報の形で警察庁外事課分析第三係と事件担当の第四係の両方に報告することになり、すべての動きと情報を、警察庁外事課がコントロールすることになる。

この警察庁指定作業の実働部隊として密かに用意されているのが、いくつかの所轄警察署の外事課（もしくは外事担当係）に分駐している「指定作業班」と呼ばれる十名ほどの秘匿部隊だ。松岡は、いくつかの警察署に配置させている指定作業班のうち、本間が所属する麻布警察署を選びだした。

本間率いるコスモス作業班が行動を開始したのは、松岡からの指示があってから三日目のことだった。外務省旅券課から提報を受けたデータでは、偽造旅券の申請者は東京・文京区後楽二丁目の、白いタイル貼りの洒落たマンションに住む四十七歳の男性だった。運転免許証の登録記録の住所とも一致した。本籍は大阪府豊中市。もちろん日本国籍だった。

ところが、男を視察下に置いた初日から驚くべき事実が判明した。申請されたマンションの一室から姿を現したのは、旅券申請書類に添付された写真の男とは、似ても似つかぬ男だったのだ。

完全秘匿で追尾を続行したところ、赤坂に本社を置く北朝鮮系貿易商社「白頭山交易」に入って行くのが視認された。

さらに本間チームの前に、信じがたい事実が出現した。

申請された男の本籍である豊中市の住所を本間班の二名が訪れると、当該人物は二年前に病死していたのである。だが、外事警察官たちは、亡霊を見たわけではなかった。文京区のマンションを出入りする男は、申請していた日本人男性になりすましている可能性が思料された。

本間は、大阪に派遣した二名の部下の興奮した声を電話口から聞いた瞬間、全身に鳥肌が立つのが分かった。ナゾの男の裏には、想像を絶する深い闇が広がっている――。朝鮮外事で十五年もメシを食ってきたプロとしての直感だった。

本間チームは色めきたった。新たなアクションが必要だった。

まず、一番若手の班員が、コピー機販売会社の協力を得て、定期的に派遣されるメンテナンス係にカバー（偽装）し、白頭山交易に潜入することに成功した。

ナゾの男の名前が「李成沢《リソンチョク》」であることが判明するのにはそう時間はかからなかった。松岡はすぐに川北を通して、官庁間協力に基づいて東京国税局調査部へ捜査協力を求めた。東京国税局からのデータは、わずか三日で届いた。「李成沢」なる人物は、白頭山交易の社員として登録され、毎月十三万円の給料が支払われていることが確認された。

しかし、信じがたいことが発覚した。李成沢なる人物の給料は一年前から支払われていることになっているが、東京国税局の資料には、それ以前のデータについて〈登録無し〉という事実が含まれていたのだ。東京国税局のデータを素直に判断すると、李成沢は一年前までは無職だったことになる。しかし四十歳を越えるまでまったく無職だったなど、この日本ではまずあり得ないことだ。ところが文京区役所にも、李成沢の住民票が存在しなかった。もとより他人になりすましているので、他府県で登録していることもあり得るし、会社でも偽名を使っている可能性も残る。しかも、李成沢を視察下に置いていた班員からの報告では、朝鮮語を流ちょうに喋っているという。在日朝鮮人とみて間違いなかった。

決定的なデータが本間のデスクに上がってきたのは、視察活動を続けて二週間後のことだった。日曜の昼、李成沢は自宅を出て、近くの後楽商店街の中華料理店に入っていった。十数分して店を出てまっすぐマンションに戻った。李成沢が店を出た直後、本間班の二人の外事警察官が血相を変えて店に飛び込んだ。戸惑う経営者夫妻の前で、警察手帳を見せながら、李成沢が飲み干したビールグラスを任意で提出してほしいと頼み込んだ。ビールメーカーのロゴが入ったグラスは、ハンカチに包まれたうえで、警視庁が誇る平河町の指紋照合センターに宝箱のように慎重に運ばれた。

指紋自動照合装置は、グラスから検出した指紋を高速で三百六十度回転させ、全国の外国人登録データが入力されているホストコンピュータにアクセスさせた。だがコンピュータは「コレクト」という記号をディスプレイ上に出すことはなかった。

驚きの連続にマヒしていた本間チームも、この結果にはさすがに驚愕した。外国人登録データバンクに該当する指紋がまったくないということは、もはや李成沢という名前が偽名であるかどうかは関係がなかった。男は幽霊でしかあり得なかったからだ。

だが本間はオカルト信奉者でも心霊研究家でもなかった。幽霊でないとすれば答えは一つ

員である。しかない。北朝鮮から日本海を渡り工作船で潜入したか、偽造旅券で不法入国した秘密工作

緊急会議が警察庁外事課長室で開催されたのは、翌日のことだった。李成沢を出入国管理法違反容疑（密入国）、もしくは外国人登録法違反容疑（未申告）ですぐにでも逮捕すべきだという声が大勢を占めた。警視庁公安部兼刑事部参事官の岡崎一も、鼻息荒く早期逮捕説を主張した。かれらの頭には〈警視庁　北朝鮮スパイ逮捕〉というハデな新聞見出しが浮かんでいた。しかし、松岡を始め木村理事官と本間は大反対した。

「実態解明前に、いま手出しするのはあまりにも稚拙です」

本間の口調は遠慮がなかった。出世が遅いと噂されているのも、これが原因だと自分では分かっていた。木村理事官は、机の下で本間の足を蹴った。だが本間は気に留めることなく発言を続けた。

「そんな法律で検挙したって、一年くらいで放免です。組織と諜報ネットワークの全容解明こそ、外事警察の使命じゃないですか。些細なことで一喜一憂すべきじゃありません。とにかく李成沢を巡るネットワークの全容をつかむまで泳がせるべきです」

警察庁と警視庁の北朝鮮対諜報担当スタッフが一堂に集まった会議は、この言葉で沈黙した。岡崎参事官は腕組みしたまま嫌悪感を顔に表していた。

――オマエから朝鮮外事のイロハを教えてもらおうとは思わない。

「本間君の言うとおり、このまま視察を続けようじゃないか。本間君はきっと、大きな成果を上げてくれるに違いないからな。私はちょっと別の会議があるので、これで失礼する。あとは松岡さんと木村君に任せるから」

岡崎は荒っぽく椅子を立って会議室を出ていった。

しかし、それからというもの、「コスモス作業」は目立った成果をなかなか上げることができなかった。二十四時間、固定視察員四名、車両二台、三交替という編成で李成沢を視察下に置いていたが、会社に出勤するわけでもなく、デパートに買い物に出かけたり、喫茶店やパチンコ店に入ったりと一日中ブラブラ歩き回るばかり。特異な行動と認められる場面にはまったく遭遇しなかった。

それが今晩、初めて奇妙な変化があったのだ。帝国ホテルの一室にわざわざチェックインした李成沢の給料は税込みで十三万。帝国ホテルのツイン料金は、室料だけでも三万九千円はする。あきらかにこれまでのパターンにはない、異常な行動だった。

帝国ホテル

本間は腕時計を見た。午後八時を少し過ぎている。ふたたび顔を上げてあたりを見渡した。配置計画通りのポイントに、たくみに偽変した視察員が確認できた。

上出来じゃないか。どいつも完璧に、目立たなく雑踏の中に溶け込んでいる。本間は部下たちの手際よさに満足してエレベーターホールに近づいた。エレベーターは五基しか見えなかった。VIP玄関用に防弾壁で遮断されているのが分かった。

「画廊のパーティーはまだ終わっていないのか……」

防弾壁の周りに顔見知りの警視庁警護課のSPの姿が見えた。SPたちは本間の姿に気がついたが、いつものルール通り、わざと知らん振りをした。

十二階でエレベーターを降りた本間は、靴音を殺して、ターゲットがキープした部屋の斜め前の一室に入った。最前線の拠点として用意していた部屋だったが、一番小さなツインルームだった。課長からは「高い部屋に入る必要はない、一番安い部屋にしろ。部屋に備え付けの冷蔵庫も高いので、あらかじめ飲食物はどこかで買って持っていけ」としつこく言われていた。一連の警察不祥事から、会計検査院によるチェックがこのところ厳しい。くだらんところで、噛みついてきやがる――最近の丸山の口癖だった。ツインルームに入った本間は、先着していた部下に労いの声をかけた。ベッドに並べられていた長さ十五センチほどの五KW一〇二無線機《メガ》の一つをつかんで、麻布警察署のデスクに陣取る丸山と連絡を取った。

「視察イチです」

「デスクだ。ご苦労さん」

緊迫した丸山の声が雑音の中で聞こえた。

「イチ、現着しました。コスモス変化なし」

「VIPがそろった大きなパーティーが、まだ終わっていません。やはり、大量の人波が発生する恐れが強くなっています」

「混雑しているか？」

「一階エレベーターホール前の固定視察員を増強しろ」

午後九時五分。本間は苛立ち始めていた。疲れた目を擦りながら、もう一度、ベッドの上に置かれたモニター画面に目をこらした。モニター装置から延びたコードは、本間が陣取る部屋のドア下——防犯用に三センチほどが開いている——から李成沢がこもる部屋のドアにレンズを向けた特殊な超小型CCDカメラにつながっていた。CCDカメラは李成沢の部屋の動きをビジュアルでとらえるだけではなかった。距離測定器用の超音波を部屋のドアに照射し、ドアの開閉を監視していた。本間はソファに腰を沈め、買ってきたウーロン茶のペットボトルをグイッと一息に飲んだ。

ひと昔前なら、覗き窓からずっと立ちづめでマルタイの部屋の様子を窺っていなければならなかった。これがいかに大変だったか、外事警察官なら誰でも知っている。現代のハイテク機材は、外事警察官の苦労を大幅に減少させてくれていた。

絶対に特別な目的があってここに来たはずだ。なぜ動かない？

吸殻でいっぱいの灰皿に無理やりタバコを押しつけた。粒子となった灰がテーブルにあふれた。

「ヨンからイチ。ロビーにかなり人が出てきました。パーティーが終わったようです」

エレベーターホールを担当する視察四班からの無線が、目の前にあるスピーカーから流れてきた。本間は五ＫＷ一〇二無線機のマイクを取って、メインロビーで配置についている全チームに指示を出した。

「イチから各局。今の話を聞いたな。ニが、ヨンの支援に向かえ。全局注意しろ」
二、三名に分けられた三班からの交信状態を確認する声が、本間のイヤホンに入った。
「イチから各局へ。本館客室へつながるエレベーターに乗り込む者もチェックしろ」

ふたたび三つの班から確認合図が寄せられた時、距離測定器からポケベルの音のような警告音が断続的に響いた。

「マルタイに動きあり。あ！　出てきました！」

本間と交替してモニター画面を見つめていた佐伯が叫んだ。李成沢の部屋のドアに照射されていた超音波が、ドアが開いたことを教えてくれたのだ。

本間があわててモニター画面に駆け寄った。李成沢の背中が見えた。手ぶらでエレベーターのほうに向かっている。本間は五ＫＷ一〇二無線機をつかんだ。

「イチから各局。コスモスが動いた。人着《ニンチャク》は同じ。エレベーターホールに向かっている。待機せよ」

本間は顔を曇らせた。宴会場ロビーに客があふれ出している報告を受けたばかりだ。これに紛れ込まれたら面倒なことになる。本間は新しい視察フォーメーションに考えを巡らせた。

＊

東山の横に受付係の若い社員が駆け寄った。

「連絡するようにと指示を受けていた方が来られました」

東山が若い社員の向こうをのぞき込むと、顔馴染みのＶＩＰが大きなスーターとアタッシュケースを持って立っていた。ハンカチでしきりに汗を拭いている。

「お待ちしておりました。ン？　それは？」

男は、スーターを掲げてみせた。

「これ？　着替えだよ、着替え。よかったよ。今晩は自宅に帰れない口実がやっとできたんだ。君もニュースで知っているだろう、北朝鮮のアレだよ」

昨夜、各テレビの報道番組は、北朝鮮の平壌郊外で日米韓三国の支援で行われている軽水炉建設の基礎工事が突然中止になったというニュースをトップで伝えていた。

「アイツら、工事の進み具合が遅いといちゃもんをつけて、十億ドルの違約金を払えって言ってきた。そんなことは契約時の極秘の付帯事項にも書かれていなかったことだ。しかもふざけたことに、韓国の作業員の中にスパイがいるとか何とか言いやがって大量の作業員を国外追放すると通報してきやがった。何かやってくるとは思っていたが、ここまでとはな。アイツらの思考回路は本当に分からんよ。ところがな、悪いことばかりじゃなかったんだよ。このニュースをテレビで何度もやっているおかげで、女房でさえテレビ画面に釘づけになっていた。それでだ、オレは女房にためしに言ってみた。『テレビで知っているだろう。今晩は、十三時間も時差の違うワシントンと連絡を取り合わないといけない』ってな。そしたら『あなたもたまには大変なのね』ときたよ。今日はこれで心置きなく泊れる」

男はニヤニヤしながらまた汗を拭いた。

目の前に立つ、この男との付き合いは、もう三年になる。夕食を一緒にするたびに時事問題などをやさしくかみ砕いて教えてくれた。だが、国益とかアジアの軍事的均衡とかいう話題は東山にはまったく興味がなかった。どこか遠くの世界のお伽話でしかなかった。

汗かきの男は、急に小声になって東山の顔に近づいた。

「今晩は大丈夫だよね？」

この男は、国家の情報よりも下半身の話題によっぽど神経を使うらしい。

「もちろんです。いい部屋を取ってありますから」

「由起子からは十時頃、携帯へ電話が入ることになっている。それまでシャワーでも浴びてこようかと思っているんだが」

「ちょっと待ってください。パーティーにも少しは顔を出してくださいよ。社長もお目にかかりたいと言っておりますし」

「社長？　あの社長は好かん。君だから桜林洞とは付き合っている。君のように機転が利いてマルチの能力を持っている人間は、なかなかいないからな」

「実は、私も近い将来いろいろ考えていることがありまして、その時はまたご便宜いただければ幸いです」

「ン？　ああ、独立の件だろ。国税の査察のOBで税理士をやっているようなヤツはくさるほど知っているから、いつでも何でも言ってくれ。優秀なヤツをそろえてあげるよ」

汗かきの男は、パーティー会場へエスコートする東山の後ろ姿を見ながら一年前のことを思い出した。

東山と夕食を共にしたある日、ゴルフを一緒にプレーするような気さくな女性がいないものかと、ふと相談したのがすべての始まりだった。次期人事をめぐって腹の探り合いが続くコンペや、座間市の米軍ベース内にある高級将校用の味気ないコースなどもう飽き飽きしていたからだ。ゴルフをつきあってくれる女性といっても、どんな女性でもいいというわけではない。銀座のホステスなどをゴルフに誘ったこともあるが、彼女たちはおつきあいの範囲を逸脱しなかった。それが問題だった。

その頃、噂で流れてくることは、他の省庁の同期入省のヤツらはうまいことやってやがるということだった。忙しい、忙しいとマスコミには言いながら、毎晩、企業の秘書を呼び出したり、どこで知り合ったのか女子大生とイタリアンを食べてよろしくやっているヤツが何と多いことか。でも、霞が関の住民たちは皆、そんな性癖を持っていることを互いに納得している。こんなストレスの多い仕事、それも内議資料の「等」や「も」などという言葉一つを詰めるために深夜まで他省庁とやり合うなどという神経戦を行っていると、いつかは精神に破綻を来《きた》すことを互いに知っていた。政府委員として国会に登場し、しかめ面をして答弁していようが、眉間に皺を寄せながら他省庁との調整会議で白熱した議論を展開していようが、夜になれば、求めるものは皆同じなのだ。書類にうもれながら、息を殺して昨夜のベッドでのことをほくそえんでいるんだ。

だが、今どき六十歳近いオヤジと好きこのんでつきあってくれる奇特な女性などいないことも知っていた。東山に持ちかけてはみたが、はなから冗談のつもりだった。そうかといって、プロの女性には興味がわかなかった。政府高官としての立場もあったが、肉体関係だけでなく、重要なのは精神的な結びつきだった。恋愛がしたいのだ……。

東山が男の内線に電話をかけてきたのは、それから一ヵ月後のことだった。

「向島の置屋に最近入った子でね、ステキな女性がいるんですよ。ゴルフが大好きだけど、金がないので一度もコースに出たことがないっていうんです。どうですか」

東山の説明によれば、その彼女とは新潟県の高校の同窓生。最近、別の法務省幹部を赤坂の料亭で接待した時に偶然に出会ったという。

「いいねぇ。でも、こんなオジイサンに興味があるのかなぁ」

「父親を早く亡くしているせいか、いわゆるファーザー・コンプレクスってやつでね。落ちついた五十歳代の男性が趣味だと言うんです。もちろん、お会いになっても、どういう展開になるかは保証できませんが」

「僕はゴルフを楽しみたいだけなんだから、十分すぎるほどだよ」

それが由起子だった。はじめ東山の言葉を聞いても半信半疑だった。そんな都合のいい女性がこの世の中にいるものなのか。新橋や向島の芸者たちには、すべてご贔屓《ひいき》が決まっている。霞が関の官僚たちも、どの置屋の誰を呼ぶか、つねに決まっていた。霞が関の官僚がある芸者を気に入っても、彼女が誰々幹部のご贔屓と聞けば、すぐに身を引くという、暗黙の了解もある。企業の社長室でも、官僚たちの芸者のご贔屓データは必携事項だった。接待の場では、必ずその芸者を用意しなければならないからだ。

しかし、せっかくの東山の提案だったが、高級官僚としての警戒心がまずわいた。とはいっても、もともと日本政府の倫理規定や機密規則、さらに国家公務員法に、女性とのつきあいについてのお達しや注意事項など書かれてはいない。先輩や上司からも教訓めいたことを言われたことさえ一度としてなかった。日本の役所そのものが、女性関係に関しては、実はまったく寛大だった。

赤坂の料亭の小部屋で会った瞬間、わずかな警戒感は吹き飛んだ。年甲斐もなく一目惚れだった。歳は三十二歳という。少し垂れ目のお嬢さん風の理知的な顔立ち。しかも右目下のホクロが成熟した女の色香を醸しだしている。歳を忘れて男の心を熱くした。その後、二人で茨城県のカントリークラブに二回行った。料亭にも週に二回のペースで一人で通い、そのたびに由起子を呼んだ。それらの資金はすべて、東山が払ってくれた。最初は気が引けたが、今までも何度もご馳走になっているので、いつまでも気にすることはなかった。

二人が初めて関係を持ったのは、二ヵ月後。伊東温泉への一泊旅行だった。温泉街でも高台に位置するその旅館は、観光客の喧騒から離れ、山中にある一軒宿だった。高級官僚にとって、女性連れの旅行の場合、人目につくことだけは絶対に避けたい。ブラックジャーナリストから暴力団まで、弱みを握ってやろうという輩《やから》が実に多いからだ。わざわざ探偵社まで雇って身辺調査をする人間までいることを親しい新聞記者から聞いたこともあった。

その点、東山の気配りは心憎かった。彼が準備してくれた旅館は部屋数がわずか六室という高級旅館。しかも広い客間の庭には、一部屋ずつ露天風呂がついており、二人だけのゆっくりとした時間を存分に楽しめた。

費用はまた東山に任せた。東山の能力が優れているところは、金を出してもらったほうが負担に感じることがないようにふるまうことだった。さり気なく、当たり前のように、すべての面倒をみてくれた。防衛庁の男はもはや良心の咎めを感じるどころではなかった。それよりも前に、すでに由起子に夢中になってしまっていた。

由起子と関係をはじめた頃は、もし自分があと十歳若かったら、と考えたことがよくある。妻と離婚して新しい女性と第二の人生を歩めたはずだ。たとえ離婚したことが出世の妨げになったとしても、周りがそれなりのポジションを用意してくれる。それがキャリアのいいところだ。キャリアの仲間たちは互いをかばい合う。けっして悪いようにはしない。地方に飛ばされても、それなりにメシだけは食っていけるだろう。もうこの地位になれば、離婚は官僚としての立場を脅かすものではない。役所を辞めても、関連企業が顧問くらいで引き取ってくれるのは間違いないからだ。第二の人生——最近、真剣に考えるようになってきた。妻とは離婚すると言ったら由起子は何と言うだろうか——。

オレの人生はあと何年だろうか。二十年もないかもしれない。その間に、何回、射精できるのか——そんなことを考えて苦笑したこともある。間違いのない事実は、こんなジイサンを相手にしてくれるのは、もう由起子しかいないだろうということだった。そう、彼女は最後の女なのだ。

由起子の肢体を思い出しながら、汗かきの男は孔雀の間の中程まで足を進めた。

「社長にだけ挨拶をして行くよ。仲間に捕まっても面倒臭いし」

「じゃあ、すぐにお連れしますよ。ああ、それから、忘れるところでした」

東山はポケットから、部屋番号が大きく書かれた金色のルームキーを男に手渡した。キーを受け取る男の手が汗と脂でてかついていた。

「そちらのアタッシュケースはクロークにお預かりしましょうか」

男は激しく顔を左右に振った。

「大事なモノが入っているんでね。大事なモノっていうのは、別にベッドでの小道具じゃないぞ」

銀縁眼鏡の男は、ケラケラと下品な笑い声を上げた。

＊

ロビーフロアに着いた李成沢はすぐに右に曲がり、迷うことなくタバコ売り場に向かった。タバコのショーケースの反対側の棚の中に差し込まれている何冊かの週刊誌をペラペラめくった後、今日発売の週刊富士を手に取った。

「イチ、こちらニ。コスモスがタバコ売り場で停止」

「警戒しろ。ライブドロップかデッドドロップのタイミングを見逃すな」

ライブドロップは、秘密資料などを諜報員とエージェントが直接会って手渡す方法であるが、当然ながら高いリスクを伴う。一方、デッドドロップとは、エージェントがあらかじめ決められた場所に文書などの資料を置いておき、後からエージェントのコントローラーである秘密工作員が回収するという諜報接触の形態である。デッドドロップはＫＧＢ（旧ソ連国家保安委員会）が好んで使った手法だった。これなら二人が接触する危険を冒す必要がない。

最前線で秘匿追尾を続けていた視察四班の一人が、李成沢の背中を追って、タバコ売り場に入ろうとしたその時、思わず足が止まった。顔見知りの公安一課員たちがウロウロしていたのだ。李成沢はその目の前を、週刊誌を脇に挟んでエレベーターホールに戻って行った。

視察四班は、李成沢に不審な動きがまったくなかったかどうか確信が持てなかった。背後に視線をやると、ロビーアテンダント課の女性がちょうど李成沢をエスコートしてエレベーターに案内するところだった。ホテル従業員に偽変した視察員が一緒に乗り込んだ。

タバコ売り場に残った視察員は、ロビーの柱の後ろで待機していた視察三班に向かって、首を左右に振った。

「ニからイチへ。どうぞ」

「イチだ」

「コスモスは、再びエレベーターに乗って上へ向かった。ヨンに箱乗りさせています」

「ドロップか接線はあったか？」

「チョウドメがいて、すべてを把握できませんでしたが、全体的には、それらしき動きは何も……」

「クソッ！　チョウドメのやつら、まだいるのか」

「ただ、別の話ですが」

「何だ」

視察二班の外事警察官は、一人の名前を上げて、エレベーターに乗り込むところを目撃したと伝えた。

「最上階のレインボーラウンジで女と待ち合わせでもしてるんだろ？」

　本間はそう関心もなく聞いた。

「一応、一人尾《つ》けさせています」

「放っておけ。ちょっと待て、コスモスが戻ってきたようだ」

　李成沢は、週刊誌を持って真っすぐ〈1226号〉の自分の部屋に戻った。一連の行動に不審な点はまったくなかった。本間は大きな溜め息をついてソファに体を預けた。いったい、何しにここへ来やがったんだ——。

　五KW一〇二無線機のコールが鳴った。

「こです。本件とは関係がありませんが、さきほどの男について報告します」

「引けと言ったはずじゃないか」

「申し訳ありません」

　部下の小声に本間は気をとり直した。

「わかった、聞こう」

「1045号室に入りました。挙動が不審だったので、念のためにフロントで確認しました」

「それで？」

本間はこの会話を早く終わらせたかった。

「若い女性が予約を取った部屋でした。それも、ダブルで」

「あのな。スケベおやじとつきあってるヒマは、オレたちにはないんだよ。放っておけ」

男のドアを見つめていた視察員たちは首をすくめるようにして、予約した女性の名前を書き留めたメモを破いて、ごみ箱に投げ捨てた。

＊

パーティー会場にはほとんど人がいなくなっていた。東山は目立たないように宴会場から出ていった。メインロビーに向かって中二階《メザニン》へつながる階段を上り、宴会予約課へ顔を出した。パーティーの準備のため何回か来ていたので、宴会予約課のスタッフたちも東山の顔をよく知っていた。

「パーティーで何か不都合でも？」

「ゲストの一人が気分が悪いと言って部屋に戻ったので、ハウス電話をさせてもらおうと思ってね」

「それは大変ですね。何でしたら、医者をすぐに呼びましょうか」

「そんなにたいしたことじゃないんだ」

「でしたら、わざわざここにおいでいただかなくとも、ロビー横にハウス電話がございましたのに。しょうがないな。ロビーアテンダントはいったい何をしているんだ」

「いいんだよ。自分で勝手に来たんだ」

もちろんロビー横にあるハウス電話は始めから使いたくなかった。宴会予約課のスタッフが差し出してくれた受話器を自然を装って取った。

「東山でございます。ご気分はいかがですか」

受話器からは、すこぶる元気な声が聞こえてきた。

「確かにあの男だったよ。本物だ。さっき一階のエレベーターホールのほうに行ったら、アイツが客室へ上がっていったのを見た」

「そうですか。それはよろしかったですね。じゃあもうご気分はよろしいので？」

「満足した。本国でも、君の情報への評価が爆発的に上がっている。その証拠に、私のボスがわざわざ本国から特別なスペシャリストを派遣した。それも外国で勤務していた優秀な人間をわざわざ引っぱがしてな。君のおかげでアジアの安全保障がより確かなものになるんだ。ありがとう」

東山は、安全保障という言葉には興味もなかった。どこが平和であろうがなかろうが、そんなことは知ったことじゃない。

「もう一つ、いい話だ。君への報酬が倍額になった」

東山が聞きたかったのは、この一言だった。

＊

1045号室では、汗かきの男がダブルベッドの上で熟睡しきっていた。

寝息を確認した由起子は、シーツの音を立てないようにベッドを下りた。バスローブを手にとったが、余計な音は立てたくないと思い、床にそっと置いた。長い黒髪をゴムで後ろに束ねた後、男がソファの上に置いていたアタッシュケースまで近寄った。由起子は本当はすぐにでもシャワーを浴びたかった。男が全身に残したヤニ臭い唾液をぬぐい取りたかった。だが、そんな時間はなかった。アタッシュケースをそっと手に取ると、ドアの前まで移動して絨毯の上に置いた。全裸のまま膝をつき、アタッシュケースを厳重に守っているロックキーを暗記している四ケタの番号になるまで回した。

ガチャ。いつもの心地よい音がした。アタッシュケースを軽く開けると、〈極秘〉という朱印が押されている書類が何枚か見えた。書類の束を忙しくめくっていく。一枚の文書で手が止まった。

冒頭に、〈内閣安全保障・危機管理室長〉と記されていた。続けて、

〈日本各地の原子力発電所における警備状況の問題点について〉

とあり、その下には細かい内容が書かれていた。

〈内閣安全保障危機管理室を中心に検討を進めている緊急事態想定の一環である、日本の原子力発電所へのゲリラ攻撃対策は、警察庁も交えて行われているところであるが、本格的な議論に入る前に、全国の原子力発電所の、地元警察署と民間警備会社の警備状況の実態につ

いて、把握しなければならないであろう。まず、福井県敦賀半島にある、美浜原子力発電所においては……〉

文書には、専門用語や図面が細かく記述されていた。さらに電子的警備システムのテクニカルノートも添付されていた。

由起子は、その書類を含む朱印が押された文書だけを抜き出し、バスルームまで運んだ。バスタオルで床の水分を丹念に拭き取ってから、小さなタオルの上に書類を並べた。準備が済むと、バスルームから出て、男の様子をしばらくうかがってから、自分のシャネルのエナメルバッグを開けた。化粧ポーチの下に埋っていた、オリンパスのデジタルカメラ〈CAMEDIA〉を取り出し、再びバスルームに戻った。ボディはあらかじめ彼女が縫ったキルティングの消音ケースで被われていた。右手で、モードダイヤルを〈P〉の位置にセットし、液晶モニターに画像が浮かぶのを待った。書類は見事にモニターに映っている。バスの中の明るさでも充分だった。中指でズームレバーを調整し、ピントを合わせた。露出をあれこれテストしている余裕はない。ただ、シャッターボタンを押すだけだ。両手でしっかりとボディをホールドし、両脇を締めた。

それは押すというよりは、シャッターボタンを右から左へ、撫でるような動きだった。バスルームの中には、カシャ、というごくかすかな音だけが伝わった。

由起子が撮影したのは合計三十枚。それらはすべて静止画保存用のカードにキャプチャーされた。

時計を見た。アタッシュケースを開けてから、すでに四十分もたっていた。由起子は、自分のバッグまで戻り、中からキャスターマイルドのボックスを見つけると、その中にカードをねじこんだ。文書を元通りにアタッシュケースに戻す。由起子は急いでタブに飛び込んだ。そして勢い良くシャワーダイヤルをひねった。あの安っぽいロースのような短い舌が体を這い回ったことを思い出すと、鳥肌が立った。しかも、あの爛《ただ》れたような皮膚の感触――。由起子はシャワーのダイヤルを強くして頭から叩きつけた。

翌朝

帝国ホテルから仕事場に直行した男は、いつもより三十分も早く自分の部屋に到着した。秘書が驚いた顔で挨拶すると、男は笑顔で新聞を受け取って、さっさと自分の部屋に入っていった。

デスクにアタッシュケースを置くと、由起子の誕生日を逆転した数字を、ロックキーでそろえて開けた。男の頭に由起子の肢体が蘇った。思わずニヤついた笑いが出た。重要書類や簡単なステーショナリーセットは、いつもの通り整然と並んでいた。男は無言で、満足そうに何度も頷いた。念のための行為だったが、昨日はとくに、首相官邸での会議に使った重要資料をそのまま持って出たので、気にはなっていた。普段ならこんなことはしない。だが、由起子との時間には遅れたくなかったのだ。

男は、アタッシュケースから「極秘」書類を取り出すと、秘書を呼び寄せ、「秘密登録簿」に四ケタの数字で登録することを命じた。さらに、最も厳重な三段式文字盤カギのかかる金庫に収めることも付け加えた。この秘密区分に指定されると、コピーを取るにも、第三者の立ち会いを置くことが決められている。これを破ると、国家公務員法の守秘義務に抵触し、刑事罰をくらうことになる。

秘書がテキパキと作業を行い、無事金庫に収めたことを確認すると、男は初めてホッとした。そして椅子にもたれかかり、日本茶をすすりながら、新聞を広げた。

帝国ホテル

コンビニエンスストアで調達した生温かい缶コーヒーを、本間は顔をゆがめながらぐっと喉に流し込んだ。ごみ箱に投げ捨てようとして、椅子の上から体を反転させた時、その手が止まった。テーブルの上に転がっている十数本の栄養ドリンクや缶コーヒーのかたまりをうんざりした顔で眺めた。警察という組織は、どうしていつもこう栄養ドリンクを買い漁るんだろうか。それを飲んだからといって、特別な効き目があったという話など聞いたためしがない。

五KW一〇二無線機のスピーカーは、昨夜来ずっと沈黙したままだった。

「ふだんはろくに働かないで一日ブラブラしているくせに、何のためにわざわざここに泊まったんでしょうね」

欠伸《あくび》をこらえながら佐伯が言った。

「いや、絶対に何かある。必ず接線を持つはずだ」

本間は口を歪めて栄養ドリンクの一つに手を伸ばした。

警告音が突然鳴った。超音波を使った警報センサーが反応し、李成沢がドアを開けたことを教えたのだ。

モニター画面に本間たちが駆け寄った。もう何度も見飽きた男が、緑色のショルダー鞄を持ってドアから出てくるところだった。徹夜で帝国ホテルの客や従業員に扮した流動視察員と、また車両の中で血走った目をしていた流動視察班のイヤホンに警告が発せられた。

李成沢は、ロビーフロアでエレベーターのドアが開くと、悠然とフロントまで歩いていった。キャッシャーという英語の札がかかるフロントデスク前ではチェックアウトを待つ宿泊客が早くも列をなしていた。李成沢はロビーをグルリと見渡した。ロビーソファには肩からカメラを下げて背広にスニーカーという男と、観光地図を広げたセンスの悪いトレーナー姿の男女のカップルが座っているだけだった。

その二十メートル後ろの広大なランデブーラウンジでは、化粧直しに余念がない由起子の前に、朝刊を手に持った東山が、無言で座った。由起子は東山に気がつくと、そそくさと化粧品をシャネルのエナメルバッグにしまい込んで、かわりにキャスターマイルドの箱を一つ取り出し、東山の手元にそっと滑らせた。

「変わったことは？」

混みだしてきたフロント付近を眺めながら、東山は小さく言った。

「あの年でさ、朝もお元気で」

由起子は冷たい笑顔を向けた。

東山は、首を左右に向けてから、ジャケットの内ポケットから、無地の白い封筒を取り出して、由起子の前に置いた。画廊の営業マンの多くは、キャッシュを財布ではなく、封筒に入れて持ち歩くスタイルが昔から続いている。だから、その光景は、東山にとってはごくありふれたものだった。由起子は封筒の中身をすぐ覗いた。約束通り、福沢諭吉の顔が二十枚あることを確認すると、小さく微笑んでバッグの中に封筒ごと落とした。

「昨日の夜は、本当に大変だったのよ。あのスケベ爺、浴衣の紐でクローゼットのパイプに縛りつけようとするんだから。もう最低！」

「ケツの穴を乱暴されるのに比べれば可愛いもんだ」

「えっ？　そんな趣味もあるの？」

東山は笑って返した。

「ねえ、だから、もう少しもらわないと割が合わないのよ。デジカメだって大変なのよ。もう、胃に穴が開きそう」

「そんなに長いこと続けさせるつもりはない。あと少しだ」

東山には、あと半年間が問題だった。

「第一、これって、バレたら警察に捕まっちゃうんでしょう?」

「関係ないさ」

東山は〝警察〟という言葉に心臓の激しい鼓動を感じた。そしてそのことから自分が意識をそらしていたことを思い出した。

「でも、ヤバイことには間違いないんでしょう? だから、やっぱり、もっと上乗せしてよ」

「いくら?」

東山は動揺が顔に表れていないか心配した。

「あとね、一本は上乗せして。近いうちに引っ越したいのよ。ねえ、お願いだから」

「冗談言うな。そんなに払えるわけねえだろう」

「じゃあ、私、もう降りる。いいの?」

東山は黙り込んだ。由起子は身を乗り出し、東山を真顔で見つめた。

「いい話があるの。あのオヤジね、今朝、別れる時に、来週にアメリカ軍の偉いさんと、また会議があるって言ってたわよ。だから私、その会議のすぐ後に会いたいって言ったの。偉いでしょう？」

東山は、抜けようのない泥の中に埋もれてゆく自分をみつめた。

東山は半年前のあの時を思い出した。そう、それがそもそもジレンマの始まりであり、自分を取り巻く環境が一変したその瞬間だったのだ。

すべては、ほんのささいな、いつもの日常の中の、顧客の一人のささやき声から始まった。

その日、東山は赤坂にある韓国クラブで、背の高いホステスたちに囲まれながら、顧客の一人で、パチンコ店オーナーである、龍振大《リョンジンデ》のろくでもない自慢話を聞かされていた。だが東山が我慢しなければならなかったのは、龍が年間一千万円以上の作品を買ってくれるＶＩＰであることはもちろんだが、桜林洞ギャラリーが新人発掘のために設けた〈桜青会〉の入選者である作家の作品だけを買ってくれることが、何より桜林洞ギャラリーにとっては助かっていたからである。〈桜青会〉出身の作家の作品については、桜林洞ギャラリーが責任を持たなければならず、すべての作品を買い取る必要があった。問題は、どう見ても売れそうもない作品まで在庫しなければならないことで、その保管料だけでも膨大で、経営を圧迫するほどだった。そうかと言って、新人作家の面倒を見なければ、好条件で誘う他の画廊に作家を横取りされることにもなる。桜林洞ギャラリーにとっては大きな問題となっていた。だから龍社長の〝買い物〟は、途轍もなく有り難い存在だった。

気さくな人のいい老人といった感じの龍社長は、時々、こうやって東山を誘った。一人でクラブに行く勇気がないという。ところが、今日に限って、龍社長は、一人の在日朝鮮人の貿易商を連れて来た。彼は、李成沢と自己紹介した。頭髪も黒々として、頬も赤みを帯び、見た目は若く見えるが、四十歳代の後半には到達していると東山は思った。

李成沢は、食事の間、ほとんど無口だった。ホステスのお愛想にもまったく無表情だった。だが、東山の話が、いつものように政財官界のインサイダー情報に移ると、突然、身を乗り出して来た。変わった奴だ——それが東山の第一印象だった。

それから一週間ほどたった頃だったか、東山は、その変わった男のことはすっかり忘れていた。だから、その電話がかかって来た時、始め、名前を聞かされても誰だか分からなかった。パチンコ店オーナーの名前を出されて、始めて思い出したくらいだった。

東山は、その時、途方に暮れていた。ここ二ヵ月も由起子と会えないことで、あの男が東山に不満をぶちまけていたのだ。東山は、彼女は今、コンパニオンの仕事が忙しくて、と誤魔化したが、実際は由起子に渡せるだけの資金に困っていた。

李成沢は、電話口に出た東山に、一度、ゆっくり会いたいと言った。断る理由もなかった東山は、翌日、表参道交差点の交番とはちょうど反対側にある、カフェラミルで、李成沢と再び顔を合わせることとなった。一番奥の席で、恐ろしく時間のかかるブレンドコーヒーを待つ間、李成沢は、先日の夕食会で東山が口にした、女好きの役人の話は大変興味深かった、と切り出した。そして、奇妙な申し出を口にしたのだった。

「あなたは、将来、独立したいとおっしゃっていましたね。東山さんは、商才に溢れていらっしゃることが私には分かります。だから、私、独立するために当面必要な資金を融通する用意があります」

コイツ、頭がおかしいんじゃないか、東山はそう思った。世の中、そんな奇特な者がいるはずもない。だが、自分のこれからの計画について詳しく尋ね、支援する具体的な金額を提示し、銀行口座まで聞いて来るに及んで、いつの間にか、李成沢の話に夢中になっていた。

だが、李成沢は、一つだけ条件を付けた。

東山は、高利が付けられている金だと思った。上手い話は、そうあるもんじゃない、と溜め息が出た。

だが、李成沢の言葉は、想像もしない、奇妙なものだった。李成沢が口にした条件とは、その男が持っている書類のうち、何枚かでいいから、複写をしてくれないか、というものであった。しかも、その都度、充分な謝礼を渡すとも言った。

その男が付き合っている女性とホテルに泊まる時、必ず、アタッシュケースのダイヤルキーを口に出しながらロックを確かめるという癖を、東山が夕食会で話題にしたのを覚えていたのだった。特に、李成沢が気に入ったのは、そのロックの番号は女性の誕生日を逆転させているということ。そして、その度に、幼児言葉になって、女性の名前を甘ったるく呼ぶのだという習癖だった。

李成沢の申し出を聞き終わった時、東山は、じっと相手の顔を見つめた。何者なんだ、コイツは？　東山は、やっと運ばれて来たコーヒーに口を付けながら、李成沢の顔を、さらに観察した。李成沢は、東山の心の中を察するかのように、無理であれば断ってくれてもいいと言った。だが、こんな申し出をしたということは内密にしておいて欲しい、とも付け加えた。

その日は、東山が、一日考えさせて欲しい、と言ったのですぐに別れた。

東山は、桜林洞ギャラリーまで歩きながら、李成沢の申し出を反芻していた。その誘いに乗ることは危険かどうかの前に、技術的な問題を真っ先に頭に浮かべた。まず、自分が書類を撮影することは、到底不可能だった。やはり、誰かの協力は不可欠である。しかも、李成沢には少し誇張して話したので、果して書類を複写することが物理的に可能かどうかを考えなくてはいけない。

画廊に帰ってからも、東山は考え続けた。

李成沢の提案に乗って、男の書類を複写して渡すということは、もしかすると、その書類が、政治的に利用されてしまうのではないか。自分は映画で見るようなスパイ行為を働こうとしているんだろうか。それは危険なことなのか。しかし、李成沢の誘いは自分にとって人生最大のチャンスであることは間違いがない。しかも、今、すぐにキャッシュも必要だ。東山は、メリットとリスクが頭の中で激しく回転した。

　李成沢の話を、初めて由起子に持ちかけたのは、今から三ヵ月前のことだった。始めは、もっと信頼出来る人間を使おうと思っていたのだが、下手に情が絡んだり、特別な関係になったりしたら、それこそ面倒だと感じるようになり始めた。それより、金ですべて解決した方が、後腐れもないし、危険な仕事も割り切ってやってくれるはずだと確信したのだった。親しい女性に頼むのは気が引けたのに比べ、由起子だったら、金ですべてを割り切っているので、良心の呵責も感じないで済むと思ったことが、東山を決断させた一番の理由だった。ヤバイことだという認識は心の奥底にしまい込んだ。

　イベントアシスタントの仕事が、最近、なかなか廻って来ないので金がない、と由起子がグチを言ったタイミングを東山は狙った。

　由起子が、東山の奇妙な誘いに戸惑ったのは最初だけだった。李成沢が出すという、一回につき二十万円という金額がすべての躊躇を吹き飛ばした。これまでは、東山にとって八万円というのが精一杯だった。

　そうなると、由起子はその〝仕事〟に興味さえ示すようになった。スリルがあって楽しい、とまで言って笑った。

　東山にとっても、男との関係を維持することは絶対に不可欠だった。男が紹介してくれる人脈は、政財官界問わず、涎《よだれ》が出るほどハイクラスの人間ばかりである。しかも、それらは、彼が大蔵省主査であった頃に世話をしたという人ばかりで、「あの人の紹介なら」と、画廊の一営業マンにも快く付き合ってくれる。男は独立のためには欠かせない存在となっている。彼のご機嫌を損なうことは許されない。由起子との関係も、できるだけ長引かせなければならないのだ——。

「ねえ、聞いているの？　どうするの。上げてくれるの、くれないの？」

由起子が不機嫌にテーブルを細い指で叩いた。

「分かった。次回からそうしよう」

もう後戻りできないことを東山は悟った。

次回の〝仕事〟について簡単な打ち合わせを済ませた後、跳ねるように歩いていく由起子に軽く手を振って席を立った。その瞬間も素早くあたりを見た。自分たちに視線を送っているような人間は誰もいない。自分では別に悪いことをしているという気持ちはサラサラなかった。だが、最近、妙に行動に気をつけるようになっているのが不思議だった。

東山は、正面玄関のドアを出て目の前の信号を渡り、日比谷花壇の脇を通り過ぎて日比谷公園に入った。中央の広場には向かわず、右の小道をレストラン松本楼の方向へ進んで行った。五十メートルほど歩くと、目当てのベンチはすぐに分かった。すでに下見をしていたので、迷うはずがなかった。ほこりを払ってから腰を下ろし、タバコに火をつけた。スパスパと急いで吸い終わると、地面に放り投げてから靴底でもみ消した。

ここまでなら、どこでも見かける光景だった。

東山は、踏みつぶしたはずの折れた吸殻を拾い上げると、ベンチの脚のすぐ脇に置いた。

ふたたび歩きだした東山は、六十メートルほど進み、ごみ箱の傍らにキャスターマイルドの箱を無造作に置いた。公園を突っ切って法務省の合同庁舎前の愛宕通りまで出ると、タクシーを拾い、何事もなかったように青山の桜林洞ギャラリーに戻った。

十五分後。李成沢は、東山が通ったコースと同じように日比谷公園に入ると、目的のベンチに向かって足を速めた。すでに何度も頭の中でイメージトレーニングしていたので慌てることはなかった。目的のベンチはすぐに見つかった。ゆっくりと腰を落とした。視線だけを反対側のベンチの脚に向け、決められた場所にブツが安全に置かれたことを示すタバコの吸殻があるのを確認した。すぐに立ち上がって再び歩き出した。

建設作業員に扮した視察員は、李成沢がベンチに座っている間、特異な動きはまったくなかったと判断し、追尾を再開した。今回の作業は絶対秘匿が厳命されていたので、七十メートルほどの距離を確保せざるを得なかった。だから、李成沢がごみ箱の前で少し屈んだ姿を、ちょうど木が陰になって捉えることができなかった。

李成沢は、日比谷公園の北門を出ると、厚生労働省前でタクシーに手を上げた。先回りしていたゾーンの車両班が直ちにタクシーの追尾を開始した。

三十分後。本間の五ＫＷ一〇二無線機が鳴った。落胆した声だった。

「こちらヨン。コスモスを追尾したところ、後楽の自宅マンションに帰りました。それからまったく動きがありません」

本間は舌打ちしてソファに腰を落とした。天井を仰ぎながら、昨日からの男の行動を何度も振り返った。不自然なところはまったくなかったはずだ。男はいたってスムーズに行動し、キレイに帰っていっただけだった。アイツは、たまの贅沢を堪能して、日本を代表する迎賓ホテルに泊まっただけだったのか。いや、そんなことはない。こっちがどこかで見落としたんだ。完全秘匿の視察活動ほど難しいものはない。何かを見落としたんだ、きっと。

本間は無線機をベッドに叩きつけ、ソファを何度も蹴った。佐伯たちは、その光景を黙って見つめていた。ホテルからの苦情が岡崎参事官の耳にでも入れば、またどんな処分を下されるかわかったもんじゃない。今から覚悟だけはしておいたほうがよさそうだ。

外事警察官たちは、顔を見合わせて、現地指揮所の撤収作業の段取りを考え始めていた。

後楽二丁目

自宅に帰り着いた李成沢は、すぐにパソコンを立ち上げて、ＰＣカードの中に、デジタルカメラの映像がキャプチャーされた薄いカードを差し込んだ。三十枚の画像が入ったフォルダーを画像閲覧ソフトで開いた時、李成沢は思わず溜め息を洩らした。目を凝らすと、建物らしい図面に数字や図形が細かく書き込まれている。こりゃ、スゴイ！　きっとまた機密書類に違いない。こみ上げてくる笑いを抑えきれなかった。冷蔵庫から缶ビールを出して、かわいた喉を潤した。

この書類は今までの中で、おそらく一番重要なものなんだろう。本国からやってきたボスも喜んでくれるに違いない。北欧の、どこかの大使館に勤務しているからといって、いちいち言うことがキザったらしいのが鼻につくが、オレのことを本国のお偉いさんたちに宣伝してくれるのは、あの人しかいない。

空のビール缶をごみ箱に放り込むと、また作業に戻った。

李成沢は、プログラムリストから〈ステガノグラフィー〉というソフトを稼動させた。そして、サンプルとして別のフォルダーに保存していた日本の女優、三十人分の顔写真をマウスでドラッグし、由起子が撮影した三十枚の書類の画像の上に重ね合わせた。最後に、その画像を圧縮して、電子メールの添付ファイルで送信を終えた時、李成沢は口笛を吹いて笑いが止らなかった。出来具合は完璧だった。メールが傍受され、添付ファイルが解凍されたとしても、そこには女優の顔しか見ることは出来ない。微粒な画素の中に、機密書類が密かに紛れ込ませてあるとは絶対に気づかれることはないだろう。しかも、同じステガノグラフィーソフトを持っていたとしても、〝解読〟するには、暗号キーが必要だった。

そこから三キロ離れた白頭山交易ビルの一室で、何の変哲もない黒メガネをかけた男が、受信したメールに貼り付けられたファイルをすんなりとCD－RWにコピーした。そしてアメリカ生まれのジャズシンガーが発売したアルバムCDのケースの中に入れ、バッグの中に無造作に仕舞い込んだ。

二時間後。成田空港駅改札口から出て、セキュリティーチェックの民間ガードマン会社の警備員に日本人名のパスポートを見せた。警備員は、とくに注目することもなく機械的にカバンの中身を点検した後、深々と礼をして南ウイングの空港ロビーへと送り出した。平壌市中心部、朝鮮労働党対外連絡部ビル近くの灰色の建物。別名、三〇二号庁舎。そこで莫大な国家予算を投じて変造されたパスポートを見分けることを民間警備員たちに求めるのは、はなから酷なことだった。

誰の注意も引くことがなかった男は、週刊誌を手に持ったまま、エスカレーターで一階下に降り、長い行列を待ってから、出国審査窓口に、日本人、豊田宗雄名義のパスポートを無表情で手渡した。法務省入国管理局成田出張所に在籍する出入国審査官は、出国スタンプを押して、帰国時に使う入国カードをホッチキスで留めると、ニコリともせずにパスポートを男に押し返した。

初めて気を緩めた男は、財布を覗いた。貴重な外貨である日本円がいくら残っているか確かめた。残り少ない金で何か買えるだろうか。そう思いながら、まず免税品ストアに向かっていった。

出入国審査官は、さらに三人の旅行客をさばいた後、交代の時間が来たのを腕時計で確かめた。待機していた女性入国審査官と審査窓口の席を替わった。彼女が五人目のパスポートにスタンプを押した時、入国管理課長補佐が、ボックスの一つ一つにやってきては一枚の紙を渡していった。

「警察庁からだよ。よく似た顔はウジャウジャいるけどな」

今年の夏には本庁への栄転が決まっている課長補佐は、上機嫌で彼女に微笑み、照会写真がプリントされた紙を渡した。

〈パスポートは日本の変造旅券を使用。名義は、豊田宗雄。番号は、MG４３２５×××。年齢、四十歳くらい。中肉中背。発見の際は、同人を留め置いた上で、警察庁外事課まで至急提報頂きたい〉

女性入国審査官は、長い行列を気にもせずに、穴が開くほど見つめた。ここ数年、入国管理事務所に採用される女性職員が多くなっていたが、彼女は数少ない国家中級試験を合格した幹部候補生だった。自分の仕事に強い誇りを持っていたのと同時に、大それた夢も持っていた。出入国審査は主権国家の要である。入国管理局は違法入国者だけでなく、出国者にも目を光らせるべきだ。日本という国は、なぜこうも〝出て行く者〟には寛容なのか。いずれ自分が成田空港を任されるとき、必ずもっと審査体制を強化してみせる。

彼女は旅行者が現れるたびに、目の前に張りつけた照会依頼書と厳しい視線で見比べた。もしこの男が私の目の前に立ったら、絶対にここを擦り抜けるようなマネはさせない。だが、すでにデスクの端に積み重ねられている旅行者の出国カードをめくることまでは思いつかなかった。

免税店で買い物を済ませた男は、中国国際航空九二六便を利用して、三時間後には北京空港に降り立った。バッゲージクレームに向かう大きな流れとは別に、その男だけはトランジットフロアに向かい、朝鮮航空のサテライトに足を踏み入れた。

さらに五時間後、迎えの車に揺られながら、平壌市内中心部にある八階建ての人民武力部総合庁舎に辿り着いた男は、すぐに偵察局長室のドアをノックした。テロ・ゲリラ・暗殺のプロフェッショナルたちを束ねる偵察局長の呉克春《オククチュン》は、男を見るなり満面に笑みを浮かべた。両手をあげて男を大袈裟な抱擁で迎えた。そして耳もとで最高の言葉でもって労をねぎらった。

久しぶりに本名を呼ばれた男は、一瞬とまどった。

男は、秋葉原で買い込んだビデオカメラとゲームボーイを紙袋の中から取り出して、呉克春に渡した。最後に取り出したのは、五本の日本のアダルトビデオだった。呉克春は、さらに顔をクシャクシャに緩めて、ふたたび強い握手を求めてきた。

「ご苦労だった」

パク・アンリーは、偵察局長のヤニ臭い口臭を我慢しながら、三日後の自分の姿を思い浮かべた。紙袋の底にあるクリスチャン・ディオールの口紅とセイコーのデジタル時計などの土産の数々に、彼女はさぞかし目を丸くして驚くことだろう。オスロのポルネブ空港には、ベルリン経由でも夕方までには着くはずだ。

「君は、爆弾も銃も使わないという素晴らしい作戦で、輝かしい勝利を収めた。史上最大の工作であると言ってもいいだろう。君にしかできない芸術だ」

「ありがとうございます」

パク・アンリーは早々に立ち去りたかった。

「ところで、来週も、いい出物があるかもしれない。君が能力をまた発揮してくれることを、国防委員会委員長も期待している。こんな名誉なことはないぞ！」

在ノルウェー北朝鮮大使館一等書記官というもう一つの肩書を持つ偵察局第二十五空挺部隊所属、パク・アンリー大佐は、ベルリン経由オスロ行きの航空券が台なしになったことを、その瞬間に悟った。

市ケ谷　防衛庁情報本部

その極秘機関が、チョウベツとも、ニベツとも呼ばれたのは、もう古い話だった。防衛庁が「最大の国家機密」として最も秘匿する日本最大のコミント（コミュニケーション・インテリジェンス）機関は、一九九七年四月をもって、新しい機関として再スタートしたのだった。

それまで防衛庁内では、〈陸上幕僚監部の調査部調査第二課別室〉というのが、このコミント機関に与えられていた名称だった。しかし、公式の名簿や組織図からはまったく削除されていた。この極秘機関が国民の前に驚嘆すべき能力を初めてさらけ出したのは、一九八三年の旧ソ連空軍戦闘機による大韓航空機ミサイル撃墜事件だった。

しかし、このコミント機関が国民の前に姿を現したのは、その一回だけだった。それからもなお、厚いベールに包まれたまま、電波情報を収集し続けていた。それは単なる軍事機密というような狭隘《きょうあい》な世界にさまよう秘めやかな企みではなかった。情報によってこそ国家が存続するという、紀元前ローマ帝国以来の根源的な魂と言えた。国家そのもの——それがコミント機関の、けっして人目に触れることも、知られることもない真の姿だった。

一九九七年四月、そのコミント機関は新しく組織が変えられることになった。調査第二課別室という名称は消え去り、情報本部という新しい名称に変わったのだ。組織上も、今までは便宜上、陸上自衛隊の傘下に置かれていたのが、統合幕僚会議の幕僚二室（情報担当）が廃止され、統幕の指揮下に入ったのである。

調査第二課別室が行ってきたコミントは、情報本部の中で、新しく電波部という名称でスタートした。さらに、陸上幕僚監部の一〇一測量隊と呼ばれる頃から衛星写真の解析作業を行ってきた画像部、国際軍事情勢全般と地域別情報の収集・分析を行う分析部、情報業務全般の調整、年度情報計画、業務計画、データ管理に関する業務を行う計画部、総務・会計・

人事・教育に関する業務を行う総務部、計五つの中央セクションに加え、全国九ヵ所で約一千名が従事する電波傍受基地。これが情報本部の全容だ。

陸上自衛隊市ヶ谷駐屯地。C1棟と呼ばれる真新しい青いビルの地下三階に、新しいコミント機関の中枢がある。電波部の広いフロアの中でも、最大スタッフを抱える電波第三課の北朝鮮チームは、冷戦の崩壊以降、最も過酷な勤務を強いられてきた。朝鮮人民軍の連隊レベルの「変化」一つでも、首相官邸に緊急電話をすることが日常化していた。

だが、ここ一ヵ月で見てみると傍受員たちの緊張は緩《ゆる》んでいた。DMZ（非武装地帯）前線に相変わらず張りついた野戦砲部隊も、多くの兵士が田植えに駆り出され、また兵士の食料を確保するために自分たちで畑を耕しているといった動きを正確に把握していたからだ。

電波解析技術官の一人は、暗号解読担当の電波第九課から送られてきた傍受記録用紙を退屈そうに眺めていた。全国九ヵ所にある電波傍受パラボラアンテナは、衛星通信を使った国際電話をも傍受している。彼が見つめていた記録用紙も、日本から北朝鮮へ向けて発信された国際電話の傍受記録の一つだった。

Ａ：白頭山交易のチョウです。

Ｂ：ああ、俺だ。

Ａ：新しいスポーツウエアのサンプルが再び手に入りました。来週の便で持って帰る予定です。

B：サンプルの出来具合は、どうだ。

A：今度は高級品ですよ。

B：楽しみだ。

A：縫製工場の役に立ててください。

B：ところで、君が前に持って帰ってくれたサンプルから、革命的な計画が立てられた。すでに優秀な工員が選抜され、大きな工場が動きだしている。

A：きっとかれらは、とてつもない結果を出してくれるでしょう。

B：私も期待している。

A：祖国の敬愛する、新しい後継者のために。

B：まったく。その通りだ。

かったるい会話だった。

日本と北朝鮮との間では、貿易総額こそ低いとはいえ、日本の繊維メーカーなどが北朝鮮の恐ろしく低い賃金コストに目をつけて現地生産させるケースが増えてきた。目の前の記録用紙に書かれているような会話など、彼は今月だけでも、もう何十回と見ていた。ただ、文書の最後には、電波第八課からの分析データが付け加えられていた。

音声分析担当の電波第八課のコンピュータの磁気テープには、四十年間に及び国際電話や軍事無線の傍受を通してかき集めた北朝鮮労働党最高幹部から朝鮮人民軍高級将校にいたる一人一人の膨大な声紋が蓄積されていた。そのため電波第八課の存在そのものが情報本部の最高機密扱いだった。

電波第九課長宛　極秘233RE
声紋ライブラリーから照合の結果を報告する。
A：蓄積データなし
B：朝鮮人民軍偵察局長　呉克春　以上

偵察局長とは聞き捨てならないな。電波解析技術官は記録用紙を手にもったまま考え込んだ。だが、それにしても内容が乏しすぎる。軍の特殊作戦部隊だといっても、給料が少ないので、きっと地位を利用してアルバイトでもしているに違いない。わざわざ電波第三課長に緊急に上げる話でもないな。

電波解析技術官は記録用紙を保管ファイル行きの山積みされた他の記録用紙の上に無造作に重ねた。そして、頭をスッキリさせてから、ふたたび新しい記録用紙に向かった。

第二章

前日

北陸沖日本海上空　アルファー・ジュリエット一〇一〇　P－3Cサンダー76　午前五時

それは、七色のグラデーションだった。パレットに調和よくにじんだ絵の具のような鮮やかな色の配列が、太陽が地球から顔を出す直前の水平線上に現れていた。

権藤尚文一尉は、高度一万フィート近くの空からでしかお目にかかることができない、この自然が持つ芸術の才能にいつも深い感銘を受けた。それは、どこか神聖な気分にさえさせた。大脳皮質までまくり上げてしまいそうなターボプロップエンジンの轟音の真っ只中に放り込まれたこの環境でも、人類だけに与えられた感受性神経細胞までは破壊されることはない。妻や小学四年生になったばかりの娘に、その美しさを語って聞かせてやるたびに、P－

３Ｃに搭乗させてくれとせがまれていた。だが、二人に合うようなフライトスーツは残念ながら海上自衛隊には用意されていなかった。

　哨戒機Ｐ－３Ｃサンダー76の機体後部区画で、権藤は自分で作った熱いインスタントコーヒーをすすりながら、コックピットの防風ガラスに反射する朝焼けをぼんやり眺めていた。Ｐ－３Ｃは、いったん飛び立てば八時間から十時間以上の飛行を余儀なくされる。そのため、他の軍用機よりは居住性の高い仕様になっていると、海上自衛隊では見学者にＰＲしている。だが、体ごと沈むようなソファがあるわけでもなく、フェザー入りの枕が付いたベッドがあるわけでもなかった。硬いイスと高性能コンピュータに囲まれた狭い空間。これが、潜水艦ハンターたちの職場だった。

　冷戦が崩壊し、ロシアの太平洋艦隊が水兵たちに満足に給料も払えず、戦艦は錆だらけになったといっても、潜水艦隊だけは不気味に生き残っていることを権藤は身をもって知っていた。ＣＮＮが撮影にくれれば平気でロシア艦隊の悪口を言うような下士官に払う金をけちる一方で、ロシア軍はカムチャッカ半島のペトロパブロフスクにある極東潜水艦艦隊だけには資金を惜しみなく注ぎ込んでいた。その明らかな証拠は、津軽海峡と対馬海峡の海底に秘かに並べられたＭＡＤ（磁気探知システム）センサーや、アメリカ軍が敷設したＳＯＳＵＳ《ソーサス》システムの超低周波探知センサーが二十四時間態勢でモニターし、確認されていた。

　ナブコム（航空通信士）を振り出しに、Ｐ－３Ｃのクルーになって十五年のキャリアを持つ権藤も、これまで数々のロシア潜水艦を追いかけた経験を持っていた。回数こそ減ったものの、今も日本列島周辺をウロウロするロシアと思われる〈アンノウン〉の潜水艦の航跡は消えることがなかった。

ペトロパブロフスクやウラジオストクのロシア太平洋艦隊基地を包囲するように敷設されたSOSUSには、毎月のように出航するロシアの戦略ミサイル原子力潜水艦がコンタクトされていた。潜水艦のスクリューのターンカウントや減速ギアが発生させるノイズを捉えるパッシブ・ソナーシステムは、ロシアの太平洋艦隊や潜水艦隊基地の出航状況を、一隻の取りこぼしもなく二十四時間態勢で捕捉していた。また、津軽海峡と対馬海峡の海底に沈められた莫大なMADセンサーは、こっそりと通過する潜水艦という鉄の固まりが地球磁場を乱す瞬間をモニターしている。

これらのデータは、ASWセンターで一括処理された上で、アメリカ国防総省統合情報本部（DIA）を経由してから、海上幕僚監部と防衛庁のごく限られた幹部の元へ、週に一度のペースで回覧されている。極秘扱いのオペレーション情報に接した防衛庁キャリアたちは、潜水艦の航跡まで詳細にモニターされたデータに驚愕することになる。そして、「さまざまな情報を総合判断した結果」などとたくみにコーティングされた後で、予算要求の基礎データとして、永田町の選ばれた代議士だけに耳打ちされることもある。

ホルダー付きのプラカップに入れたインスタントコーヒーを、権藤は時間をかけて飲み干した。演習が始まれば、もう二度と、こんなにのんびりすることはないだろう。ふたたび機体後部まで行き、給湯セット近くにあるゴミ箱にプラカップを捨てると、オーディナンス（ＡＯ）と呼ばれる二人の武器員を振り返った。各種ソノブイや短魚雷ＭＫ46を扱う専門家である。

リップマイクとヘッドフォンが一体化したヘッドセットの重さを感じながら、権藤が自分の任務が待っている区画の椅子に座ろうとした時だった。騒々しいターボプロップエンジン音の間に挟まって、ＩＣＳ（機内交話）を通した機長の声が呼びかけてきた。

「タコ、パイロット。波が相当荒いぞ。ドン亀のトラッキングにはキツイかもしれないな」

〝タコ〟とは、タクティカル・コーディネーターのことである。潜水艦が発生させる周波数を見分ける二人のＳＳ1、ＳＳ2（センサーマン）の情報を元に戦術を計画するＡＳＷ（対潜水艦戦）の責任者のことだ。権藤は数少ないタコアルファーと呼ばれている最上級ランクの資格を持つタクティカル・コーディネーターだった。〝ドン亀〟とは海上自衛隊のサブマリーナ（潜水艦乗り）たちが自称するニックネームである。

権藤は、コックピットのすぐ後ろ、簞笥大《たんす》のコンピュータからの全情報が集約されるコンソールに囲まれた席を立った。機長のすぐ後ろの戦術機関士の頭越しに背伸びして、コックピットのフロントガラスから眼下を覗いた。上空三千メートルからも、海面のいたるところが白く波立っているのが分かる。相当な高さの波になっているのは一目瞭然だった。

思わず舌打ちが出た。

「日本海は、これだから困る」

ASWのエキスパートにとって、波が高いと水中雑音が多くなり、パッシブ・ソナー（聴音探知器）の精度が下がることは、初級クラスのテキストにのっているような話である。

今回の演習相手は、第一潜水隊群の「あきしお」である。「あきしお」のようなバッテリー潜水艦は充電池によってモーターを回して航行する。しかし、充電のためにはディーゼルエンジンを回し、空気を取り入れるべく、必ずシュノーケルを海面に上げなければならない。P－3CのASWチームにとっては、アイサーレーダーでそのタイミングをキャッチする時が最高のチャンスなのだが、波が高ければ、それだけノイズが多くなるのだ。

北陸沖日本海　海上自衛隊第一潜水隊群第五潜水隊　潜水艦「あきしお」

「はるしお」型八番艦の「あきしお」は、P－3Cサンダー76が通過していった真下を、十五メートルの潜望鏡深度を維持して露頂航行していた。海上自衛隊の第一世代である「ゆきしお」型潜水艦は徐々に退役の方針で、この第二世代の「はるしお」タイプの潜水艦が主力となりつつあった。基準排水量二千三百五十トン、全長七十六メートル、耐圧殻には、NS80高張力鋼が使用され、より深い潜航を可能としていた。同じ「はるしお」型の中でも「あきしお」が特徴的なところといえば、TASS（曳航ソナー）が取り付けられていることだろう。犬の尻尾のように艦尾から長く伸びたパッシブ・ソナーは、百数十キロ先で発生する超低周波の水中音波さえ聞き分けることができるという、きわめて高度な哨戒能力に恵まれていた。

発令所を占有する数多くのディスプレイに囲まれながら、艦長の神谷茂二佐は、ソナー室からの報告に満足していた。

「どうだ。あいつらは、のんびり飛んでいるか？」

作戦台の上で海図にコンパスを回転させていた哨戒長に命じて、ソナー室のスーパーバイザーを呼び出させた。スーパーバイザーは、四名交替制のソナー員を統轄し、艦長か発令所の哨戒長に報告するASWの責任者である。もちろん、潜水艦のシグナルを見分けることに関してもエキスパートで、カタロギング（潜水艦音響特性識別資料）を見なくても、ロシアの潜水艦をすぐに特定できるほどの目と耳を持っていた。

海面ギリギリに露頂した哨戒用潜望鏡から伸びるESM（電波探知）マストは、演習海域に向かってひたすら飛んで行くサンダー76のレーダー波を完全に捕捉していた。

「またアイサーです！」

神谷艦長は、三ヵ月前の〝闘い〟を苦々しく脳裡に思い起こした。今回と同様、権藤一尉がP－3Cのタコに就いていた戦いは、「あきしお」の完敗に終わった。海面に出した攻撃用潜望鏡の回転を、P3－Cのアイサーレーダーにキャッチされ、ソノブイバリアを張られて、ホールドダウン（完全包囲）されてしまったのだ。その夜の飲み会は一向に盛り上がらなかった。いつかは権藤を負かしてやりたいと思っていたが、運よく、わずか三ヵ月で復讐戦に臨むことができたのである。

ASWの最前線では、〝静か〟になった潜水艦の勝利に終わることが続いていた。

「潜横舵下げ舵一杯、ダウン五度、深さ二ヒャク」

神谷艦長の言葉に、バラストタンクの電磁弁ハンドルを握っていた若い油圧手が機敏に反応した。

「あきしお」とサンダー76が自衛艦隊司令部（SF）から与えられていた演習内容は、〈0200時から1800時。北陸沖海域。「あきしお」がトランジット訓練を行うので、サンダー76はそれを阻止せよ〉というミッションだった。つまり、逃げまくる「あきしお」をサンダー76が突き止めるという、狸と狐の化かし合いが始まろうとしていたのである。

六時間後。東経一三五度、北緯三八度。若狭湾沖の北北西四百キロの海域で、「あきしお」とサンダー76の化かし合いは、もう二時間も続いていた。「あきしお」は、サンダー76から約二十八キロ離れた地点を深度五十メートルを維持したまま、エンジンを稼働させないバッテリー潜航をしていた。しかも速度はデッド・スロー（最低速）。ゆったりと回転する二枚スクリューから発生するノイズは静寂そのものだった。

サンダー76

権藤のヘッドセットに、SS2の溜め息が聞こえた。隣に座るSS1とともに、ディスプレイを始める膨大なノイズを見つめていた。
「タコ、SS2。ターゲットの次の充電時間を待つしかないですね」

あきしお

発令所の中央に立ちながら、神谷艦長は腕時計を見た。ちょうど一時間後には、緊張した時間を迎えなければならない。このままバッテリー潜航していれば、無事に逃げおおせたま、海中散歩さえできそうだった。だが、予定された演習規定の時間が迫っていた。露頂深度まで深度を上げて、シュノーケルを伸ばし、キャブレターに新鮮な空気を送り込みながらディーゼルエンジンを稼働させ、充電作業をやらなくてはいけなかったのだ。
だが、神谷艦長はあわてなかった。ディーゼルエンジンといえば、昔はまるで櫓太鼓《やぐら》のように、ドンドン、デンデンという音が海中に響きわたったものだ。だが「あきしお」のエンジンとモーターは、高度な防振技術に守られて、ノイズは激減していた。

サンダー76

うぐいす色に光る多目的ビジュアルディスプレイに、権藤は視線を集中していた。五分前に海中に投下させていたBTソノブイからの信号が表示されるのを待っていた。

潜水艦のノイズをキャッチするためには、まず、深度ごとの海中温度を測らなくてはいけない。水中での音波の伝わり方は、水温に大きく影響されるからだ。潜水艦ハンターたちは、複雑な水温の変化の勾配をつねにコンピュータに解析させることにより、海の中での音の伝わり方と伝達特性を瞬時に知る必要があった。

BTソノブイは、摂氏マイナス四度から三十五度までの範囲で水温を計測できる。海中に温度センサーを伸ばしたBTブイが捕捉した温度情報は、デジタル信号に換えられ、数千メートル上空を飛ぶP－3CのBT記録器「NRO40／HMH」に送信される。そして、グラムと呼ばれる独特の記号や数字の形でデータ化され、SS1とSS2が見つめるワンツー画面に映し出される。

二人のセンサーマンは、そのデータを解析処理したうえで、タコ画面と呼ばれる、ソノブイレファレンスシステムと一体化された、権藤が見つめる多目的ビジュアルディスプレイに表示させるのだ。

温度情報がそろえばパッシブ戦のスタートだ。パッシブ戦とは、潜水艦のスクリューなどから発せられる周波数を、パッシブ・ソナーで捉えることにより、潜水艦の距離と方位を絞り込む戦術のことだ。権藤は演習規定書を復習しながらソノブイパターンをもう一度頭によみがえらせた。BTブイから得られた温度情報から、潜水艦のノイズシグナルを捉えるパッシブソノブイを投下させるタイミングと戦術を組み始めたのである。

さらに権藤は、タコ画面上でファンクションキーを操作し、再度ソノブイの探知可能範囲を解析していた。水温とひと口に言っても、深度や海域の潮の流れなどでクルクル変わる。そのため、潜水艦のノイズも、伝わりやすいところと伝わりにくい地点がある。海の中は、海流や天候の変化などで、何層にも温度の壁ができるほどだ。この水温情報をすべて、しかも三次元的に把握したうえでないと、効果的なパッシブ戦は不可能だ。

ＡＳＷの演習規定で決められている第一モード、サーベイランス（捜索）の準備ができたのを、権藤はタコ画面上で確認した。全クルーに、未知との遭遇——ファーストコンタクトを求めるＡＳＷの幕開けを、ＩＣＳで告げた。

「オールクルー、タコ。モードワン開始。チャンネル2を投下する」

権藤を始めとするサンダー76の全クルーたちは、ターゲットとする「あきしお」がいったいどこに潜んでいるか、もちろん皆目見当がつかない。だから、パッシブ・ソナーを次々と投下させ、その尻尾をつかむことから始めなければならない。

ほとんど沈黙を続けていたセンサーステーションからの声が、権藤のヘッドセットに埋め込まれたＩＣＳに入ってきたのは、演習が始まってから四時間が経過した頃だった。

「タコ、ＳＳ1。ファーストＣＺ。チャンネル12、周波数256。ちょっと臭いですね」

ＣＺとは、コンバージェンスゾーンの略で、遠距離で発生した周波数を探知したことを意味していた。ここで、ひと昔前なら、通販カタログのような大きさのカタロギングをわざわざ取り出さなければならなかったが、海上自衛隊が保有するP－3Cの大半は最新式デジタル解析システムが導入されていた。センサーマンのワンツー画面上の特定周波数帯には、ごく微弱なシグナルが緑色の波形で出現していた。

センサーマンが咳払いすら我慢してヘッドフォンを耳に当て、高速回転しているスクリューがシャッ、シャッ、シャッ、シャッというタウンカウント（水を切る音）に全神経を集中しながら、潜水艦の位置を特定するなどという時代は、とっくの昔に終わっている。ASWの現代戦は、百マイル先の潜水艦の音、しかも人間の耳にはけっして聞こえない超低周波シグナルをめぐる戦いなのだ。

SS1は、キャッチしたシグナルのうち、ASWに必要なデータだけ選んでタコ画面にデータリンクで送信した。

「SS1、タコ。いったい何だこれは？　ターゲットか？」

「タコ、SS1。いえ、周波数から判断して、ターゲットではないようです。今まで見たこともない周波数です。少なくとも、わがほうの潜水艦でも、ロシアの潜水艦でもありません。もしかすると、どこかのオンボロ木帆船のスクリュー音をコンタクトしたかもしれません」

「パイロット、タコ。とにかくチェック行きましょう」

権藤は落ちついた声でコックピットに言った。パッシブ戦でアンノウンの潜水艦をコンタクトすることは滅多にあることではない。防衛庁長官通達で認められた定期的なエリア監視任務のフライトでも、イワンの戦略ミサイル原子力潜水艦をキャッチすることなど、数年に一度の話である。

最近の潜水艦は、いかなる音も発生させまいと、驚くほどさまざまな工夫が凝らされている。最新ハイテク技術の粋が集められた潜水艦のステルスシステムによって、もはやパッシブ戦だけでは、最新の潜水艦を探知することは不可能ではないかという意見も、海上自衛隊の幹部の中にはあるほどだ。「はるしお」クラスの潜水艦も、ほとんどノイズを発生しないことで、いつもP－3Cのクルーたちを悩ませていた。

だが、得体の知れないシグナルは直ちにすべてチェックする。P－3Cのクルーにとっては、身体にしみ込んだ、ごく基本的なマニュアルを権藤は指示した。

権藤は、いまSS1が睨んだシグナルがもしもターゲットだとしたら、ホール（存在範囲の特定）するだけの自信はあった。そうなれば、今年すでに二回目の群司令賞を受けることは間違いない。賞品は焼酎一本だったが、その名誉は金額では測れなかった。全国のタクティカル・コーディネーターの中でも、これほど短期間に二隻も沈めたヤツはいないはずだ。クルーたちとの夜を徹してのドンチャン騒ぎも待っている。

それにしても、この周波数帯は、今までまったく見たことがない。しかも、あまりにも遠すぎる。そして微弱だ。いったい何なのだ。キーボードを操作して、正体不明のシグナルをローカライズ（位置の特定）するための、パッシブ戦のソノブイパターンを思い出している時のことだった。

タコ画面に現れ始めていた複数のベアリングが、突然消えてしまったのだ。数分たっても現れることはなかった。一度はキャッチしたシグナルを追い込みをかける前に見失ってしまう、〈ロスト〉と呼ばれる状態だった。

クソッ！　せっかくつかんだシッポを逃がしてしまうとは。失望した権藤の声が全クルーのICSに入ってきた。

「オールクルー、タコ。チャンネル12の音をロストした」

権藤はあきらめきれなかった。はじめからコンタクトに成功していないならまだしも、ロストするとは、駆け出しのやるミスではないか——。タコ画面で消えたシグナルの行き先をコンピュータで推定しながら、どこにソノブイを撒けばふたたび正体不明の音をキャッチできるか、権藤は頭をフル回転させた。だが、センサーステーションからは二度と声が上がらなかった。権藤は呻き声を上げて、椅子の背にぐったり体を投げ出した。

全クルーの間に走った緊張も、一瞬のうちに緩んだ。もう一人のセンサーマンであるSS2も大きな溜め息をついて、恨めしそうにグラム・ディスプレイを眺めていた。

「タコ、まだあきらめるのは早いですよ」

「ＳＳ１、ＳＳ２、タコ。それにしても、さっきの周波数は何なんだ？」

　普通のタコならば、ここで自分の愚かさを認める。だが、権藤は負けず嫌いな男だった。陰口を叩かれるのもがまんならなかった。キャッチした不明シグナルのデータを、海上自衛隊のデータ通信システム「リンク11」を使って、山口県岩国にある第三一航空群第八航空隊基地のアズウォック（ＡＳＷＯＣ・対潜支援センター）に電送することを思いついた。アズウォックには多くの潜水艦の周波数が保管されている。コンピュータで照合できるかもしれない。

　ＳＳ１が権藤から呼ばれた時だった。ＳＳ２が見つめるグラム・ディスプレイのある周波数帯に突然、緑色の波形が出現した。反射的にＳＳ２はＩＣＳに向かって大声を張り上げた。

「タコ、ＳＳ２！　チャンネル15、周波数２９１、コンタクト！」

　全クルーにふたたび緊張が走った。

「ＳＳ２、タコ。手間とらせやがって。今度は逃がさないぞ」

　ＳＳ２が大急ぎでリップマイクに向かって怒鳴った。

「タコ、ＳＳ２。違います、違うんです。さっきロストしたシグナルではありません。さっきのチャンネル12の周波数２５６とはあきらかに違います。チャンネル15のシグナル、周波数２９１のコンタクトです」

権藤の声も自然と大きくなった。

「SS2、タコ。ナニ!? さっきと違う？ 間違いないのか」

「タコ、SS2。そうです。別のシグナル、しかもコンタクトです！ 繰り返します。周波数は291です。これこそターゲットに間違いなし！」

「SS2、タコ了解」

「タコ、SS1。チャンネル9、10にも同じ周波数291のコンタクトを得ました」

あわてるな、あわてるな。権藤は心の中で繰り返した。まだファーストコンタクトの段階だ。これからゆっくりローカライズしてやればいいんだ。二度とロストなどするものか。

タコ画面上では、最初のBT測定のおかげで、投下させたソノブイ付近の水中温度から、一つのソノブイが二十マイルまでの探知確率であるということを示す数字が表示されていた。権藤はさまざまな命令をファンクションキーを操って解析し、ICSのフットバススイッチを足で踏み込んだ。全クルーのICSに、これからいくつのチャンネルのソノブイを投下して、どのようなASW戦術を行うか、暗号を使った説明が入った。

オーディナンスにも権藤から矢継ぎ早に指示が飛んだ。

「三マイル間隔で、さらにソノブイを投下する。頑張れよ」

「オーディナンス、了解！」

あきしお

神谷艦長は焦っていた。ソナー室を統轄するスーパーバイザーから「ダイファーソノブイの着水音を捉えました」という報告を、もう何度も聞いていたからだ。ハンターから逃れるために、「あきしお」は潜航する必要に迫られていた。

だが、ヘッドフォンを耳に当てたスーパーバイザーも、すでにサンダー76が「あきしお」をローカライズしたことを知り、眉間に皺が浮き出ていた。

「面舵一杯、深さサンビャク！」

その声が当直士官から機関室に伝わった瞬間だった。ピー、ポー、パー。電子ピアノの鍵盤の高音部を叩くような音が響きわたった。「あきしお」のすべてのサブマリーナたちは、その音が何を意味するかを知っていた。サンダー76がアクティブ戦に入り、ダイギャスソノブイを投下したのだ。ダイギャスソノブイは、さまざまな種類の電波を発信して、潜水艦が反射する信号を捉え、潜水艦の位置をピンポイントでホールする。

神谷は発令所の真ん中に据えつけられている椅子にドカッと腰を落とし、大きく息をはいた。アクティブ・ソナーからの照射電波を当てられれば、もう死刑宣告を受けたも同然だ。

「よくも偶然に、こんな所にいたもんだ……」

神谷艦長は哨戒長に苦笑しながら負け惜しみを言うのが精一杯だった。

サンダー76

P－3Cは「あきしお」を完全にホールダウンし、三十分以上もトラッキングを続けた。

「オールクルー、タコ。攻撃を行う。オーディナンス、タコ。攻撃準備！」

「オーディナンス、了解！」

オーディナンスは、自分でも興奮しているのが分かった。演習だといっても、潜水艦を撃沈する瞬間に立ち会うことなど、めったにあることではない。オーディナンスはソノブイラックから信号弾を選んだ。本来ならMK46短魚雷が装填されるところだが、演習では当然ながら実弾は使えない。

「パイロット、タコ。チャンネル1に攻撃する。アクシス二十五度で進入」

アクシスとは、サンダー76を「あきしお」の真後ろの位置に付けるようにするための機体の進入角度のことである。

「オールクルー、タコ。アタック・スタンバイ！」

「パイロット了解！」

「SS1了解！」

「SS2了解！」

「オーディナンス了解！」

「オールクルー、タコ。マッドチェックいくぞ」

告げた。

権藤は潜水艦の位置を最終確認するため、ＭＡＤ（磁気探知システム）を稼働することを

権藤のディスプレイ上に、小さなプラスマークのノイズシンボルの中で、〈Ｍ〉というマークが鮮明に浮かび上がった。

「マッドマン、グッド！」

権藤はタコ画面右側の白いボタンに指をかけた。

「オールクルー、タコ。ナウ、アタック！」

機体底部のフリーホールから、オーディナンスが両手に抱えた信号弾を落下させた。さらに数分間で、二発の信号弾が「あきしお」の近くに撃ち込まれた。最後の信号弾は、海中に潜ってから中立信号と呼ばれる特殊な信号を発信し始めた。

あきしお

潜水艦のソナー員たちは、その信号を聞くと、ブルッと身震いした。本来なら自分たちはこの瞬間、すでにこの世には存在していないのだ。いつ聞いても不快な音だった。中立信号は潜水艦に対する〝死刑執行済みの通告〟だった。

「あきしお」は潜望鏡深度までゆっくりと浮上し、通信アンテナを海面上に露頂した。ＡＳＷで潜水艦が浮上したら、すべてが終わりだ。サンダー76からの弾んだ声が「あきしお」通

信士のヘッドセットに入って来た。

「そちらは、これから二時間は中立状態です」

つまり二時間は沈没したままというわけだ。サンダー76は続けて、わざとマイクをプレス《通信》トーク《維持》したまま、クルーたちの間で上がる歓声を伝えてきた。

「ドン亀の血祭りは、いつもの飲み屋だ！」

山口県岩国市　海上自衛隊第三一航空群第八航空隊　夜

サンダー76が岩国航空基地の滑走路に四つのギアを降ろしたのは、クルーたちが快哉を叫んでから三時間後のことだった。

権藤だけはロッカーに向かわず、アズウォック・エリアに足を向けた。手には何十個ものソノブイが収集したシグナルのデータが記録された磁気テーププロールがある。アズウォックに入ると、音響分析隊の若い隊員に、直径二十センチほどの磁気テープを手渡した。

「ちょっと気になるシグナルがあった。まあ、領海内でのことだから、どこかの日本の漁船だとは思うが、念のためにチェックしてくれ」

ニキビ顔の分析隊員は、緊張して磁気テープを預かった。

「できるだけ早く、回答を出します！」

「そんなに張り切らなくていいよ。悪いが、こっちはこれから祝杯だから」

磁気テープを渡された分析隊員は、さっそくグラムにかけて権藤が気にしていたシグナルを抽出し、カタロギングを食い入るように見つめて、目的のシグナルと照合する作業を始めた。しかし、二時間経過したが、一致する艦船も潜水艦もなかった。

多くの職員が手を挙げて帰宅してゆく中で、音響分析専門員はディスプレイを見つめながら頭の中で夢を描いていた。それは、横須賀のＡＳＷセンターの対潜資料隊で仕事をする自分の姿だった。日米安全保障体制の根幹であるＡＳＷセンターは憧れの地だった。

三時間後、ついにあきらめようと思っていた頃、彼は、テープの中に短時間出現する、ごく微弱な信号に気がついた。あきらかに高速回転のスクリューが水を切るときに発生する特徴的なシグナルを確認したからだ。しかも漁船よりも大きなスクリューから発せられるノイズのような気がしてならない。分析隊員は磁気テープのデータを別のディスクにランニングして、横須賀市の在日米海軍基地内にあるＡＳＷセンターに送る手続きを始めた。

敦賀半島竹波地区　未明

珍しい客だった。半年ぶりかもしれない。だが、こんなにゆったりした気分でいられるのも今だけだ。水晶浜近くで小さな民宿を経営する小宮聡子にとって、夏はまさに戦争といえた。日本でも有数の美しい白浜とコバルトブルーの海を求めて、関西方面や名古屋方面から毎年大勢の海水浴客が訪れる。その時は、それこそ親戚中を集めて、ひっきりなしに訪れる客の対応に追われ、小学生の息子二人の相手をしてやれる時間もほとんどなくなる。食事は客に出すおかずから適当に抜き出した物を与えるだけで、いつ寝たかも分からない日が続く。だが、今はまだ息子たちのテスト用紙を片手に、じっくり説教をすることもできた。

毎朝、息子を送りだす時に視野に入る美浜原子力発電所の姿も、見慣れた山を眺めることと何ら変わらなかった。建設が発表された時、建設反対グループの班長だった父親が、関西電力からやってきた銀縁眼鏡の男たちに玄関先で罵声を浴びせかけていたのを、聡子はよく覚えている。最も原子力発電所に近い丹生《にゅう》地区の住民――といっても百世帯くらいしかなかったが――などは、建設用トラックが来ると体を張って制止した。なにしろ、市街地の近くに原子力発電所の建設計画が持ち上がったのは、全国的にも敦賀半島が初めてだったからだ。

敦賀半島の住民たちが激怒したのは、丹生や竹波地区の住民のほとんどが、漁業で飯を食っていたからだ。住民が集まれば、「放射能で汚染された水を飲んだ魚はいらない」と不安が広がり、京都や大阪の市場から締め出されやしないかと心配する声が噴出した。しかし電力会社側は、汚染された水もちゃんと濾過されて海に捨てられるということを何度も強調した。高い煙突から排出される空気も、科学の粋を集めたフィルター技術があり、クリーンな空気しか大気中に放出しないと必死にPRしていた。

だが、当時は水、空気といった言葉が使われるだけで猛烈なアレルギー反応が湧き起こった。

——やっぱり、魚は放射能に汚染される。

誰もがそう思った。

火に油を注いだのは、東京からやってきた若者たちだった。かれらは地元の人達を集めては、原子力発電所がいかに恐ろしく、敦賀半島の住民たちはいかに国から騙されているかを熱っぽく語った。当時中学生だった聡子も、かれらのうち一人の「本当に安全だったら、東京の新宿に原子力発電所を造ればいい」という言葉には、ああ、そう言われればそうかもしれない、と妙に納得したものだった。はじめは、かれらの洗練された言葉と雰囲気と、東京からやってきたというカッコよさに、小さな憧れさえ持ったこともあった。だが、かれらがいつも使っていた革命とか帝国主義とかいう言葉には、なかなかなじめなかった。しかも、かれらはいつも住民たちを煽動するだけで、けっして電力会社の気難しそうな男たちと対峙してやり合おうとはしなかった。

原子力発電所の建設はついに強引に行われ、いつの間にか運転も開始された——今、振り返ると、そんな感じだった。ただ、聡子は、子供ながらも、国というものの力の恐ろしさを感じたことだけは憶えている。しばらくして、漁師であった父親は、虚脱感に襲われ、船にも乗らない日々が続いた。生活が苦しかったこと、それも聡子の記憶に鮮明に残っていた。

ある夜、いつものように酒に酔いつぶれていた父に、聡子は訊ねたことがあった。

「父ちゃん、できちゃったものはしかたがねえんでないの。まだ反対しとるん？」

父は赤らめた目を聡子に向けて、こう言った。

「反対なんてもうしとらん。アイツらの言うことには、死ぬんやったら一気に死ねるらしい。ハゲたり、鼻が落ちたり、ジワジワ来るんと違うて、アッと言ったきり死ねるらしいわ。だから、ワシも最後には認めてやった」

その光景を、聡子はときどき昨日のように思い出すことがある。

すっかり老齢に達した今でも、父は民宿に訪れる客を前にして、美浜原子力発電所の三つの施設を指さしながら、

「ここは、爆弾を三つ抱えとるからな」

とおどかすのが嬉しくてたまらないらしい。

「客がもう来なくなるから、そんなこと言うのはやめてや」

といさめても、ひょいひょいと、まだ元気な足取りで外に出て行くだけだった。

ところが、いざ原子力発電所の原子炉に火がともり、膨大な電力を関西地区に供給し始めると、敦賀半島の住民たちには思ってもみなかった事態が起こった。

住民に原発と共存させるための代償として、県と国から巨額の地域振興資金と漁業補償金が舞い込み、多くの漁師が新しく船を買い換えることができた。それよりも何よりも漁師た

ちを歓喜させたのは、想像もしなかった恩恵だった。原子力発電所が膨大な排水を始めたことから海流が変わり、丹生地区や竹波地区を囲む丹生浦に魚が大量に流れ込んだ。それは新しい漁場の誕生だった。

ただ、時を経るにつれ、それは皮肉な結果を生み出すこととなった。どこの地方都市とも同様に、若者は都会を求めて敦賀を離れていき、過疎と呼ばれる町がまたひとつ増えた。さらに、原子力発電所が積極的に地域住民を雇用したことで、現在丹生地区で漁業を生業に飯を食っているのは、わずか十五軒になってしまったのだ。とくに農地を持たない地域の住民たちは、聡子のように海水浴客か釣り客を当て込んで民宿を営むか、敦賀市内のかまぼこ工場で働くかして生計を立てていた。聡子の場合は、夫が市内の東洋紡の工場に勤めていたので、まだ恵まれているほうだった。

平穏な毎日――聡子にとってはそれが一番大事だった。

いつものように朝が来て、いつものように息子のために弁当を持たせた昨日の午後、海岸に人影もないこの季節に一人の釣り客がやってきた。例年なら夏場にやってくる大阪のパチンコ店経営者だった。だが、今年は店を改装しているので暇が出来た。待ちきれずにやってきたのだ。

聡子は夫を起こさないように布団から出ると、子供部屋を覗いた。小学一年生の和也と四年生の正幸は寝息をたてていた。正幸は眠りながら無意識にお腹を出す癖があった。いくら注意しても効き目はなかった。案の定、へそを出して、枕と反対側に半回転して眠っている。パジャマの上着をズボンに入れて布団を被せてやりながら、聡子は微笑んだ。子供も、夫も、そして自分も、今まで大病らしい大病をしていないことを、あらためて心の底から喜んだ。健康こそが家族の支えだということを最近は常々思い起こす。敦賀市役所からの広報新聞には、中年女性の乳癌や子宮癌の検診を勧める案内が毎月掲載されていたが、今までなら見向きもしなかった。細胞検査というと、何か痛いことをされるんじゃないかという印象を持っていたからだ。しかし、最近は、新聞の隅々まで見るようになった。来週にでも、検診を受けにいってみよう。この子たちがせめて大学に入るまでは、病気になるわけにはいかない。

聡子は息子たちの寝息を確かめると、子供部屋を出ようとした。珍しくなじみの客が来たので、山に入り、朝食用に新鮮な山菜を採ってこようと早起きしたのだ。

「お母ちゃん、おしっこ」

弟の和也が目をこすりながら、いきなり起き上がった。

「偉いわ、カズくん。もう寝小便はせんのやね」

まだ寝ぼけている息子をトイレに連れていって、用を足させると、パジャマをきちんと着させて布団の中に寝かせてやった。

しばらく二人の息子の寝顔をじっと見つめている自分に気がついた。いつもなら、つくづく見ることなどない。

壁の時計を見て、あわてて玄関に向かった。

「お客さんが起きないうちに、早く採ってこんとあかんわ」

ぺしゃんこのリュックサックを背負うと、スニーカーを引っかけて外に飛び出した。玄関先を少し出たところで、ふと聡子は立ち止まった。濃紺色の空の下に、「民宿」という大きな看板がわずかに見える自分の家を振り返った。別に理由があったわけではない。聡子はふたたび向き直って、まっすぐ伸びる山道を見つめた。そして早朝の冷気を思いっきり吸い込み、駆け出して行った。

横須賀市船越　自衛艦隊司令部　未明

岩国航空基地から飛び立った救難ヘリコプターUH－60Jが自衛艦隊司令部（SF）のへリポートにゆっくりとソリを接地させた。ローターがまき散らすダウンウォッシュに、必死に帽子を押さえた音響分析隊員が大きなバッグを抱えて降り立った。すでにヘリポートには作戦情報支援隊第一課の当直幕僚が車で迎えにきてくれていた。

「ご苦労さんだな、こんな時間に。そんなに緊急事態でもないだろうが」

当直幕僚は眠そうな目を瞬《また》かせ、若い隊員と握手を交わした。

「基地司令が、訓練だと思って行ってこいと言われまして」

若い分析隊員はバッグを指で叩いて、疲れ切った表情を浮かべた。当直幕僚は、七百キロを飛んできた若い隊員を気の毒そうに見つめ、車の助手席に乗るように促した。十分後、二人を乗せた車は、迷彩服の海兵隊員が警備する在日米海軍横須賀基地のゲートを通過し、まっすぐ伸びるキングス・ロードへと入った。車が走ったのは一分もかからなかった。ゲートから五百メートルほど行った左側、自衛艦隊司令部に詰める隊員の間では密かに「ダイエー」と呼ばれている、オレンジ色に彩色された七階建てほどの、窓のないビル正面に滑り込んだ。

音響分析隊員は、顔を上げてそのビルをみつめた。夢の中で登場した、憧れのあの映像とは全く違っていた。そのビルは余りにも殺風景だった。

日米共同で造られたASWセンター。アメリカ海軍のスタッフと海上自衛隊の対潜資料隊員たちがデスクを並べ、メインコンピュータには全世界の潜水艦の音響特性が、すべてライブラリー化されていた。

ベージュのドアの前で待ち受けていた対潜資料隊のスタッフは、入口でバッグだけ受け取ると、すぐに暗証ロックの厳重なセキュリティーシステムに守られたASWセンターの玄関ドアに消えていった。

「せっかく田舎から来たんだ。後からオレの部屋に寄れよ。酒ならいっぱいある。当直ももう終わるからな」

米軍基地のゲートをふたたび通り過ぎながら、当直幕僚は飲み相手ができたのを喜んだ。

だが、岩国からやってきた若い隊員は、酒よりも一分でも早くベッドにもぐり込みたかった。

一日目

山口県岩国市　早朝

権藤は、服も着替えないままベッドの上で正体をなくしていた。つい一時間前までクルーたちと飲み明かしたばかりだった。夢の中の遠くで電話の鳴る音が聞こえた。地獄からはい上がるような気分でどうにか体を起こし、電話を取った。どうせ広島の自宅から、甲高い妻の小言を聞かされるのだろう。だが、耳に入ってきたのは、あまりにも意外な声だった。

「権藤一尉か。こちらＳＦ司令部、情報当直幕僚《N2》の大沢二佐だ」

N2？　権藤は頭を振った。激しい頭痛がした。

「君が昨夜アズウォックに持ち込んだデータをＡＳＷセンターで解析した結果、きわめて深刻なことが分かった。緊急事態に相当する。だからな、聞きたいことがヤマほどあって電話した」

緊急事態だって？　頭を押さえながらベッドから飛び起きた。

「大沢二佐、いったい？」

「一般電話では話せない。ただ、ＬＯＷ《周辺国》の潜水艦らしい」

権藤は自分の耳を疑った。

「そんなはずはありませんよ、絶対に」

「どういう意味だ？」

大沢二佐の声が緊張した。

「あの音を捉えたのは、アルファーホテル、つまり若狭湾沖、日本の領海内だったんですよ」

受話器が乱暴に転がる音がした。激しい靴音。権藤は脂汗が吹き出した手で受話器を置いた。そしてまた電話が鳴った。

敦賀半島水晶浜

暗闇の中を、二つのライトが水晶浜に向かってゆっくりと近寄ってきた。浜を見渡せる駐車場に入ると停止した。月明かりのおかげで海の白波だけは微かに浮かんで見えた。トヨタＲＡＶ４の助手席で、タバコの赤い小さな点が光った。

水野遥は、さかんにタバコを吹かしていた。運転席に座っていた坂田健一は、遥のほうに身を乗り出していた。しかし彼女は、さっきから窓を向いたままだった。

「何でそっち向くんや。怒ってるんか」

「何も怒ってへんわ。ネチネチしつこいでや」

「オレは心配してるんやって。オマエほんとに東京行ってから変わったでぇ。ほれは、言いとなるやろ」

久しぶりに帰省した遥を見て、健一はあっと言ったまま口を開けて驚いた。ファッションも雰囲気もまったく変わっていたのだ。髪はソバージュ、指には色とりどりのマニキュアをしている。しかも、遥のバッグから携帯電話の呼び出し音が何度も聞こえた。健一は、遥が携帯を持っていることを知らされてはいなかったので、驚くというよりはショックだった。なんで、オレには教えんのや？

「オマエの行動見てたら、男がいるんでねえんかと思って。本当のこと言えや」

遥は、深く吸い込んで、思いっきり煙を吐き出した。

「ほやでぇ、さっきから同じことなんべんも言うてるが。他に男なんかえんて。ほんなにあたしのことが信用できんのか」

「ほんなことないけどぉ」

遥が眉間に皺を寄せたのに、健一は気がつかなかった。

「とにかく今日は、もう帰ろう。こんな時間やし」

「ほんな、明日、京都行って泊まろか？」

遥の瞳がさ迷った。明日は東京の大学の彼と浦安のブライトンホテルに泊まることになっている——。

「ゴメン。明日、東京帰らなアカンのや」

健一は顔の神経がピクピク動くのが自分でもわかった。

「何でぇ？」

「明日は短大の女の子と一緒にディズニーランド遊びにいって、泊まろうって約束してるし」

「オレより、女の友達のほうが大事なんか」

「ほんなもん、比べられんわ」

「ほんなら、キスしよ」

「何で急に？　やめてや！」

覆い被さってくる健一を、遥は力を込めてはね飛ばした。ドアに叩き付けられた健一は無言になった。

遥は肩を揺らすほど大きな溜め息をついた。もう、しんどい。これ以上もてへんわ。

しばらく沈黙が流れた。遥はしばらく横を向いていたが、突然、明日の新幹線の時刻を思い出した。早く実家を出ないと、彼と約束の時間に間に合わないかも……。

「健ちゃん、頼むわ。そろそろ帰して」

健一は無言だった。

「いい加減にして……」

健一が甲高い声でさえぎった。

「ちょっと、アレ見てみ。何やろ」

今度は気を引こうと思って、もうホンマに——。

健一はいきなりドアを開け、海に向かって砂浜を走っていった。遥はまた大きく溜め息をついた。何それ？　自殺でもするポーズ？

「遥！　こっち来てみ！」

ふうっ。溜め息がまた出た。遥は眉間に皺を寄せたまま、二箱目のタバコを一本抜き出して、重い足取りで砂地を歩き始めた。

「アレ。漁船でもひっくり返ってるんでねえんか」

遠くの駐車場の蛍光灯の光が、ボーッと健一の姿を浮かび上がらせている。だが周りは真っ暗である。叩きつけるような潮の音は恐ろしく遥の耳に響いた。健一は海の方を指さしているようだ。暗黒の先を。遥は思わず身震いした。

「私には見えんけど……」

健一は遥を砂浜に残したまま走って行った。遥は暗闇の中で顔を引きつらせた。繰り返す波が今にも襲って来そうだった。慌てて健一を追いかけた。

健一は水晶浜の南端、弁天崎からつながる岩場のやや沖合いをじっと見つめていた。しかも呆然と立ち尽くしている。

「一人にしたら怖いが。はよ帰ろさ、はよ」

「あれは……」

言葉をなくした健一に、遥も海の上に目を凝らした。

暗黒の空間に、巨大な黒いかたまりが浮かんでいた。

遥は空気を一杯吸い込んだまま動けなかった。鳥肌が全身を被った。健一の口から洩れたのは、消え入るような言葉だった。

「これぇ、潜水艦でねえんか……」

福井県警本部

福井市内に現住所を置く大学三回生、坂田健一、男性、二十一歳からの一一〇番入電は、東京都に在住する女子短大生、水野遥名義のNTTドコモの携帯電話からで、時間は午前四時五分。受信した福井県警通信指令課から連絡を受けた捜査第一課の当直員は、直ちに県警四階で仮眠を取っていた当直長の真鍋真一警部補の布団を揺すった。

「真鍋さん、起きてください」

「何や」

「敦賀半島の海岸で、潜水艦が浮かんでるって市民からの通報があったんですって」

「ン？　もういっぺん言うて。まだ夢見てるんてなあで」

真鍋は瞼《まぶた》をこすりながら訊いた。

「潜水艦が浮かんでるんですって」

「おもちゃのか？」

「すぐに近くの竹波駐在所員に見に行かせたんやけど、ホンモノの潜水艦てなあって言うてるんです。長さが二十メートルもあるそうです」

「なんで、〝てなあ〟なんや。見りゃ、わかるやろが」

「駐在所員も映画でしか見たことがないって言うてますもので」

「どうせまた海上自衛隊が事故でも起こしたんでないの？」

「ほうやと思います。まずどうしたらいいですか」

「なんで、捜査一課《ウチ》がやらなあかんのや？」

真鍋はブツブツ言いながら布団を跳ね上げた。スリッパの音を鳴らしながら、階段を降り、大部屋に入ると自分のデスクに向かった。引き出しの中を探って、表紙に〈突発重大事案発生時における措置要領〉と書かれた小冊子をつまみ上げた。全国の県警は独自のものを作っているが、そのほとんどは緊急事態マニュアルとして警察庁指導で作成されたので、内容はほぼ同じだ。

真鍋はページを手際よくめくって読み込んでいった。だが、どこにも海岸に海上自衛隊の潜水艦が漂着した場合、などという項目はなかった。また、こういった場合に、いったい海上自衛隊のどこへ訊けばいいのかも緊急マニュアルには記されていなかった。マニュアルに書かれた文字を指でなぞりながら、福井でこの小冊子がこれまで必要になったことはなかったんじゃないかと思った。

しかし、動かないわけにはいかない。起こしてくれた捜査一課の職員に、とりあえず敦賀署に連絡して、リモコン（通信係員）を残してすべての当直の署員を現場に向かわせるように指示をした。

「ところで、第一発見者はちゃんと確保しているの？」

洗面所に行こうとタオルを肩に引っ掛けた真鍋が振り返った。

「大学生のアベックなんですけどぉ、通報の直後、自ら敦賀署に飛び込んで来ました。女のほうが、怖い、怖いって、えろう震えとって」

「震えとるって？　化け物を見た訳でもないやろうし」

真鍋は大声で笑った。

遥は、敦賀署が用意してくれた毛布にくるまって一階ロビーの長椅子の上で激しく体を震わせていた。だが、署員に灰皿を借りることだけは忘れていなかった。

遥は震えの収まらない指でタバコをつかみながら、決心がついた。やっぱり、ここは暗すぎる。明るい東京がええわ。

顔に冷水を浴びせかけて来た真鍋は福井県警捜査一課の大部屋でふたたびマニュアルに目を戻した。いったいオレは何をすればいいんだ。海上自衛隊のやつらは、ほんに、面倒臭いことばかりやってくれる。マニュアルの目次の中で〈当直長の任務〉という項目を探し、そのページを開けた。まず目に入ったのは「連絡系統表」に基づいて、主だった県警幹部に緊急連絡することだった。だが、この事案は、刑事部なのか、警備部なのか、それさえ見当がつかない。漠然と警備に関することかなと思い、警備課長の自宅に電話を入れた。

「課長、早朝から申し訳ありません」

刑事部に属する真鍋にとって、警備部門の人間は苦手でしかたがなかった。同じ県警職員でありながら、ほとんど会話することもなく、宴席で顔を合わせることもめったにない。業務で問い合わせても、いつも秘密、秘密という言葉が返ってくる。どこか得体の知れないやつらだ。警備課長も警視クラスだが、なぜか緊張感が走る。電話口から不機嫌な声が聞こえてきたからなおさらだった。

「何ですか」

「あ、申し訳ありません。実はさきほど、敦賀半島の美浜町の海岸で、正体不明の物体が浮かんでいるとの一一〇番通報がありまして、近くの駐在員が急行しましたところ、潜水艦だと報告してきました」

しばらく沈黙が続いた。

「エ？　何と言いました。もう一度言ってください」

真鍋は自分でも急に信じがたい気持ちに襲われて、声が小さくなった。

「だから、潜水艦が……」

「潜水艦が浮かんでいるとは？　海上自衛隊の事故ですか」

「たぶん」

「たぶんって、どういうこと？」

「あ、いえ。これから海上自衛隊に連絡を取ろうと思っておりますんで」

真鍋は初動の手配を敦賀警察署に命じたことを説明した。

「じゃあ、どうせ海上自衛隊のモノでしょうから、その返事を待ってからだ。そんな情報で本部長を叩き起こせないな。理事官や部長にもまだ言えない。とにかく、もっと詳細が判明してから、もう一度連絡をください」

電話はプツッと切れた。

しかたなく真鍋はふたたびマニュアル通りの行動に追われた。連絡だけはしておかないといけないだろう。

捜査第一課長は、潜水艦という言葉を理解するのに二、三分の時間を要した。返ってきた言葉は、ぶっきらぼうそのものだった。

「海上自衛隊の潜水艦か何か知らないが、海の上で浮かんでいるんやろう。だったら海上保安庁の管轄とちゃうんか？」

そう訊かれても、真鍋にも判断がつかない。真鍋は隣室の対策室に入り、壁に貼りだされた幾つかの電話番号の中で、〈海上保安庁の第八管区保安本部の救難警備部〉を探した。

「潜水艦が浮かんでいる？」

管区本部の当直班員からも、まったく同じ驚きの声が返ってきた。真鍋は漂着地点を伝えた。当直班員が慌てて地図を広げている音が聞こえた。

「ところで、海上と言われますが、どのへんに浮かんでいるんですか」

現地からの詳細な報告がまだ届いていないので、真鍋も答えられなかった。

管区本部の当直班員は大きく息を吐き出しながら言った。

「実はですね、海上での警察権の行使は、警察との取り決めがあります。海上、それも完全に海に出た地点での事案は、こちらに管轄権がありますが、海岸に近い所、たとえば消波ブロックに船が漂着しているような場合は、警察で対応して頂くことになっているんです。だから、海上のどの地点かということが大事なのです」

真鍋にははじめて聞く話だった。

「その線引きは、だいたい海岸からどれくらいの距離ですか？」

それまで自動販売機の無機質な音声のように答えていた保安本部の当直班員も、急にとまどったような声をしぼり出した。

「その取り決めはないようで……、ハッキリ決まっているわけでもなくて……」

「じゃあ、どこまでが警察で、どこまでが海上保安庁なのか、いったいどこで判断すればいいんですか?」

「その場、その場で警察と保安本部が話し合って……」

ますます頭が混乱してきた。これではラチがあかない。とにかく現地からの報告を待とう。管区本部の当直班員は、最後になって、開き直ったような雰囲気でそうまくし立てた。

「そんなことよりですね、どうせ海上自衛隊の潜水艦が座礁したんでしょう。それなら、海上自衛隊の舞鶴地方総監部の当直班に訊かれたら、一発で答えがくると思いますよ。ちょっと待ってくださいよ。いま電話番号をお伝えしますから」

ちょうどその時、敦賀署から急派された第一陣の移動局からの報告が大部屋の窓際に置かれている共通系無線のスピーカーに入った。時刻は午前四時四十五分。もうすぐ夜が明ける。真鍋は窓際まで駆け寄り、その無線マイクを握った。まだ早朝なので、無線から聞こえてくる緊張した声は、シーンと静まり返る福井県警本部全体に響き渡るようだった。

「ツルガイチから本部、どうぞ」

「捜査第一課だ。こっちで取る。どうぞ」

「通報のあった正体不詳の物体は、肉眼で確認したところ、その形状から判断し、あきらかに潜水艦である。ただ、どこの海上自衛隊基地所属かは不明。周囲には不審者は見えない。その他、特異状況もなし。どうぞ」

「本部、了解」

やっぱり海上自衛隊の潜水艦か。しかし、それはそれで事故だとすれば、なにかとやっかいだ。当直長としてタッチしたおかげで、最後までこの処理に当たらされることが目に見えていた。溜め息をつきながら、保安本部から教えてもらった電話番号をプッシュした。

「舞鶴地方総監部です」

「福井県警ですが、敦賀半島の海岸に潜水艦が漂着しているのが発見されました。どこの部隊のものですか？」

福井県警のマニュアルは、海上自衛隊と連絡を取るような事態はまったく想定していなかった。だから、いったいどの部門の人間と話せばいいかも分からなかった。電話はすぐに地方総監部地下一階のオペレーション・ルームに回された。電話に出たのは作戦当直幕僚だった。

真鍋は、すでに何回目かの同じセリフを繰り返した。

だが、作戦幕僚は、驚くほどに冷静だった。

「こちらには潜水隊群がありませんので、即答できません。自衛艦隊司令部と連絡を取らなくてはいけないので、判明した段階でこちらから連絡致します」

海上自衛隊　舞鶴地方総監部

当直幕僚は、そう答えながら、不安に襲われた。今度は潜水艦が事故……。つい先日も舞鶴地方隊に属する第二護衛隊の護衛艦の甲板で救難ヘリの接触事故があり、マスコミにこっぴどく叩かれたばかりだ。いくら潜水隊群の話でも、敦賀半島を警備区に持つこっちにも火の粉がかかってくることは必至だった。しかし座礁とは、なんてアホなドン亀なんだ。

当直幕僚はオペレーション・ルームの赤いホットラインを握った。スクランブルの秘話システムが完備されたホットラインは、自衛艦隊司令部ビル地下一階のSFオペレーション室に詰めていた作戦当直幕僚のデスクにダイレクトに繋がった。ここでも同じセリフが飛び交った。

「潜水艦？　座礁？」

自衛艦隊司令部の作戦当直幕僚は驚きの声を上げた。

「詳細は不明ですが、警察に照会を受けています。敦賀付近でミッション中の潜水艦はありますか」

作戦当直幕僚は、デスクトップのコンピュータに向き直った。キーを操作してMOFシステムにアクセスさせた。ディスプレイには、海上自衛隊のすべての潜水艦の動きがシンボルで表示された。MOFシステムとは、一九九八年に完成した新しい自衛艦隊指揮支援システムだ。自衛艦隊司令部の作戦室を始め、すべての地方隊の作戦室と六本木のCCP（中央指揮所）とがオンラインで結ばれており、潜水艦だけでなく、全護衛艦の動きもディスプレイ上で表示される。これまでのMFと呼ばれた旧システムは、各部隊の位置をディスプレイ化するためには、それぞれの部隊からの〝通報〟が必要だった。だが、MOFシステムは、それらがすべて自動化されていた。作戦当直幕僚は、自分のデスクの上で居ながらにして、ほとんどの海上自衛隊部隊の動きを把握することができた。

「そのあたりではミッション中の潜水艦はいないはずだが……」

「じゃあ、わがほうの潜水艦ではないんですね？」

「いや、ちょっと待て。こちらで把握できない作戦もある。潜水艦隊司令部《SBF》に訊いてみないと」

真後ろの高台に立つ潜水艦隊司令部ビルの地下一階にあるオペレーション・ルーム。眠気をこらえた当直幕僚へ赤いホットラインを使って連絡した。

海上自衛隊の潜水艦も、母港を出港する前に「行動計画」を提出する。この情報はMOFシステムにすべて入力されるので、潜水艦隊司令部オペレーション・ルームは、時間ごとに、どの緯度と経度で潜っているか、デスクトップのMOFシステム・ディスプレイで、すべての潜水艦の行動をモニターしている。誤差範囲も計算に入れてあり、前方五十マイル、後方五十マイルの円内には必ず身を潜めていることを示す。だがＭＯＦシステムでも分からないことが、一つだけあった。それは、海上自衛隊のトップシークレットに属する事項だった。潜水艦隊司令部のオペレーション当直幕僚は、一般電話を握った。自宅で寝ていた作戦主任幕僚を叩き起こした。

潜水艦は太陽の光も通さない海の底が仕事場だ。敵の艦船や航空機からシールドされた環境で自由に動き回っているのだ。だから、どの国でも潜水艦の作戦《ミッション》行動は国家機密と同等に秘匿されている。海上自衛隊もその例外ではない。日本は専守防衛が作戦行動の基本的なドクトリンだが、実は防衛庁とて海上自衛隊の潜水艦の動きをすべて把握しているわけではない。行動する限界エリアは内局から提示されているが、はたして海上自衛隊のサブマリーナたちが、それを厳格に守っているかどうか、防衛庁のスタッフたちも疑心暗鬼だった。

海上自衛隊の潜水艦には特別なミッションが与えられることが多い。その情報は、潜水艦隊司令部の作戦室からも、自衛艦隊司令部の作戦室からも隔離される。特別ミッションを命じられた潜水艦の艦長は、たった一人で潜水艦隊司令部の別室に招集される。この特別ミッションを知っているのは、潜水艦隊司令官及び幕僚長とＳＢＦ作戦主任幕僚、潜水隊群司令とその下の作戦幕僚、そして海上自衛隊幕僚長の六人に限定される。だから、極秘作戦が命じられた潜水艦の行動は、けっしてＭＯＦシステムにはインプットされないのだ。

当直幕僚から叩き起こされたＳＢＦ作戦主任幕僚は、特別ミッションを与えた潜水艦が現時点でどの海域で行動しているか、すべて頭に入っていた。

「敦賀半島？　周辺で行動しているわが方の潜水艦はいない。間違いない」

「そんなまさか……」

電話を握る当直幕僚が上げた大声で数人のオペレーション・スタッフの間にざわめきが起こった。

「ウチでないとすれば、アメリカ軍か？　それこそ、またマスコミに叩かれるぞ」

オペレーション当直幕僚はそう言って、テレタイプ室に飛び込んだ。横須賀のアメリカ第《グループ》七潜水艦部隊《セブン》司令部の当直スタッフにメッセージを送った。潜水艦隊司令部とグループセブンとのジョイントラインは電話を使用しない。スクランブルがかかったテレタイプでコミュニケーションが取られている。テレタイプはあらかじめ決められた暗号文が用いられた。

〈福井県敦賀半島で、全長二十メートルのサブマリンが漂着しているのが発見されたが、フレンドリーか？〉

メッセージの中には、アメリカや太平洋潜水艦隊など、国名や部隊を示す固有名詞を使わないのがルールだ。

しばらくして、テレタイプ室にグループセブンのオペレーション・ルームから回答が打ち出された。作戦当直幕僚は、プリントアウトされたメッセージを奪い取るようにして、暗号文を見た。在日米軍からのメッセージは、たった一言だった。

〈NON FRIENDLY〉

アメリカ海軍の潜水艦ではないとキッパリ回答してきたのである。

潜水艦隊司令部からの回答は、緊急通報となって自衛艦隊司令部のオペレーション・ルームに届けられた。当直勤務のスタッフ全員が緊張した顔つきで集まった。作戦当直幕僚の頭に真っ先に浮かんだのは「敵だ！」という言葉だった。そう考えたのは自分でも不思議だった。演習や部隊内での研究では、もちろん敵を想定してすべてが始まったが、正直言って現実に「敵」が日本に上陸するのを意識したことはなかった。

作戦当直幕僚は、近くにいた当直スタッフに叫んだ。

「すぐに作戦主任幕僚《N3》、自衛艦隊司令官に連絡しろ。いや海幕長も起こさないといけない」

海幕長から海上自衛隊の舞鶴地方隊と全国の自衛艦隊部隊に第一種非常態勢レベルで呼集指示が下されたのは、それから間もなくのことだった。

福井県警察本部

「舞鶴の海上自衛隊から電話が。さっきの返事だとか言っています」

二本の電話にかかりっきりになっていた真鍋がその声で振り向いた。

「自衛隊は今ごろ大騒ぎしているだろうよ。ドジな話だよな、まったく」

真鍋は送話器を押さえながら、当直員に笑いかけた。

「さぞかし自衛隊も大変でしょう。まあ現場を保存するために地元から部隊を派遣しましたから安心してください。隊員の方々もこれから保護しますから」

「回答します。海上自衛隊および在日米軍の潜水艦のうち、現在、敦賀方面で行動中のものはありません」

真鍋はしばらく声が出なかった。

「聞こえていますか？」

「今おっしゃったのは、いったい、どういう……」

「敦賀半島で発見されている潜水艦は、日本のものでも、アメリカのものでもないということです。この意味、わかりますか！」

舞鶴地方総監部の当直員も興奮していた。

「じゃあ、どこの潜水艦やということに……」

「ロシアの艦の可能性が考えられます」

「何やって？　ロシア？　どうしてそんな所から潜水艦が敦賀半島に来ないといけないんですか」

「わかりません」

「わからないって、そっちは専門家やろ。何でや！　何か情報を持ってえんのか」

「こちらも情報が欲しい。ＬＯ（連絡調整幹部）を現地とそちらにすぐに派遣しますので、よろしくお願いいたします」

真鍋は呆然として当直員たちを振り返った。

「こりゃ、大変なことやで。潜水艦は日本でも、アメリカでもないそうや」

真鍋は慌てて再びマニュアルを取り出した。次にやることは何がある？　何をせんとあかんのや……。そして、チャートで描かれた手順を指で追いかけた。〈警備課長速報、関係部課長へ同報通話、本部長報告、本庁（警察庁）連絡、要員招集、関係情報収集、発生署への適切な指示、県警対策本部の設置、各所属連絡、関係機関連絡、応援派遣準備、装備資器材確保……〉

警備課当直によってふたたび起こされた警備課長は、布団から跳ね起き、這いつくばって枕元のメガネを必死に探した。すぐに警備部ナンバー2の理事官を電話で呼び出し、理事官は電話を置く間もなく岡田史郎警備部長へ伝え、さらに岡田は沢口誠一本部長の公舎へ繋がる内線五〇〇番を県警本部の交換手に早口で告げた。

「警備部長の岡田です。早朝から申し訳ありません。緊急事態が発生しました」

「何事ですか」

沢口が一年半前に本部長に就任してから明け方に起こされたのは、これまでたった一度、北陸自動車道で五人が死亡した交通事故だった。それも、何かの指示のおうかがいをたてるというよりは、お耳にだけは入れておきますといった類だった。警察庁入省五十一年組のキャリアの沢口は、まだ四十六歳の若さだ。福井に来るまでは、東京の警察庁地域課長を務めていたが、最年少で地方の本部長に就任していた。

沢口はまた交通事故かとウンザリした。今度から交通事故はいちいち本部長まで連絡をしてこなくていいと言っておかなければいけない――。

起きぬけで声が出にくそうな沢口に、岡田は、理事官から報告を受けた内容を思い出しながら一気に状況を説明した。たしか理事官は、潜水艦の国籍について海上自衛隊はロシアと判断していると言っていたはずだ――。

「敦賀半島の海岸に国籍不明の潜水艦が漂着しているのが発見されました。自衛隊に照会したところ、海上自衛隊でも、米軍の潜水艦でもないという返事が返ってきたのです。どうも、ロシアのようです」

「何？　ロシアの潜水艦？」

「エー、海に潜って魚雷を発射する……」

「違う！　いったい何が起こったか、はじめから詳しく言ってください」

沢口は報告を聞き終えると、唸り声を上げたまま黙ってしまった。潜水艦の対処マニュアルなどあっただろうか。本部長として、いったい何を指示すればいいのか。

岡田は察して、自分から提案をした。

「広域緊急配備を発令の上、敦賀警察署に連絡本部を設置し、本部に警備対策本部を立ち上げようと思います。部隊が現場にそろったら、現地警備本部を立ち上げるつもりです。すでに不測の事態を想定して、県警機動隊一個中隊にも隊長指揮による出動命令を出しました。初動としては、これでよろしいでしょうか」

「よし、任せる」

沢口はそう言うのが精一杯だった。何をしていいのか皆目分からない。とにかくはっきりしていることは県警本部には姿を見せないといけないということだ。指揮官たるもの、陣頭に立つことこそ重要だ。ハンガー竿からズボンを取り、沢口は慣れた手つきでアイロンをかけ始めた。

霞が関　警察庁

警察庁で夜間の緊急情報を受けるのは、統合当直と呼ばれるセクションだ。三人の要員が交替で寝ずの番をしている。デスクの上には、警察庁と警視庁の各セクションとを内線で結んでいる警電（警察電話）、消防庁や東京消防庁、防衛庁のＣＣＰ（中央指揮所）、そしてデジタル通信システム「ＷＩＤＥ」とリンクしている〝ソッチョク〟と呼ばれる即時直通電話が並べられている。

統合当直には、すでに一時間前、福井県警からソッチョクによる緊急連絡で、「敦賀半島に潜水艦漂着す」との第一報が入っていた。統合当直員はすぐに目の前にある「突発緊急事態対処マニュアル」をめくったが、ここでも混乱した。潜水艦という今まで聞いたこともない〝漂着物〟に対して、どう対応していいか分からなかったからだ。警察庁統合当直にも、第三国からの軍事的な先制攻撃、ゲリラ攻撃などに対処するマニュアルは作られていなかった。福井県警と同様に、とにかく主だった幹部に連絡することしか思いつかなかったのである。

叩き起こされた警察庁幹部たちの第一声は、どれも判で押したように同じ言葉で始まった。

「君は寝ぼけとるのか？」

永田町　首相公邸　午前五時半

けたたましい電話の音に、ようやく立ち上がることができた。首相公邸付き私設秘書は、電話まで這っていく間、昨夜のことを思い出した。総理の就寝を確認するまで官邸から公邸に通じる渡り廊下で待機していた番記者たちと、深夜になってから、赤坂のクラブに飲みに出た。それほど遅くなったわけではないが、とにかく酒量が多すぎた。番記者たちも、ほとんど二十四時間拘束され、金を使う時間がなく相当ストレスが溜まっていた。ストレートのモルトを何杯飲んだか、まったく記憶になかった。

電話はまるで地の果てまでも追いかけるかのように鳴り続けている。秘書はズキズキする頭を押さえながら受話器を握った。

「公邸です」

　思わず溜め息が出た。

「警察庁警備局長の龍崎です。朝早く申し訳ありませんが、緊急事態が発生しました。総理へご報告があります」

　龍崎も、つい今しがた警察庁統合当直からの報告で起こされたばかりで、パジャマを脱ぎ捨てながら首に電話を挟んでいた。

　緊急事態という言葉に、秘書は頭の痛さを忘れた。自分が仕える現在の政権は、「危機管理に強い内閣」という言葉がキャッチフレーズだった。緊急事態という言葉にはナーバスだった。

「どっかの国でハイジャックですか？」

「とにかく総理を起こしてください」

　龍崎は総理と直接話したかった。公邸付き秘書は、キッパリとした龍崎の言葉に、あわてて総理の枕元にある電話の内線に切り替えた。

「朝早く申し訳ありません。警察庁の龍崎局長から緊急電話が入っています」

「回してくれ」

　親子電話の切り替わる音がして、布団の中に埋もれていた諸橋太郎首相の耳元に、龍崎の押し殺した声が聞こえた。

「早朝から申し訳ありません」

「地震か？」

災害情報に遅れること——政権維持にとって、それがいかに大事であるか諸橋は知っていた。

「いえ、福井県敦賀半島の海岸に、国籍不明の潜水艦が漂着しているのが発見されました。一時間ほど前のことです。今のところ……」

「ちょっと待て。センスイカン？　どういうことだ」

諸橋首相は、急いで布団から身を起こしながら龍崎の言葉をさえぎった。ジェルで固める前の髪がバラバラと額にかかった。諸橋は苛立って乱暴にかきあげた。

龍崎は、第一報で入っている内容を伝えたが、まだ圧倒的に情報が不足していた。

「海上自衛隊じゃないんだな。絶対に間違いないな。わが国への攻撃なのか？　乗組員はどうなった？　犠牲者はいるのか？　どんな潜水艦なんだ？」

「申し訳ありませんが、まだ現地からの情報が不足しております。はっきり申し上げることができますのは、海上自衛隊でも米軍の潜水艦でもないということです。ですが、どこの潜水艦であるかは分かりません。ただ、攻撃を加えてくる、つまりゲリラ攻撃や軍事侵攻の兆候はありませんし、犠牲者もおりません。潜水艦の乗組員は発見されていませんが、まだ潜水艦内部には入っておりません。現在、すでに機動隊が現地に到着しておりますので、不測の事態には対処できると思います」

「中国や北朝鮮の潜水艦能力では日本に来られないはずだし、じゃあ、ロシアか？　ロシアの潜水艦部隊はまだ活発に活動しているらしいからな」

諸橋首相が実は軍事オタクであることは、官邸スタッフなら知らない者はいなかった。だが龍崎は困惑した。警察は潜水艦情報など扱わない。

「繰り返すようで申し訳ありませんが、まだ、詳細なことは……」

「じゃあ、今のところ、その正体不明の潜水艦が浮かんでいるということが分かっているだけか？」

「現地からは刻々と報告が入ってきておりますので、新しい情報が入り次第、ご連絡させていただきます」

「よし分かった。君は秘書官の寺崎君に連絡を取って、官房長官のシノさんと、官房副長官にすぐに官邸に上がってくるように手配してくれ。もちろん君もだ」

諸橋は思い出したように訊いた。

「マスコミは？」

「まだ現地でも、東京でも、一切、動いていないようです」

「それも時間の問題だ。すぐにぶら下がりで訊いてくる。こんな情報では対応できないじゃないか。一時間半後だ。最新の情報を前にして会議を行う」

敦賀半島水晶浜　午前六時

岡田警備部長を自宅でピックアップしたパトカーは、北陸自動車道を緊急走行して敦賀インターチェンジで降り、敦賀市内のメイン通りに入った。敦賀市内はまだひっそりと寝しずまっていた。ほとんど車も走っておらず、パトカーを運転する機動隊員は難なく赤信号を突破することができた。しばらく行くと、地元では〝金山バイパス〟と呼ばれている国道二七号線に入り、ひたすら西に向かった。左右に広がる田んぼを見ながら、小浜方面と案内する看板通りに十分ほど走り、佐田という交差点に差しかかると、急に視界が開けた。昇り始めた太陽の光に若狭湾の海面がキラキラと輝いている。そして、その海面に襲いかかるような敦賀半島の山並みと、一本の細い道が伸びているのが岡田の目に飛び込んだ。

「ここを右折しますと、もう敦賀半島の西海岸を走る県道三三号線です」

ハンドルを握る機動隊員がその細い道を指さした。

「水晶浜は、あの道でゆくのか?」

「はい、あれだけです」

「あれだけ?」

岡田は顔を歪めた。

「他に道はないのか？」

「東側にも海岸通りがありますが、あとは険しい登山道だけです」

岡田は佐田交差点の上に掲げられている看板に目を見張った。

〈美浜原電→〉

矢印は、ちょうど岡田たちが向かう県道三三号線を指していた。

「あの〝美浜原電〟というのは？」

「ああ、美浜原子力発電所ですよ」

「どこにあるんだ」

「すぐですよ。水晶浜の少し先にあります」

地元高校出身の機動隊員は、まるでスポーツジムの場所を教えるかのように言った。

なんてことだ――。岡田は後部座席から身を乗り出して呆然とした。警察庁から福井県警にやってきたのは、つい一ヵ月前のことだった。着任して早々、集中豪雨による洪水対策に追われ、原子力発電所の巡視は来月に回していた。だから敦賀半島の状況については、ほとんどまだ何も知らなかった。

胃が下腹部に沈み込んでゆくような気持ちに襲われる岡田が水晶浜に到着したのは、午前六時二十分。すでに岡田の指示通り、福井全域からパトカーと警備車がかき集められ、半島南側を東西に走る国道二七号線から水晶浜までと、ちょうど半島の中心部の山間部を東西に走る敦賀半島横断道路のいたるところに集中的に配置されていた。また、水晶浜では十数台のパトカーが、まるでウイルスを包囲する白血球のように何重にも黒い漂流物を取り囲んでいた。警備実施におけるアメーバー配置と呼ばれる手法である。

　県警機動隊で唯一の一個中隊五十名が、海を背にしてジュラルミンの盾を置き、砂浜上に等間隔で展開していた。あたりは赤色灯の洪水で、天然の美しい砂浜もパトカーの轍《わだち》で埋め尽くされていた。

　サイレンが収まりパトカーが停止しても、岡田の目の焦点は、一点を見つめたまま微動だにしなかった。後部座席からスローモーションのようにゆっくりと体を外に出した。オレは映画でも見ているんだ――。運転手の機動隊員とともに、岡田はしばらくパトカーの横に立ち尽くした。

「部長、ご苦労様です。あれが……」

　岡田は、駆け寄って来た部下からの説明を、後になってまったく記憶していない。

　水晶浜から五十メートルも離れていない波打ち際。そこで波に洗われているのは、まぎれもなく潜水艦だった。ムキ出しになった船底部は錆であろうか、オレンジ色に染っている。全体的にもキズだらけであることに岡田は驚いた。潜水艦を実際に見るのは初めてだった。報告では全長が二十メートルと聞いていたが、あらためて見ると、異様なほど黒くて大きい。しかも、なんとグロテスクなんだろう。水晶浜の輝くばかりの白砂とは、あまりにもアンバランスな光景だ。

岡田は周辺に目をやった。水晶浜には、美浜町の住民も押し寄せていた。海上を指さして驚いている長靴を履いた初老の漁師たち、目をまるくして口に手を当てる農作業姿の中年女性……。遠巻きにした住民たちの間からは、大きなざわめきが続いていた。その群衆をかき分けるようにして大型バス風の警備車が到着すると、黒い防護服姿の機動隊防爆《エス》隊、レンガ色の腕章をひけらかす県警本部の捜査第一課、背中に英語文字がプリントされた機動鑑識課員たちが次々と吐き出されていた。周囲は、けたたましくクラクションを鳴らしながら次々と到着する警備車で水晶浜が占領されようとしていた。

水晶浜のすぐ後ろの大きな駐車場に、県警本部から届いた巨大なビニールが機動隊員によって置かれた。機動隊員が操作すると、突然エアーが噴射される音とともに大きなテントが出現した。エアーテントで作られた福井県警の現地警備本部が立ち上がったのが、午前六時三十五分。

エアーテントの中には、すぐに机やパイプ椅子が運び込まれ、情報通信部の技官が警察電話を机の上に何台も並べ、色とりどりの電話回線の束を引っ張ってきた。警備部警備課の機動隊管理係の職員が、簡易ボードの上に、国土地理院が作成した敦賀半島の二万五千分の一の地図を貼り出した。そして半島西側の真ん中に、現場を示す赤いピンを一本突き刺した。

横須賀市船越　自衛艦隊司令部

自衛艦隊司令官の剣持光雄海将は猫舌だった。熱い飲み物は苦手だ。副官が入れてくれた熱いコーヒーカップにはまだ一度も口をつけず、窓に近づいた。

剣持はこの部屋から見下ろす景色が好きだった。

司令部の前に掲揚された国旗と自衛艦旗が風に吹かれている。一キロほど先、こぢんまりとした湾をぐるりと囲む吾妻島の木々の緑がいつも気分を落ちつかせてくれた。

眼下の埠頭では、地響きのようなディーゼルエンジンの音をさせた第四六護衛隊の護衛艦「ゆうぎり」、さらに横に並ぶ「あまぎり」の甲板上で、戦闘服姿のマリーナたちがあわただしく出港準備を始めていた。一時間ほど前に非常呼集をかけたばかりだったが、艦船内に泊まっていた三分の一の乗員以外、大半のマリーナたちも「彼女」のもとへ素早く帰ってきていた。

剣持は自分のデスクに戻って、机の上に置かれているFAXペーパーに、もう一度目を落とした。そこには漂着した国籍不明の潜水艦の長さと大きさの数字だけが申し訳なさそうに記されている。

偵察任務を行うように舞鶴の第三護衛隊群司令部には早々と指示していたが、五分ほど前、舞鶴地方総監から暗い声が返ってきたばかりだった。舞鶴地方隊から偵察班を編成し、護衛艦あるいは陸路を使って現場へ派遣することを防衛庁運用課に照会したところ、問答無用でノーの答えが返って来たという。状況が何も分かっていない段階での行動は慎んでいただきたい——ただそれだけの理由だった。

分からないから偵察に行くんだ！　受話器から総監の大声が鼓膜を震えさせた。舞鶴地方隊では、潜水艦の内部を調査するために情報専門家とダイバーによる混成部隊を編成したが、これとて防衛庁は大あわてでストップさせたという。彼らが言うには、それ以上の言葉が見つからなかったのだ。「ギラギラするから」というのだ。

「にもかかわらず、その後、市ヶ谷からは、潜水艦はどんな形なんだってジャンジャン訊いてくる始末だ。頭のネジが飛んでるんじゃないのか」

総監は、自嘲気味の笑い声を上げていた。

「とりあえず出航準備だけはお願いします。自衛艦隊が必要であれば、すぐに言ってください」

剣持は総監にそう言って電話を切った。同時に作戦主任幕僚を呼んだ剣持は、自衛艦隊も不測の事態に備えて、全護衛隊群司令に対して、いつでも出航できる準備を行うように命じていた。

剣持は、海上自衛隊という組織が、国民が想像もできないほど膨大な軍事情報を集める能力があり、世界最高レベルの技術と兵器を装備していることに疑う余地はないと確信していた。日本の防衛もさることながら、アジアの安全保障全体を担っているのだ。アメリカ軍とともに。その確信のもとに自衛艦隊司令官としての責任に震えることもあった。

だが現実に戦争が始まった場合のことを考える度に、想像を越える恐怖に襲われた。海上自衛隊は戦力として、すべての実力を発揮することが許されるのだろうか。しかも、戦力を否定しているという、このいびつな日本という国で、自衛隊はどう戦うのだろうか。その時を今、迎えようとしているのだろうか。しかし、敦賀半島に漂着した潜水艦の目的が本格的侵攻の第一次部隊であれば、もっと早く軍事行動を起こしているはずだ。それが、ただ漂着しているとは、いったいどういうことなのか。実戦に突入するような事態ではないということか。

剣持はコーヒーをそっとすすった。熱い！　思わずカップを落としそうになった。だから、いつも牛乳をたっぷり入れるように言ってあるのに。唇がヒリヒリした。

ノックの音がした。振り向くと、作戦主任幕僚が直立していた。

「司令官、作戦室の情報処理が完了いたしました」

「よし、今から行く」

剣持は、作戦主任幕僚とともに、地下一階にあるSF作戦室（海上自衛隊のマリーナたちはオペレーション・ルームと呼ぶ）に下りた。厚さ三センチ以上の鋼鉄製ドアを開けて中に入ると、目の前が急に薄暗くなった。大声が飛び交う騒然とした雰囲気がすぐに伝わってきた。コンピュータからのデータが赤い記号や緑の記号で次々とマーキングされ、さらにそれが三次元で立体化された映像がディスプレイされる巨大電光パネルを眺めながら、総合情報室中央の指揮台に向かった。

ＭＯＦシステムをそのままランニングするスクリーンが壁に設置され、数十人の作戦幕僚や隊員が、コンピュータコンソールの中でキーボードを忙しく操作し、書類を持って走り回っていた。いつもの早朝の光景とはまったく違っている。ふだんは人数もこの半分で、それほどの緊迫感は漂っていない。だが、自衛艦隊司令部の全スタッフはすでに非常勤務態勢レベルにアップしていた。

剣持は各主任幕僚を呼び集め、オペレーション・ルーム横の作業室と呼ばれる小部屋に入った。そしてまず秘話装置のかかった赤いホットラインを取った。市ヶ谷の海上幕僚監部十六階の指揮所に陣取る、海幕長の桜田喜義海将と連絡をとるためだった。

久しぶりの桜田の声が甲高い機械音のように聞こえた。

「何にしても漂着潜水艦の情報がない。内局運用課に要請しても、偵察活動でさえ時期尚早と言うだけだ。潜水艦に一歩も近づけない」

「気になるのは、敦賀半島に潜水艦が漂着した以上、一緒にオペレーションを行っていた他の潜水艦部隊が周辺海域に存在すると考えるのが自然です。日本に来たのが一隻だという保証はまったくありません。直ちに自衛艦隊の出動を防衛庁長官に具申して下さい。全国的に警戒態勢に入る必要があります」

海上自衛隊には海上警備行動という任務が自衛隊法で認められている。今回の事態はこれに相当するのではないか。剣持はそう思ったのだ。だがそれには防衛庁長官の命令が必要だった。

「いや、わが方の判断で出動すべきだ。出動の名目は情報収集だけで十分だろう」

自衛隊法とは別に、海上自衛隊の実施要綱で、海上自衛隊には日本領海内の情報収集活動が任務で与えられている。情報収集というだけで、事実上、自由な行動が許されているのだ。

その一つは「エリア監視」だ。自衛艦隊司令官によって、「何も特異なことがなくても、海上を舐《な》めるようにして四方八方を監視せよ」と下令される。エリア監視は毎日定期的に行われており、護衛艦、P－3Cなどが監視任務についている。P－3Cのエリア監視用として、その燃料代が大蔵省への予算要求事項に含まれているほどだ。二つ目は「ひじょうに興味ある海上の対象を監視せよ」と自衛艦隊司令官から命じられる場合、三つ目は目標を明確に指定するケースだ。

海上自衛隊の組織は、戦力部隊として考えると、大きく四つに分けられる。まず一つは、「地方隊」だ。京都府舞鶴に本拠を置く舞鶴地方隊もその一つだが、他にも長崎県佐世保、広島県呉《くれ》、青森県大湊、神奈川県横須賀と計五つの地方隊があり、それぞれの司令部を総監部と呼んでいる。トップの指揮官は、総監（海将）だ。五つの地方隊には、それぞれ警備区という管轄エリアが決められている。各地方隊は六隻の護衛艦からなる護衛隊を保有しているが、ほとんどが決められた警備区内——沿岸だけの活動となっている。

これに加えて「自衛艦隊」が存在するのが海上自衛隊の大きな特徴だ。地方隊とは違って重量級の護衛艦を抱え、海上自衛隊最大で最新鋭の戦力を保有している水上機動部隊である。部隊の配置は、横須賀に第一護衛隊群、佐世保に第二護衛隊群、舞鶴に第三護衛隊群、呉に第四護衛隊群。合計三十九隻の艦船を抱えている。その活動はフリーハンドだ。管轄エリアはなく、日本の威圧下にある海域ならどこへでも機動部隊として送り込まれる。

三つ目のユニットは潜水艦隊だ。第一潜水隊群（呉）と第二潜水隊群（横須賀）の二個群部隊があり、計十六隻の潜水艦を抱えている。

最後の部隊は、航空集団である。厚木に司令部をおくこの航空部隊は、全国各地にベースを持ち、哨戒機P－3C、対潜ヘリSH－60J、救難ヘリUH－60J、電子戦データ収集機EP－3など計三二〇機の航空戦力を維持している。

いざ有事となれば、これらの部隊はすべて自衛艦隊司令官の下に隷属する。だから自衛艦隊司令官の権限たるや、実は強大だ。人事の処遇や階級的には、海上幕僚長のほうが上である。だが実質的なオペレーション最高指揮官《コマンダー》は、自衛艦隊司令官なのである。

副官の一人がコーヒーを持って作業室に現れた。電話を握る剣持の前に、今度はミルクがたっぷり入った冷めたコーヒーが置かれた。

剣持と桜田海幕長との間では、ホットラインでトップ協議が続き、海上自衛隊が行うオペレーションの概略が決定した。まず舞鶴地方隊から第二護衛隊と第三一護衛隊の全艦船六隻を警備区内の情報収集という名目で敦賀半島周辺海域に出動させる。航空集団司令官にも、各航空基地からできる限りのP－3Cを飛ばせて、日本全域で監視活動、哨戒活動に当たる。

「自衛艦隊は、君の言うとおり、日本海全域の監視を行うため出動しろ。また各地方隊の総監へも君のほうでオペレーションを作って指示しろ。敦賀半島については、舞鶴地方総監と直接話して決めてくれ。舞鶴地方総監が支援が必要と言うのなら、舞鶴の第三護衛隊群のオペレーションは、君にすべて任せる」

「ただ、舞鶴の第三護衛隊群は、いま津軽半島西沖で群訓練中です。すぐに呼び返しますか」

「もちろん。事態は地方隊だけではとうてい対応できないだろう。すべて君に任す」

自衛艦隊司令官に海上自衛隊の全オペレーションが任された瞬間だった。

誰もが不思議に思うことだが、日本海に面した護衛隊群基地は舞鶴しかない。同じ舞鶴をベースとする自衛艦隊に所属する第三護衛隊群が必要になるだろう。剣持の頭の中では、すでに自衛艦隊のオペレーションがフル回転していた。

それにしても情報がなさすぎる。海の上で軍事アクションが起こったというのに、海上自衛隊が一歩も現場に近づけないとは……。

剣持が綿密なオペレーションを作るために作業室からオペレーション・ルームに戻ってきた時のことだった。午前七時。NHKの定時ニュースが始まった。オペレーション・ルームにいたスタッフの全員が、壁にはめ込まれたテレビ画面に見入り、ざわついた音がいっせいに止んだ。ネクタイを几帳面に結んだアナウンサーは、敦賀半島に漂着した潜水艦事件をトップで伝えた。

〈では現場からの中継です〉

画面に美しい砂浜が映ったかと思うとカメラは滑らかにパンを行い、黒とオレンジ色にまみれた鉄のかたまりをアップで捉えた。オペレーション・ルームのあちこちから呻き声が上がった。地方隊の偵察隊が撮影したビデオ画像でも、MOFシステムを使えば瞬時に見ることができる。だが、防衛庁から偵察部隊の出動が許されなかったので、海上自衛隊中枢の指揮官たちは、正体不明の潜水艦の姿をまだ見られずにいた。ビジュアルで確認するのは初めてのことだった。剣持は、まずその大きさに驚いた。バッテリー潜水艦には間違いなさそうだが、余りにも小さすぎる——。

「オイ！　橘はいるか」

全スタッフがテレビモニターに釘付けになった静寂な空間に、剣持の声が響きわたった。情報主任幕僚の橘芳典一佐が指揮台に走ってきた。

「どう思う？」

剣持は、テレビモニターを顎でしゃくりながら、ＡＳＷ（対潜水艦戦）に関するあらゆる情報を統轄する責任者であり、潜水艦システムのスペシャリストである橘一佐に訊いた。

「一見したところ、ＳＳＣ、ミゼットサブマリンですね。ロシアのＳＳＫにしては小さすぎますから。中国海軍には、このようなタイプの潜水艦はありませんし。北朝鮮には十年ほど前から、十五隻ほどの特殊工作用ＳＳＣがあります。映像で見る限り、潜水艦の防圧部以外の形態は、走査レーダーを吸収するプラスチック製ではないようなので、沿岸警備用ではなく、密かに韓国沿岸で作戦行動を行っているＳＳＣと酷似しています。しかし、これまでの活動区域は沿岸地域だけです。大和堆《やまとたい》や対馬海峡さえ渡ったこともなく、とうてい日本にまで到達する能力もないと思われます」

「じゃあ、どこかの軍事オタクが乗ってきたと言うのか。今われわれに与えられた画像はテレビニュースしかない。もっと詳細に分析する必要がある。念のためにＡＳＷセンターの対潜資料隊にも訊いてみろ」

剣持が橘に命じたちょうどその時、対潜資料隊の当直幕僚が緊急に橘を探しているとの連絡が入った。橘は指揮台を下りて、近くのデスクに載っているスクランブルがかかった電話の一つを取った。

「お伝えしなければならない緊急情報があります」

対潜資料隊員は興奮していた。

「ちょっと待て」

橘は、話を途中でさえぎった。

「秘話がかかっているか」

「大丈夫です。実は昨夜……」

ASWセンターに詰める対潜資料隊の当直幕僚は、昨夜演習中だったP－3Cサンダー76のダイファーソノブイが記録した磁気テープに、北朝鮮のミゼットサブマリンが発生させる周波数に酷似したデータが記録されていたことを早口でまくし立てた。

冷静に聞いていた橘は、話が解析結果の結論に入ったところで押さえていた怒りが爆発した。

「そのアンノウンの水中目標のヒストリー（航行記録）は、日本領海に直進していたことを示していたんだろうが！ なぜ報告を上げて来ない！」

「岩国基地のアズウォックからは、未明、航空機ではなくて、UHでテープを運んできましたので……」

怒るのなら岩国のヤツらを怒ってくれ。P－3Cのクルーたちは、酒盛りに出かけて連絡が取れないのに、こっちときたら徹夜で解析して一睡もしていない。

橘は乱暴に電話を置くと、剣持のもとへ急いだ。

「司令官、場所を変えてお話を」

剣持は、その引きつった顔つきを見て、黙って頷いた。二人はふたたび作業室に入った。

「重大情報がＡＳＷセンターから入ってきました」

白波にイルカの形をデザインしたドルフィンマークの胸章が輝く、元潜水艦長の橘は、自分より二十歳も年上の男に対して、ゆっくり報告し始めた。剣持は、最後まで表情一つ変えなかった。想定していた情報だったから余裕を見せたわけではなかった。仮想敵軍として、もう何度もシミュレーションを行ってはいたが、いざ現実の脅威となったことが信じられなかったからだ。しかも北朝鮮とは——。

「本当に北朝鮮の潜水艦だと言えるのか？」

橘は困惑した。こんな重要なことを自分が判断するのはあまりにも荷が重すぎた。

「北朝鮮ＳＳＣのシグナルは、騒音が大きく特徴的ですのでほぼ間違いはないかと。ただ、ＡＳＷセンターのライブラリーには、ロシアの潜水艦とは違って、サンプルが完全にはそろっていません。断定するのはまだ早いかもしれません」

橘は正直に言った。

「北朝鮮の潜水艦の動きは最近どうなんだ？　アメリカのＪＤＬ（ジョイントディフェンスリエゾン）の最新のブリーフィング内容を教えてくれ」

「ちょうど昨日の情報があります」

橘は自分のデスクにいったん引き返して、緑色のファイルケースを持って戻ってきた。

「リエゾンオフィサーから、ＤＩＡ（アメリカ国防総省統合情報本部）を通したＮＳＡ（アメリカ国家安全保障局）情報として昨日受けたブリーフによりますと、松田《ソンジョン》と馬養島《マヤンドー》の二つの潜水艦基地ドックから、四日前に三隻の潜水艦が出航したまま基地に戻っていないことが確認されています。三隻のＳＳＣが、どこかで作戦行動中であることは間違いありませんが、なにしろ小さなディーゼル潜水艦なので、ご存じのとおりローカライズすることは困難でありまして」

「三隻？　情報本部は何か摑んでいたか？」

「二つの基地の無線交信傍受記録からも、ほぼ同じ内容の情報が入っています」

「そいつか？」

剣持は天井を仰ぎながら、すでに先のことに頭を巡らせていた。

「しかし、ＳＳＣがここまで来れるのか？」

「最新の情報ではバッテリー稼動連続時間は二百時間。現実には百時間ほどかと。ゆえに、何度もスノーケルを上げざるをえず、そうなればコンタクトされるリスクは大きいはずなのですが……」

「しかし、北朝鮮ＳＳＣの可能性が大きいとすれば、海上幕僚監部を通して内局にも上げておかなければならない。今度の総理は自分の所に何でも情報が集まらないと我慢できない人だ。対応を誤ると海上自衛隊の情報組織の屋台骨さえ揺るがしかねない事態もありうる。わかっているな？」

橘は黙っていた。それは指揮官の仕事であり、スタッフである情報幕僚が判断することではない。

「内局には私から海幕の調査部長を通して上げさせよう。ところで、この情報は、海上幕僚監部から警察庁に行っているのか？」

「いえ、海上自衛隊のＡＳＷの秘められた能力をわざわざ警察に教えてやる必要はありませんので」

緑のファイルを握りしめながら橘は即答した。

「では、こちらから福井県警に教えてやるか？」

「これは極秘事項ですので、警察に情報提供するためには、海幕長の許可が必要かと存じます。第一、ＡＳＷのシステムを教えてやっても、警察のヤツらは理解できませんよ」

警察に教えるなど、下手にオモチャを与えるようなものだ。橘は司令官の言葉が信じられなかった。ＡＳＷセンターの極秘情報は、普通なら、いちいち防衛庁に知らせることさえない。その能力は、情報を垂れ流しにするような防衛庁のキャリアたちは知らなくてもいいはずだ。ＡＳＷセンターの情報は、もはや日本の情報ではなく、アメリカとの共有された情報なのだ。だから海上自衛隊はアメリカ在日司令部や第七艦隊、そしてグループセブンから信用されている。だが、今回だけは、海上幕僚監部の調査部長から防衛キャリアの調査課長に伝わることは避けられない。しかし、その果てしなき秘めたるシステムや能力が素人達に蹂《じゅう》躙《りん》されることだけは許しがたい。情報は守ることが最も重要なのだ。

剣持が赤いホットラインをつかむのを見ると、橘はオペレーション・ルームの中央まで行き、作戦情報支援隊司令の内線電話を押した。

「第七艦隊と緊急協議したい。君の助けが必要だ」

警察庁総合対策本部　午前七時

「潜水艦はロシアなのか、北朝鮮なのか、どっちなんだ！　潜水艦の乗組員はどうしたんだ！」

警察庁二十階。龍崎は総合対策本部の指令台から、部屋の隅々にまで聞こえるような大声を張り上げた。

潜水艦の中に誰かいるのか、逃げたのか、そんな情報さえなぜ速かに入らないんだ。福井県警は何をしとるんだ、いったい！　龍崎はタバコに手をやった。

「邪魔だ、どけ、どけ」

全国機動隊のオペレーションをコントロールする警備課長の湯村健治が飛び込んできた。ドライヤーをあてる暇がなかったのか、後頭部の髪の毛が逆立っている。息をきらしながら、龍崎から少し離れた指令台の隅に座った。

「ちょうどよかった。湯村、さっそくだが、おまえが今から福井を指揮してくれ」

湯村にとって、龍崎は十年も先輩である。しかも、警備局長と警備課長の格の違いは圧倒的だった。

「福井の沢口本部長はよく知っています」

湯村が福井県警本部の中央指揮所と繋がっているソッチョクを取ろうとしたその時、目の前のワイド専用電話が鳴った。水晶浜の現地警備本部に詰める福井県警の岡田からだった。

「海上自衛隊からも支援の申し出が入っています。どう回答しましょうか」

福井県警に駆けつけた舞鶴地方総監部からのＬＯ（連絡調整幹部）が、「潜水艦についての専門知識を持っているのは海上自衛隊だけです。警察の調査チームにこちらの専門官も立ち会わせてください」と言ってきているのだと岡田は付け加えた。

湯村は、早くも受話器を震えさせていた。

「ふざけるな！　ナメとるのか自衛隊は！　絶対に入れるなよ。アイツらは採証という認識など、これっぽっちも持っていない。現場を踏み荒らした挙げ句に、貴重なブツを勝手に全部持っていってしまいやがる」

湯村は興奮するとすぐにヤクザ口調になる。警察庁では知らない者はいない。警察庁フロアを歩く職員を捕まえてみれば、二人に一人は、湯村の罵声に痛めつけられた経験を持つほどだ。岡田はワイドの受話器から耳を離さなければ鼓膜が破れるところだった。

「分かりました。やっと部隊がそろいましたので、今から機動隊だけで潜水艦内部の捜索を開始します」

「よし、イケー！」

岡田は湯村の号令を聞きながら、学生の頃にロードショーで観たアメリカ南北戦争の騎兵隊の姿を思い出した。

敦賀半島水晶浜

現地警備本部がエアーテントの中で立ち上がったといっても、まだ何も分からないのと同じ状態だった。判明していることといえば、正体不明の潜水艦が波間に浮かんでいる、ただそれだけだった。

マリンブルーを溶かしたような海面をヤマハの大型船外機で蹴散らしながら、二隻のゴムボートが潜水艦に近づいていた。ボートには、船外機を操作するウエットスーツに身を包んだ県警機動隊のアクアラング部隊員三名と、潜水艦への突入を命じられた対銃器小隊員五名が乗っていた。かれらの目に、赤茶けた鉄板が飛び込んできた。表面が赤茶けた粉でまぶしたように錆びついていた。遠目にはオレンジ色に見えていたが、目の前で見ると、それは鉄クズに見えた。

ゴムボートは潜水艦に一度ぶつかって停止した。対銃器小隊の指揮を取る小隊長の皆川聡が波にあおられるボートに足を踏んばって叫んだ。

「拳銃取り出せ！　ゴムパッドを外せ！」

目を見開き、肩で荒い息を繰り返す対銃器小隊員たちは、ニューナンブ三八口径回転式拳銃の引き金にはめられている暴発防止用ゴムパッドを一斉に抜き取り、海に投げ棄てた。

「弾倉、確認！　引き金にはまだ手を触れるな！」

皆川の声が隊員の頭の上に叩きつけられた。

ケプラー繊維で守られた防弾チョッキと防弾ヘルメットで完全武装した対銃器小隊員たちは、円柱形の弾倉をボディからずらして、拳銃のお尻から弾倉の中に装塡された五発の弾を覗いた。

「船内捜索を開始する。私が先に入る。支援しろ」

そうは言ってみたものの、皆川の全身は硬直していた。中に誰が潜んでいるのか。どの国のヤツらなのか、どんな顔をしているのか。どんな武器を持っているのか――。

福井県警察本部から対銃器小隊が本格出動するのは初めてだった。銃器を使った立てこもり事件などに対処するために全国の機動隊の中に設置されている専門チームだ。だが福井県内では銃器を使った凶悪事件などかつて発生したことがない。始めての出動が、潜水艦だった。

岡田から突入班キャップを命じられた瞬間は、驚くほど冷静に受け止めた。ボートが発進して潜水艦に近づいても、極度の緊張感と使命の重さから、恐怖を感じる余裕さえなかった。だが、潜水艦の甲板に立った今、なぜか銃で撃たれた時の痛みを想像した。そして死を意識した。自分はこれで死ぬんだろうか。脳裡にアメリカの刑事ドラマのワンシーンが浮かんだ。こういったケースでは、最初に進入した警察官が犬のように殺されるのが常識だ。その死体を踏み越えて突入する警察官たち……。

相手が撃ってきたら、自分は発砲できるか？　対銃器小隊として射撃訓練は一般の警察官より数をこなしているが、人を撃つどころか、射撃場以外で引き金を引いたこともない。固定式の的を撃つだけで、動態の目標、自分も動きながらの射撃——「応用拳銃」訓練など一度も経験がないのだ。

最終報告のために、皆川はメガ（無線）を握った。決心したわけではなく、訓練の習慣で体が動いただけだった。

「捜索イチからゲンポン（現地警備本部）」

「ゲンポンです、どうぞ」

「捜索イチ、ただ今から内部に進入する。どうぞ」

「ゲンポン了解！　受傷事故に留意せよ」

通信指令室のマニュアル用語じゃあるまいし、せめて「死なないでください」くらい言えないのか。皆川は水晶浜のテントをにらんだ。

潜水艦の前部ハッチは簡単に開いた。皆川と四人の隊員は、腹這いになって恐る恐る中を覗いた。真っ暗だった。しばらく耳をすませた。中からは物音一つしなかった。

皆川は英語で呼びかけた。

「日本の警察だ。もし誰かいるならすぐに出てきなさい。生命の安全は保証する」

五分待った。それでも反応はなかった。

皆川は部下たちの目の前で力強く親指を立て、ヘルメットの防弾スクリーンを下げて顔面を被った。右手に拳銃を握り、銃口を上に向けた。まず右足をハッチの中に入れた。ハッチの周りでは四人の部下が、ニューナンブのハンマーを下ろしたまま銃口をハッチの中に向けた。

皆川は、鉄の梯子を下りるのに苦労した。驚くほど侵入ルートは狭いのだ。もし、下から撃たれてもとてもじゃないが応射は不可能だった。床に足が着いた瞬間、すぐにしゃがんで防御姿勢を取り、血走った目を激しく左右に向けた。ニューナンブのグリップを右手で握り、その上に左手を被せて銃をツーハンドホールドで固定した。そして両手をいっぱいに伸ばした射撃即応体勢を取った。小刻みに体ごと動かして銃口を振り回した。トリガーは半分だけ絞り込んだ。これでワンアクションで射撃することが可能だ。だが、弾倉に込められている弾は五発だけだった。

心臓の鼓動音が静寂な潜水艦内の側壁に反響しているかのように思えた。今にも潜水艦の暗い奥から何者かが雄叫《おたけ》びをあげて飛び出してきそうだ。小隊長は銃弾を浴びる自分を想像した。極限状態の恐怖を味わう前に、一瞬で絶命するかもしれない。まだそのほうがマシかもしれない——。

何本もの汗の線が背中を流れていく。必死に息を押し殺していたが、鼻腔が大きく開いていることがわかった。グリップを握る掌も汗でベトベトだ。片手だけグリップから外し、急いでワッペン(出動服)のズボンで拭った。

ハッチから入ってくる陽光がパイプだらけの船内をぼうっと浮かび上がらせていた。皆川は何度も瞬きをした。懐中電灯を使わなくてもかなり奥まで視認できた。皆川は鼻をすすった。独特のにおいが嗅覚細胞を刺激した。どこかで嗅いだ臭いだった。

梯子を伝って次々と対銃器小隊員が下りてきた。

皆川は先頭に立って、日本の潜水艦ならCICと呼ばれる戦闘指揮中枢エリアに入った。拾い上げると、書類を燃やしたような黒い残りカスが散乱しているのがまず目に留まった。床一面に何かを燃やしたような灰だった。ブレーカーのような機械類が並ぶ一角の横で、あきらかに通信設備と思われる装置類がメチャメチャに壊れていた。まるでハンマーで叩きつぶしたようだ。潜望鏡の傍らにある指令台の上には、小さな写真の額が載っていた。

「やっぱりだ!」

隊員たちが集まった。皆川が持つ写真を覗き込んで、何度も頷いた。テレビや新聞で何度もお目にかかっている、朝鮮民主主義人民共和国（北朝鮮）の後継者のまるまる太った健康そうな顔写真が額にはまっていた。

皆川が床に転がっていた焦げカスを編み上げ靴で蹴散らした。その中から一番大きな紙片をつまみ上げた。半分焼け焦げた紙の切れ端には明らかにハングルが書き込まれていた。

「あちこちの機械にハングルのラベルが貼り付けてあります」

二人の隊員から同じ声が響いた。

――早くゲンポンに報告すべきだ。

梯子に向かって駆け出した時、皆川は何かにつまずいて危うく倒れかけた。みかん箱大の木箱があった。皆川の目の前で、中から黒い小さなかたまりがゴロリと転がり出た。なんだ？　隊員の一人がつまみ上げた。

「小隊長！　こりゃあ手榴弾じゃないですか！」

周りにいた隊員たちの顔が一斉に引きつった。手榴弾を見るのは全員が初めてだった。皆川がゆっくり箱の中を覗くと、小さな区分けがされていた。だがいずれの中もカラッポだった。皆川は区分けの数を指で計算してみた。三十、三十一、……。三ダース！

入る時にはあれほど苦労したはずの梯子を皆川は一気に駆け上がった。そして砂浜を見つめ、隊内系メガをプレストークにしたまま早口でしゃべりまくった。

「捜索イチからゲンポン！　大変です！　手榴弾を発見しました。しかし一個だけで、あと三ダース近くが見当たりません！」

隊内系メガをスピーカーにつないでいた現地警備本部のテントの中では、溜め息とうめき声が交差した。県警幹部たちがビニール窓から潜水艦を見ると、皆川が手振り身振りで興奮している。

「ゲンポンから捜索イチへ。何だって？　もう一度、整理して言ってくれ。興奮するな」

「ですので、つまり三十五個の手榴弾を持って乗組員たちが逃げているのです」

「誰がだ？　誰が逃げているんだ！　国籍を示すものはあったのか？」

リモコン担当の大声で皆川は我に返った。肝心のことを先に言うのを忘れていたことに気がついた。

「この潜水艦は北朝鮮です！　中からは総書記の写真立てやハングルが大量に見つかりました」

スピーカーにその声が流れると何人かの対策本部要員が同時に電話に飛びついた。

「ゲンポン了解！　それで乗組員はどうした？　いるのか、いないのか！」

「捜索イチ、ここにはいません！　人数は不明ですが、通信設備など機械を破壊していたり、暗号文などを焼却した形跡があります。よって相当あわててここから逃亡したと思われます」

「ゲンポン了解。支援部隊と鑑識を派遣する。現場維持に努めよ」

潜水艦内部の捜索から三十分後。県警機動隊、地域課、生活安全部の警察官二百名が、水晶浜、ダイヤ浜沿岸線に五メートル間隔で横一列のラインを敷いて展開していた。機動隊長の「捜索開始！」の号令のもと、全隊員が地面にはいつくばって遺留物や足跡の捜索を始めた。

一方、岡田は、別に選抜していた十名ほどの機動隊員をテント裏に集めていた。

「過去の事件記録からすると、上陸した北朝鮮の工作員は、工作船が迎えに来るまで穴を掘って隠れていたケースが認められた。地面から空気を取り入れる筒を出しているのが特徴だ。諸君らは今から、とくに岩礁の海岸周辺を重点的に捜索しろ。もちろん拳銃携行の上、暴発防止用ゴムパッドは外せ」

機動隊員たちは海岸を左右二手に展開した。潜水艦の南側に回り込んだ隊員たちは、波に足を取られまいとして必死に踏ん張りながら、弁天崎と呼ばれる奇岩の間を綿密に調べ始めた。

エアーテントの現地警備本部は、福井県警察本部から来た幹部たちでごった返していた。福井県警始まって以来の重大事件に、県警本部の部長、課長、理事官などほとんどの所属長、つまり指揮官たちが水晶浜に集まってしまっていた。県警本部には本部長の沢口が一人ポツンと取り残されたような状態だった。

スピーカーから緊迫した声が飛び込んできた。

「至急！ ケンキ・イチから、ゲンポンどうぞ！」

水晶浜と隣接したダイヤ浜と呼ばれる海岸の捜索を担当していた機動隊小隊長からの緊急連絡だった。

「至急！ こちらゲンポン、ケンキ・イチ、どうした？」

「こちらケンキ・イチ。いくつもの新しいと思われる足跡を発見！」

大声を張り上げていた幹部たちの動きがピタッと止まった。その直後、幹部たちは一斉に飛び出していった。水晶浜から南へ百メートルほどのダイヤ浜海岸に円陣を組むように集まった幹部たちに、岡田は一番最後でようやく追いついた。足跡は波打ち際から県道三三号線へと一直線に続いていた。岡田はただ茫然とみつめた。それが何を意味するのか、考えたくもなかった。しかし、現実はそこにあった。ざっと見ただけでも、十人以上の足跡が目の前にあるではないか。

全速力でテントに戻った岡田は、ワイドを握り直して警察庁を呼び出した。総合対策本部に詰める湯村が電話を取った。

岡田は息を整えながら、潜水艦内の捜索と足跡の発見について報告した。

「十人だと？ まだ緊急配備網にも何も引っかからないのか？」

岡田は緊急配備を完全に行うためには、人員が足りないと正直に言った。

「バカヤロー！　よくもそんなことがヌケヌケ言えるな。人員が必要なら援助を頼め！　オメエらはいったい何をしてんだよ！　警察官なんて辞めちまえ！」

現地警備本部に設置されていたスピーカーからも湯村のがなり声が響いた。テントの中の部下たちは気の毒そうに岡田を見た。警察庁の総合対策本部でも、デスクに引かれたイヤホンで二人の会話をモニターしていた幹部たちは、その大音響に思わずイヤホンを耳から落としそうになった。

「福井県警の全勢力で敦賀半島全域を固めろ。所轄署からも人員を引っぱりだせ！　大きな構えを、できるだけ大きな構えを作れ！　ノロノロするな！　すぐに県の公安委員会から要請を管区に出させて、中部管区機動隊の応援を頼め。全体の作戦はこっちで考える」

地方の警察本部の機動隊は、柔道、剣道の国体選手などを育てる目的で通称〝武道小隊〟を抱えているケースも多い。実働部隊としての訓練時間も少なく、練度もかなり心もとない。福井県警察本部もその一つだった。そのため、重要警備事案があれば、日本全国の八つのブロックごとに設置されている管区警察局直属の管区機動隊が支援部隊として送り込まれるシステムになっている。しかし、事実上、それをコントロールするのは、警察庁警備課だった。

警察庁という組織は、一般にはほとんど正確に理解されていない。警察庁と東京都内だけを管轄する警視庁を混同している人さえ多い。簡単に言えば、警察庁とは行政機関である。

警察法をひもとくと、捜査や警備の指揮権はあくまでも県警本部にあり、最高指揮官は本部長と決まっている。警察庁長官にも県警本部を指揮する権限は一般的には存在しない。地方で起きた殺人事件の捜査権は地方県警本部にある。警察庁にも捜査第一課、広域捜査指導官室というセクションがあるが、あくまでも他府県警察本部との間の調整というのが建前なのだ。

だから、警察庁の湯村警備課長が福井県警の岡田警備部長に偉そうに罵声を叩きつける根拠など、法律にはまったく存在しない。だが実際は、警察庁警備課長は地方県警に隠然たる発言力を持っていた。とくに重要な警備になると、警察庁の警備課が直接指揮する場面が多い。警備実施のノウハウを警察庁警備課のほうが熟知していることもあるが、予算と人事を握っていることが一番大きな理由だ。地方の警備事案では、その予算の大半に国家予算があてられている。予算の割り振りや予算額を決めるのは警察庁の権限であるのだ。

警備警察という国の根幹をなす治安組織は、国家がそのほとんどをコントロールしているのである。とくに天皇陛下が地方に下向される場合の警衛警備（皇族の警備だけは「警衛」と呼称）では、事前に警察庁から〝幕僚スタッフ〟として警備のプロが現地に派遣されることが多い。熟練した警備ノウハウを地元に伝授することが習わしとなっているのだ。

湯村も警備実施のプロを自認していた。

「管区が来たら、すべてオマエの指揮下においてオペレーションさせなければいけないんだぞ。何度も言うが、こういう何が起こるか分からない突発性重大事案の時は、大きな構えで何重もの阻止線を張れ。緊急事態では兵力を最初から集中的に、しかも圧倒的に投入することが大事だ。五月雨《さみだれ》式では屁のツッパリにもならない。だから、まず大きく包囲網を固めるんだ。いいか！」

湯村の後ろから龍崎の声が聞こえた。

「湯村、現地に訊きたいことがあるから、ちょっと代わってくれ」

龍崎は総合対策本部全体を見渡せる雛壇式の指令台でマイクを手に取り、送話ボタンを押した。

「ご苦労さん。警備局長の龍崎だ。一つ重要なことを訊きたい」

岡田は緊張して思わずマイクを手にしてお辞儀した。

「敦賀半島といえば、二ヵ所の原子力発電所と、原子力開発研究施設があるはずだ。現場との位置関係を教えてくれ」

岡田は報告のプライオリティーをまた間違えていたことを悟った。

岡田はワイドを手に持ってテントから出た。わずか一キロほど先の岬に、美浜原子力発電所の三つの原子炉塔の頭が覗いていた。水晶浜からは、本当に、手に取るように近い。近すぎるのだ！

「バカヤロー！　どうしてそれを最初に言わないんだ！　至急、原発の位置関係を詳細に書き込んだ現地見取り図を送信しろ！」

龍崎の怒声がワイドから響き、テントの中では同情の視線がまた岡田に集中した。

どうも心配だ――。龍崎は胸騒ぎを覚えた。指令台の端に座る湯村に叫んだ。

「支援部隊は中部管区だけでは足りない。福井県警から要請させて、近畿、中国、いや関東や東北管区機動隊からも持ってこさせろ。それと、警備課から補佐クラスの警備実施のプロを現地に派遣しろ。専門家と幕僚チームを編成して福井県警の指導に当たらせるんだ。この事態はとても福井だけでは対応できない」

「了解しました」

湯村は龍崎の言葉には柔順だった。

「警視庁の部隊を行かせるべきでは？　警備部参事官を先遣として派遣すれば――」

「いや、警視庁はまだいい」

龍崎は、全体像を把握すべきであることを考えた。

龍崎が話し終えるか終えないうちに、目の前にいた総合対策本部要員の一人が大声で呼んだ。

「警備局長、四番に総理官邸から電話が入っています」

催促であることは分かっていた。

龍崎は、これから数時間、まったく仕事ができなくなることを覚悟した。

永田町　首相官邸

代表取材を担当していた共同通信の記者は、総理の表情を見て嫌な予感がした。眉間に深い皺が寄せられている。重大な事件、経済変調や外交問題が起きるたびに諸橋太郎首相はいつもこうした険悪な表情をする。しかも恐ろしく機嫌が悪い。細かいことでもすぐに腹を立てる。昨日も朝からいきなり「君たちとはもう話をしない」と言ったきり執務室に無言で飛び込んでしまった。番記者たちは、その不機嫌の理由が最初は分からなかった。前日の夜に総理が寝たことを確認しようと思い、後輩の記者が公邸に電話を入れたのを激怒していたことを秘書官の一人から聞いたのは、午後になってからだった。しかし、総理の番記者たちは諸橋首相の微妙な表情ひとつで、いま政府がどれだけの問題を抱えているかを逆につかむことが出来ることに気づいた。

それにしても、今日の表情は、今まで感じたこともないほど厳しい。パフォーマンスなのか、それとも興奮しているのか、機嫌が最高に悪いことだけは確かだった。

番記者たちが総理に声をかけられる時間と場所は決まっている。朝、公邸から官邸に出勤する通路を歩いてきた時のドア前。夜、公邸に引き上げる時。原則的にこの二ヵ所でしか声をかけてはいけない。しかも声をかけるのは共同通信と時事通信の二人の記者だけにしか許されていない。残りの記者たちは五メートルほど離れて集団で見守るしかできない。そして、〝ぶら下がり〟と呼ばれるインタビューが終わると、すぐに日本の記者クラブ制の最も特徴的な〝メモ合わせ〟という儀式が行われる。総理に質問した二人の記者は、総理が何を答えたか、何を言ったか、すべて他の記者たちに伝えるのがルールだった。

しかし、今日ばかりは、そのルールが破られた。ほとんどの記者たちが総理に駆け寄ってきたからだ。SPが急いで総理を囲んだ。

「おはようございます」

最初は共同通信記者が声をかけた。ふだんなら歩行を止めてぶら下がりの質問——に答えてくれる場所だった。しかも、声をかけなくても自分からしゃべってくることも多かった。普通は三十秒ほどのやりとりなのだが、機嫌がいい時は二分間も話すことがある。

共同通信記者の予感通り、諸橋は険しい顔つきのまま、記者たちを無視するように足早に行き過ぎようとした。朝日新聞記者がルールを破り、追いすがって声をかけた。

「総理、敦賀半島での潜水艦事件ですが、自衛隊を派遣するんですか」

諸橋のこめかみの血管がピクッと動くのを多くの記者が目撃した。総理は醜悪な形相で記者を睨みつけた。

「事件？　キミは事件という言葉の意味を理解しているのか。どこかに被害者でも出たのか。稚拙な質問に答えるような口を私は持っていない。オレからは、キミにお願いがあるなあ。政治部長にな、キミ以外の記者をよこしてくれと言ってくれ」

言葉尻をとらえるクセも相当機嫌が悪いことを物語っていた。

勇気のある記者は別にもいた。

「北朝鮮の潜水艦という情報もあるようですが……」

人さし指を記者の額に当てながら、また睨んだ。

「キミがそう思っているのなら、勝手に書けよ」

諸橋の顔は紅潮していた。顔のツヤもいい。記者たちは、総理は機嫌が悪いのではなくて、気分が高揚していることをようやく悟った。

諸橋は走るように秘書室の中に消えていった。ドアの前にはSPが仁王立ちして記者たちを押し返した。

秘書官室には、まだ警察庁出向の寺崎薫秘書官しか姿がなかった。諸橋は、けたたましくかかってくる電話に一人で対応している寺崎に軽く手をあげ、執務室ドアを自分で開けた。新聞記者たちの喧騒から逃れ、やっと静けさを味わった諸橋は、大きな執務机には座らず、応接ソファに腰を沈めた。歴代総理が執務机に座ることは実は少ない。ソファの前の机には政府内線電話と専用の外線電話が並べられ、そのすぐ横にはメモと先の尖った鉛筆が十数本用意されていた。諸橋は電話の脇に置かれた白いボタンを押した。寺崎が十秒もたたないうちに飛び込んできた。

「テレビをつけてくれ、NHKを」

テレビを見るのが好きなのも歴代総理の習慣と変わりなかった。総理大臣の一日のスケジュールは分単位で決められているが、少しでも余裕があるとテレビを見るか、テレビをつけっ放しにする総理が多い。

画面ではニュース番組が予定を変更して続いていた。理由はもちろん、敦賀半島の潜水艦だった。だが、ほとんど情報はなく、ただ潜水艦が浮かんでいる事実のみを伝えているだけだった。寺崎が内閣情報集約センターから運び込まれた各社の報道記事を持ってきたが、どれもNHKの報道と大差はなかった。

ノックの音がしてふたたび寺崎が飛び込み、走り書きしたメモを諸橋に渡した。

〈警察庁より。潜水艦の内部捜索中。金正日の写真など北朝鮮籍を示す遺留物を複数発見〉

寺崎はその後何度も執務室と秘書官室を往復するハメになった。寺崎の元へは電話が殺到した。一本切るとすぐにまたかかってくる。総理秘書官は全員で五人いるのだが、まだ寺崎一人が鳴りっ放しの電話と格闘しなければならなかった。内閣情報集約センター、内閣安全保障・危機管理室（安危屋）当直、防衛庁調査課当直、資源エネルギー庁、科学技術庁、さらに警察庁総合対策本部などからの報告が押し寄せ、そのたびに寺崎がメモを入れた。

諸橋はテーブルにあふれたメモや通信社の配信文の山を、自分でさばき、しかも断片的な情報を自分で分析しなければならなかった。本来なら入院した危機管理監に任されるはずの仕事だった。官邸別館三階には内閣危機管理センターと会議室があるのだが、潜水艦漂着という事態は危機管理マニュアル化されていなかった。メモを整理しながら、危機管理センターに行ったものかどうか逡巡した。潜水艦の国籍が、さきほど受けた警察庁からのメモには北朝鮮と書かれてあり、別のメモにはロシアと書いてある。発見現場も、敦賀半島の西側、東側と相反するメモがあった。

眉間の皺がよりいっそう深くなってきた時、官房長官の篠塚義章がオールバックの髪を後ろになでつけながら執務室に姿を現した。さらに時間がたって、ようやく二つの省庁の指揮官たちが官邸に到着した。番記者は官僚には容赦しない。防衛庁事務次官の土橋修三、防衛局長の沢渡兼人は秘書官室の前でもみくちゃにされながら、やっとのことで執務室に入った。少し遅れてやって来た警察庁長官の宇佐美一也と警備局長の龍崎はついに秘書官室の前で立ち往生してしまい、SPがわざわざ記者たちを引きはがさなくてはいけなかった。

土橋が官邸を訪れるのは実に半年ぶりのことだった。沖縄基地問題以来総理に怒鳴られっ放しで、官邸に来ればいつも首を垂れるばかり。性格的にも諸橋とはウマが合わず、すっかり官邸と疎遠になっていた。

「いったいどうなっているんだ！　潜水艦の国籍ひとつ分からないのか！」

警察庁と防衛庁の最高幹部たちは、席につくなり諸橋から怒鳴られた。それが諸橋の一種のポーズで、官僚たちを引き締める時にいつも使う手法であることを知ってはいた。しかし今回は少しばかり様子が違っていた。宇佐美がメモを見ながら淡々と捜索結果を伝えるのを諸橋はさえぎった。

「では潜水艦は北朝鮮なんだな。まず重要な要点だけ教えてくれればいい。それにしても、ロシアという情報もあったぞ。なぜ重要な情報が錯綜するんだ！　しっかりしろ！　次に原子力発電所はどうなんだ」

宇佐美は別のメモを探して答えた。

「現在、現場に一番近い美浜原発を含め敦賀半島の三つの原発からは特異な通報もなく、異状はないと確認しています。すでに福井県警機動隊などによって防護態勢を固めつつあります。何かあれば直ちに報告するように命じております」

会議用テーブルの一番端で、諸橋は自分を落ちつかせるためにチェリーに火をつけて深く吸い込んだ。

「よし、整理しよう。まず判明しているのは、潜水艦は北朝鮮のもので、乗組員は逃亡して行方不明中ということだな。それと、原発は無事だということだ、少なくとも今はな。判明していることはこれだけだな？　宇佐美さん、さきほどの細かい情報をもう一度、教えてくれ」

宇佐美は龍崎に視線を流して答えるように促した。

「潜水艦の捜索でそれ以外に特筆すべきでありますのは、十人以上の乗組員が逃亡中であるということ。そして、手榴弾の空の箱が発見されているということです。もし逃亡した乗組員が所持して逃げているとすれば、三十五個所持していると思われます。また最近、北朝鮮は特殊作戦用に小型潜水艦を使っているとの情報があります。重要なのは、その作戦を運営しているのが、北朝鮮軍直轄の偵察局というテロ・ゲリラを専門とする部隊であるということです。今回の潜水艦が偵察局の作戦であったのなら、逃亡した乗組員たちは高いレベルで訓練された特殊部隊なみの兵士である可能性が高い。かれらは治安対策上きわめて危険な存在になり得ます」

龍崎は続けて、現場の海岸から十キロほど離れた地点に敦賀市の市街地があることを説明した。人口はおよそ二万三千所帯、七万人。福井県全域の警察署からかき集めた警察官によって検問が行われていることも付け加えたが、逃亡した乗組員の足取りが不明である以上、市内に潜入して犠牲者が出る可能性があることもハッキリ指摘した。

「また、原発へのテロがミッションとして与えられていたとすれば、事態はきわめて憂慮すべきレベルだと考えられます」

諸橋は二本目のチェリーに火をつけた。

「恐ろしいことを言うなよ。マスコミには絶対にそんな言葉を使うなよ。収拾がつかなくなる。機動隊がすでに原発を守っているんだろう？」

宇佐美は冷静に答えた。

「相手の武器によります」

「どういう意味だ?」

「重武装していれば、事態はさらに悪くなります」

「逃げた可能性のある範囲は、最低でもどれくらいあるんだ?」

諸橋はテーブルに広げられた地図に身を乗り出した。

「潜水艦が漂着した時間が不明なので、はっきりしたことは言えませんが、少なくとも敦賀半島全域になると思われます」

「半島全域か。住民は何人くらいいる?」

「約二千人です」

「二千人! あの小さな半島にそんなにいるのか? しかも、敦賀市街もこんなに近い。それだけの人数を全部避難させるわけにもいかないな」

「いえ、やはり全員の避難が必要かと思います。その作業がまず大変になるでしょう」

宇佐美はそう言いながらも、避難誘導と広報活動だけでも、かつて警察が経験したことがない規模になるだろうと考えていた。

事務担当の官房副長官の渕野茂が、あわてる様子もなく執務室に入ってきた。それを睨んだ諸橋の視線がそのまま土橋事務次官に向かった。

「潜水艦が領海に侵入して日本に来たというのに、防衛庁は事前に何も情報がなかったのか」

「四日前に北朝鮮の二つの海軍基地から三隻の潜水艦が出航したまま行方不明になっているとの情報を、海上幕僚監部では入手していたようです。さらに昨夜、自衛艦隊の対潜水艦部門が、日本の領海内で北朝鮮のサブマリンと思われる信号をキャッチしていました」

居心地が悪そうに、土橋は何度も腰を浮かす仕草をした。

「何だと！　じゃあ何で知らせなかったんだ！」

諸橋の額の血管が浮かんできた。

「私もさきほど知ったばかりでありまして、また信号の解析作業に時間がかかったということで、確認されたのは今朝になってからなのです」

「それでも、朝に連絡をよこす時間はあったはずだ」

「私のところにも一時間ほど前に海上幕僚監部から連絡があったばかりでして。それと、機密事項でありますので、直接総理のお耳に入れようかと……」

「海上自衛隊はいつもそういうふうに情報を隠しているのか」

篠塚官房長官がたたみかけた。

「こんな事態になっていても、なぜ海上自衛隊はすべての情報を伝えてこないんだ。海上自衛隊はいったいどこの軍隊なんだ。今までそんなことがまかり通ってきたのか！　もっと隠している情報があるんじゃないのか？」

「防衛庁には海上自衛隊からもきちんと情報が入っております。ただ、残念ながらそれ以上の情報はもうありません」

それでも篠塚はしつこかった。

「情報本部にも何か事前に情報は入っていなかったのか？」

「残念ながら……。潜水艦が途中で本国と何らかの交信をしていれば断片的にでも引っかかるのですが。情報本部では、北朝鮮の潜水艦がドックを出航したことまでは分かったようですが、その後は無線封鎖状態で進んできたと思われますので、どうにも」

「それにしてもな、そんなことが普通、考えられるか。あんな大きなヤツがやってきたんだぞ。わが国の沿岸警備はいったいどうなっとるんだ」

諸橋も篠塚の言葉に頷いている。篠塚はさらに続けた。

「ほかにもわが国近くに北朝鮮の潜水艦が来ているかもしれんぞ。その対策はどうなっとる」

沢渡防衛局長はメモに目を落とし、舞鶴地方隊の護衛隊や自衛艦隊の護衛隊群が日本海周辺の警戒活動を情報収集という名目で行っていることを細かく報告した。

「よし、今度こそわが国の自衛隊の能力を見せつけてやれ」

篠塚の言葉に、土橋は心臓の末梢神経に電気が走るのを感じた。

「見せつけてやれ、とはどういう意味でしょうか」

土橋が慌てた。

「不審な潜水艦を見つけても当然攻撃など出来まい。そんなことは知ってる。ただ、阻止せよと言っとるんだ」

「お言葉ですが……」

土橋は言いにくそうに続けた。

「ご案内通り、海上自衛隊の海上警備行動を正式な任務の一つとして国の安全に寄与しているところであります。二年前の夏には、国際海洋法条約の批准を国会で行っていただいたおかげで、領海内を通行する潜水艦は潜航せずに必ず浮上しなければいけないことが決定されたばかりです。しかし、たとえ第三国の潜水艦が領海内を潜航しているのを海上自衛隊が現認したとしても、現行法では水中電話などで警告するか、威嚇発砲が精一杯です」

篠塚が急に身を乗り出した。

「なぜだ？　なぜ撃沈できないんだ？」

「ROEと呼んでおります交戦規定が自衛隊にはないからです。護衛艦の艦長や潜水艦の艦長には、緊急時の対応について独自の権限を何ら与えていません。緊急場面での対応は、航空自衛隊のスクランブル態勢については決められていますが、その他についてはまったくありません。相手が魚雷攻撃を行い、わがほうに損害が発生した場合にのみ、しかも防衛庁長官の許可をいただいてからでしか攻撃できないのです。しかし、それでは隊員の生命は守れません。よって、少しでも交戦の可能性があることは、絶対にできないということになっているのです」

諸橋が、まだ半分も吸っていないチェリーを灰皿に擦りつけた。灰皿はすでにいっぱいになっていたので、吸殻が外にこぼれ落ちた。相当苛立っている――。会議用テーブルを囲んだ官僚たちは身をすくめた。

篠塚が続けた。

「じゃあ、陸はどうなっとる？　指をくわえて見ている間に上陸してきた場合、陸は対応できるようになっているのか。敦賀半島にしても、相手が大規模なゲリラ活動を行った場合にもちゃんと備えているのか。局地的なゲリラ対策は昨年、防衛庁と警察庁による〈治安出動の際における治安の維持に関する協定〉を改正したはずだし、緊急事態対処シミュレーションの一つのテーマとして、すでに指示しているはずだが」

「これも残念ながら……」

「君はもういい。防衛局長、どうなんだ」

土橋は顔を真っ赤にさせた。

「陸上自衛隊は、すでに第三種非常勤務態勢に入っております」

「これまでは治安出動の対処対象が〈国内の暴動鎮圧〉となっていたが、今般、〈武装工作員等への対処〉と改正したはずだな？　準備はしとるのか？」

篠塚が聞いた。

「しかしいざ実施するとなると、警察との細部協定と現地協定の締結が必要でありまして、まだ、いささか現実性がないと。しかも重要でありますのは、自衛隊の出動には、やはり有事法制の整備がなんとも。そもそも膨大な法改正と政令の指定が必要でありますし、この緊急事態にそれが現実的であるかどうかは……」

諸橋の顔が脂でてかってきた。突然声のオクターブが下がり、ゆっくりとした口調で話し始めた。この声が出る時が一番怖い。会議用テーブルに座っている誰もが知っていた。

「それでは何か、ほかの日本の海岸に北朝鮮兵士が上陸し、住民に被害を与えたとしても、海上自衛隊も陸上自衛隊も何の手出しもできないということか」

論議がかなり飛躍してきたのを沢渡は感じた。このままでは何かあった場合、自衛隊と防衛庁がスケープゴートにされかねない。この際ハッキリ言っておかなくてはいけない。

「しかし、まず防衛出動については、外国の武装勢力がわが国を攻撃しているという状態がなければなりません。今回の件は、潜水艦の状況についても、まだ防衛庁としては何も確認できていませんし、北朝鮮のものだとは断定していませんので、何とも申し上げようがありません。ご理解いただきたいのですが、正体不明の集団に対して、自衛隊が軽々しく出動はできないのです」

しばらく沈黙していた宇佐美が口を挟んだ。

「ご心配いりません。まずは警察力だけで対応させていますので大丈夫です。不測の事態になっても、それなりに訓練をさせております部隊もあります。現地では現在、大きな包囲網をかけて山狩りを行うオペレーションを練っているところです」

諸橋の顔が土橋に向いた。

「北朝鮮軍はどうだ。何か変わったことがあるか？」

情報本部電波部の当直幕僚からブリーフィングはすでに受けていたが、土橋はもう自分に発言の機会は訪れないと思っていたので、言葉がすぐに出てこなかった。気まずい空気が一瞬流れた。あわてて沢渡に答えるように目配せしたが、その気まずさは、後悔するには遅かった。諸橋がずっと睨んでいる。もう二度と官邸には呼ばれまい。

「今のところ特異な動向はありません」

膨大な予算と数え切れない人員とその努力、さらに天文学的なデータ分析によって積み重ねられた情報収集システムが下した結論を沢渡はたった一言で言い尽した。

「総理、ちょっと申し訳ありませんが」

官房副長官の淵野がテーブルの四方八方から視線を集めた。淵野は建設省事務次官を務めた官僚であり、「安全保障はどうも苦手で」というのが口癖だった。最近では官邸での治安や安全保障に関する協議にはほとんど参加しないようになっていた。しかし、せっかく内閣法を改正してまで創設した危機管理監の入院であいた穴は大きかった。この一ヵ月、淵野は時代が逆戻りしているかのような錯覚に陥っていた。淵野の枕元にあるファックスに早朝、容赦なく情報が殺到するようになり、寝不足が続いていた。出勤する前の日課は、内閣情報集約センターから流される報告メモを妻と二人で仕分けすることだった。

だが渕野は、官僚としては超一流だった。

「あと三時間ほどで官房長官の定例記者会見が始まります。政府として、この事態にどういう姿勢で臨むのか、政府談話を決めておかなければならないと思いますが……」

渕野が言い終わった時、秘書官の手先が諸橋に伸びた。二つに折り畳んだメモだった。そこには外務省最高幹部たちが大急ぎでやってきたと書かれていた。招集されたメンバーに入っていないにもかかわらず、強引にやってきたのだ。

「ちょうどいい。外務省にも訊いてみたいことがあるから」

諸橋は身振りで外務官僚を執務室に入れるよう秘書官に合図した。

まるでパーティーに出席するかのようにゆったりとした歩調で入ってきた外務省事務次官の田島裕一と総合外交政策局長の南信夫の姿に、警察と防衛庁の政府委員バッジをつけた男たちが冷ややかな視線を送った。

呼ばれてもいないのに、よく平気でやってこられるもんだ。沢渡は外務官僚の行動が不思議でならなかった。沢渡も、霞が関に住む大方の官僚たちと同様に、首相官邸ほど敷居の高いところはないと感じていた。日本の総理大臣には、アメリカや韓国の大統領ほどの絶対的な権限は与えられていない。だが、日本の最高指導者という象徴的なファンクションに、どんな人間が首相に就任したとしても霞が関の住人たちは、そこに畏敬の念だけは強く感じていた。

しかも首相官邸という場所は、官僚にとってこれほど居づらい場所はないと言っても過言ではない。居づらいだけでなく、そもそもここは仕事をする場所ではない。ビジネスセンターとしては最悪だった。しかも待つ場所さえ満足にない。自分の判断で官邸に押しかけても、総理からなかなかお呼びがかからなかった場合、その時間は官僚にとって耐えがたいものになる。しかも総理から「今は必要がない」という言葉が下るのは、我々官僚が最も恐れる状況だった。

沢渡の視線を外務官僚たちはまったく気にしないどころか、まるで所管官庁であるかのような顔をして平然とテーブルの一角に腰を落ちつけた。

「外務省は何か情報があるか？」

諸橋がそう期待もしていないという表情で顔を向けた。

「警察庁は北朝鮮の潜水艦だと見られているようですが、平壌放送も朝鮮通信も何もコメントしていません。アメリカ側からも特異なインテリジェンスは入っていません。全世界の公館に緊急訓令を出していますが、今のところハード・エビデンスはありません」

田島が堂々と言ってのけた。

アメリカの情報だと？　沢渡は声を出さずに失笑した。どうせ外務省は国際情報局とのカウンターパートであるアメリカ大使館に駐在するＣＩＡのブリーファーと接触しただけだろう。ブリーファーはＣＩＡ日本支局の中で唯一、正体を明らかにしているオフィシャルスタッフだ。いわば渉外担当というだけで、タイムリーな軍のトップ・シークレットにアクセスできない。まして、ＡＳＷの情報など皆無のはずだ。

龍崎も呆れていた。情報がまったくないというのに、よく来られたものだ。普通なら恥ずかしくて、とても官邸に足を向けられないはずだ。大したもんだよ。

「今までのお話はどこまで？」

諸橋は外務官僚たちに簡単に説明してやった。

「それで今な、淵野さんの言うとおり、政府談話のことが問題になっている。北朝鮮にどのような非難声明を出すかな」

総合外交政策局長の南は、突然身を乗り出した。

「とんでもありませんよ！」

ああ、またいつものセリフだ。龍崎は天井を仰いでため息をついた。だが、南は一気にまくし立てた。

「潜水艦の中に、いくら金正日の写真があったといっても、それだけで本当に北朝鮮の潜水艦だと断定できるのですか。それに、もし北朝鮮のものだと判明しても、領海侵犯自体はケシカランことですが、どういう理由でかれらが上陸したのか、今の段階では分からないじゃないですか。万が一、北朝鮮が『機関が故障して流されてしまった。沈没するので上陸したまでだ。人道的な判断を期待する』と言ってきたらどうするんですか。かれらが敵意を持っているかどうかすら判断材料がない。それでも日本政府は抗議談話を発表するのですか」

領海侵犯がケシカランこと？　龍崎の横で、宇佐美長官は田島を睨んだ。いつからなのか。この国が、領土という国家の基本を忘れてしまったのは――。

「日本に来た理由はどうあれ、兵器である潜水艦が領海侵犯をしたという事実だけでも大問題です。しかも、いかなる理由であれ、不法入国という犯罪行為であることは間違いありません」

外務省最高幹部たちは、毅然とした宇佐美の言葉に一度も視線を向けようとはしなかった。

それから一時間、総理執務室では、政府談話の具体的な文言内容についての協議がメインの議題となった。情勢分析や現地での対応オペレーションは、まったく議題に上らなかった。この話し合いで主導権を握ったのは外務省だった。しかも、一字一句に注文をつけた。警察庁最高幹部の二人は、言葉遊びのような光景に我慢ならなかった。そんなことよりも、現地の様子が気になってしかたがない。秘書官からは何度となくメモが入ってはくるが、断片的な情報ばかりだった。とくに龍崎は事実上の機動隊の最高責任者としての重大な任務が山積している。一刻も早く警察庁に帰りたかった。

しかも官邸では、ろくに電話もかけられない。隣の秘書官室の机には警電や加入電話が並んでいるが、いずれも鳴りっぱなし。別の部屋に行こうにも、官邸という所は極端に回線数が少なく、電話機を探すのがひと苦労だ。自由に使えるのは公衆電話しかない。だが、緊急事態に際して最高指揮官が公衆電話にテレホンカードを差し込みながら指示を出しているなどという光景が、もしマスコミに目撃されたら、日本だけでなく世界の笑い物になってしまう。

田島は、警察庁最高幹部たちの冷たい視線を意識しながらも、北京の日本大使館から、一週間前に幹部限定配付指定で送られてきた電信文の内容を思い出した。そこには、北朝鮮外交部と在中国日本大使館が開いた非公式実務者協議で飛び出した重要発言が記されていた。

〈極秘　総番号R０２１３３３　外務大臣殿　上田政務班長
――在中国の朝鮮民主主義人民共和国大使館参事官との非公式実務者会議に関する報告――
当館では、上田政務班長以下三名の館員と、朝鮮民主主義人民共和国大使館の金彩玉《キムチエオク》参事官以下四名の館員との間で非公式協議を行ったところであるが、金参事官より特異な発言があったので報告する。

アメリカのロジャース政権との橋渡し役として、日本政府の力に期待したい。そのために、日本との関係に劇的な変化をもたらすことを我々は決断した。その第一として、日本側が憂慮する様々な懸案を公式協議の場で扱う用意がある。我々は、未来に希望を無くすことよりも、現実的な勇断によって明るい光を見いだしたいという結論に至ったことを是非理解してもらいたい〉

北朝鮮の焦りももっともだ——田島はそう思った。かつてはホワイトハウスも、北朝鮮を暴発させないために「ソフトランディング」政策を取り、支援と大量破壊兵器の封じ込めという、いわゆる〈ベーコン・スタンス〉を続けていた。そして、つねに対話の道を積極的に北朝鮮に用意していた。だが最近になって、政府系戦略シンクタンクからNSC（国家安全保障会議）へ報告された一つのレポートがホワイトハウスの判断を一変させた。レポートでは、〝アジアの起爆剤〟である北朝鮮を温存するよりは、何の手も差し延べずに自然崩壊させるほうが長期的戦略としてアメリカの国益となると結論づけていたのである。それからだ。アメリカは北朝鮮に距離を置く方針に転換し始めた。

だからこそ、北朝鮮が急に日本に擦り寄ってきたのだということは、南にも分かった。優位に立ったのは北朝鮮ではなく、わがほうだ。田島は、この誘いにチャンス到来と積極的に乗っていくことを密かに決めた。そして、先の北京非公式協議が行われたのだ。

北京協議は、金参事官と、外務省北東アジア課幹部が笑顔で握手することで終わった。その時だ。突然、金参事官は熱っぽい目を投げて言った。

「同じ外交官として、歴史に刻まれるような外交成果を上げようではありませんか！」

外交官にとって、これ以上心を揺さぶられる言葉はなかった。

総理執務室の会議用テーブルの前で、田島はその光景を想像していた。攻めるだけが安全保障じゃないんだ。田島は険しい顔を向ける警察庁の二人に冷ややかな視線を送り返した。

宇佐美と龍崎は、少なくとも潜水艦が領海侵犯したという事実を指摘することと、それを非難することだけにはこだわった。外務省が提案した「遺憾である」などという曖昧な表現には大反対した。それが主権国家として、法治国家としての意思表示だ。宇佐美は最後まで譲らなかった。

篠塚が思い出したように別の問題を切り出した。

「安全保障会議はどうする？　さっきも記者から開くのかどうかしつこく訊かれたよ。マニュアル通りに議員懇談会レベルでまず開催するか？」

淵野もつけ加えるように言った。

「安危室からも、開催すべきじゃないかといって、準備を行うかどうかを問い合わせるメモが何度か入っています。定例記者会見でも、どうせ訊かれます。ここでハッキリ決めておいたほうがいいのでは」

ところが、またも南が割って入ってきた。

「皆さん、待ってください。まだ事態がハッキリしていない段階で安全保障会議を開けば、たとえ議員懇談会でも、マスコミに大きく取り上げられることは目に見えています。もし潜水艦が北朝鮮のものだとしたら、北朝鮮はどう受け止めますか？　日本が戦争準備をしているんじゃないかと疑心を与え、いたずらに刺激するだけです。はたして現状は国家的な危機だと言えるのですか」

「危機管理センターに官邸対策室くらいは立ち上げておかないと後からマスコミに叩かれる。我々も移動すべきじゃないか？」

篠塚は早くも腰を浮かしかけた。

「それも、どうかお待ち下さい。事態は何も起こっていません。また、その名称もまずは『官邸連絡室』にして頂けませんか？」

今度は田島が注文をつけた。

「では記者会見で質問されたら何と言えばいいんだ？」

篠塚が苛立って訊いた。

「情報収集中。ただそれだけでいいと思いますが」

警察庁最高幹部たちは沈黙していた。言いたいことは山ほどあったが、このタイミングでしゃべるメリットは何もない。官僚としての本能が警告を発していた。

結局、安全保障会議も議員懇談会も「時期尚早」として見送りになった。政府談話が完成したのは午前十一時を過ぎていた。首席内閣参事官が呼ばれ、正式文書としてタイプすることが命じられた。談話の内容は、潜水艦の領海侵犯は非難する。だが、上陸した「集団」に対しては「調査中」とし、北朝鮮政府を厳しく非難する文言は削除されたのである。

「上出来じゃないか」

篠塚は文面を読み上げながら満足そうな笑みを浮かべた。

名古屋市守山　陸上自衛隊第一〇師団

一台のオリーブカラーのステーションワゴンが、国道から折れてきて急停車した。身分証明書を提示した二人の制服自衛官は、また車を急発進させ、百メートル先、鯱《しゃち》に桜のマークの団旗がはためく四階建ての小さな建物をめざした。オリーブ色のセーター姿の自衛官たちがあわただしく出入りする玄関には、すでにジープが何台も停まっていた。ステーションワゴンの運転手は、狭い隙間に車体をたくみに滑り込ませた。車から降りた制服の二人は玄関を急いで通りすぎ、階段を駆け上った。

伊丹市の中部方面総監部から名神高速道路を突っ走ってやってきた二人のＬＯは、三階に上っても迷うことはなかった。樹齢数百年という木の年輪をくり抜いて造られた「作戦室」という大きな看板を見過ごす者などいないからだ。

小学校の教室ほどの作戦室では、二万五千分の一の国土地理院作成の現地地図が巨大な作戦台にすでに広げられていた。その傍らで、第一〇師団長の加藤真蔵陸将はＮＨＫニュースに見入っていた。

「中部方面総監部から参りました」

二人は敬礼して加藤師団長に挨拶した。

「これを見てみろ。何ともグロテスクなヤツだ」

画面は、まばゆいばかりの白浜の先に、ところどころ赤茶けたドス黒い鉄のかたまりが漂っている光景をアップで映し出していた。

司令部の第二部長（情報担当）、第四部長（兵站《へいたん》担当）などの各幕僚たちも、作戦台の図面が投影された、部隊の配備状況や戦闘状況を素早く把握できる巨大スクリーンを取り囲んでいた。スクリーンの横にはソニーのブライト五十二インチ受像機がある。偵察ヘリが上空二千メートルからビデオで撮影した映像を、衛星回線を使ってさらに四十八倍に拡大し、リアルタイムで見ることができるようになっていた。

加藤はまず、中部管区警察局にLOを派遣するよう命じるとともに、金沢の第一四普通科連隊からも、福井県警察本部と現地警備本部にLOを急派することを命じた。彼らは戦場最前線状況についての情報を収集する偵察部隊員だった。

作戦室に並べられた電話は、幕僚スタッフたちに占領され、警察の前線本部の場所を問い合わせたり、福井県庁や敦賀市役所の関係方面へ連絡を取る大声が作戦室を占領していた。通信科部隊も駆けつけ、防衛マイクロ回線を増設し、中部方面総監部や陸上幕僚監部にアクセスさせる作業に追われていた。

運用（オペレーション）担当の首席幕僚である司令部第三部長の田川秀美一佐が、幕僚スタッフを押しのけながら加藤に近づいた。

「師団長。偵察班三個小隊を編成し、現地に派遣してもよろしいでしょうか？　それくらいの人数は必要かと思われますので」

作戦台に両手をつき、体を折るようにして作戦図を眺めていた加藤は、田川の声に体を起こして唸った。田川の進言はもっともなことだった。相手はプロの兵士である可能性が強い。広範囲に情報収集することが必要だったし、長期戦になれば交替要員も必要になる。

加藤はすでに、現地から北東百キロほど離れた金沢の第一四普通科連隊の三つの中隊に属する情報小隊を水晶浜周辺に派遣することを決め、戦況図に書き込ませていた。あとは連隊長に命令を出すだけだった。

だが、加藤は迷った。防衛庁長官からもまったく命令が出ていない段階では、師団長直轄部隊であるとは言え、百名もの戦闘服姿の偵察隊を出動させていいものかどうか、判断がつかなかったからだ。自衛隊法によれば、防衛庁長官の命令がない限り部隊は一切動かせない。陸上自衛隊の指揮官なら誰でも防衛大学校の時から教え込まれ、身に染みて知っている〝事実〟である。海底戦車に乗ったスペツナズ（旧ソ連軍特殊部隊）が北海道を急襲しようとも、すべて防衛庁長官の決裁が必要だと叩き込まれてきた。だが、防衛庁長官と連絡がつかなければ、それまでの話なのだということも学んでいた。

だからといって、ほかに何ができるだろう。加藤の沈黙が続いた。偵察部隊の派遣よりも、もっと重要なこともあった。

加藤の周りに各部門の主任幕僚が集まってきた。戦況図を睨み続けていた加藤は静かに言った。

「今われわれが考えなければならないのは、近い将来を見すえることだ」

幕僚たちは真剣な眼差しで頷いている。

「警察力で対応できない事態が起きること、それが問題なのだ。自衛隊にも出動命令が下る可能性を具体的に検証する必要がある。その時になって動いたのではとうてい間に合わない。阪神・淡路大震災の時のように、またスケープゴートにされてはたまらん。お呼びがかかるとは思えないが、できうる限りの準備態勢は整えておく」

加藤はふたたび地図に視線を落として、陸上自衛隊の駐屯地の配置状況を指揮棒でなぞった。

「一番現場に近いのは、やはり金沢の第一四普通科連隊だ」

直線距離では福知山の第七普通科連隊のほうが近い。だが、福井に至るには交通の便が悪過ぎる。大阪八尾の中部方面航空隊から兵員輸送用のCH―47ヘリを呼ぶ時間を考え併せると、北陸自動車道を飛ばして来られる金沢の部隊のほうがどう考えても早い。せめて、この部隊を近くに引っ張っておければいいんだが――。

福井県から災害派遣要請を受けさえすれば、一九九六年五月の防衛庁事務次官通達によって、自衛隊の自主的な判断で情報収集を行うことが許されるようになった。阪神・淡路大震災からの教訓である。むろんそれはあくまでも災害派遣という目的に限って通用する理屈だった。敦賀半島の事態は治安出動や防衛出動が考えられたので、加藤の頭を悩ませたのだ。

しかも、警察と電話連絡を取ろうにも、福井県警本部は大混乱していて、自衛隊など相手にしていられないという雰囲気である。改正された治安出動に係る協定に明記された、細部協定協議の打診にもまったく興味を示さない。これをクリアしなければ、協定は絵に描いたモチ同然なのだ。しかも、一体誰が窓口なのかさえ分からなかった。

「偵察隊くらいは何とか出動させないと、情報が取れなくては対応のしようがない」

加藤がそうはき捨てた。

「第一四普通科連隊から、現地に派遣する情報小隊は戦闘服でもいいかと訊いてきておりますが、いかがいたしましょうか？」

田川がメモを片手に作戦台の反対側から加藤に尋ねた。

加藤は、また腕組みをして唸った。考えてもいなかったことだ。やはり戦闘服ではあまりにもギラギラしすぎるかもしれない。背広姿に着替えて行くよう田川に指示した自分を、加藤は情けなく思った。

加藤は作戦室の赤い電話を取り、中部方面総監のデスクにダイレクトにつながる番号を押した。全国の師団司令部、方面総監、陸上幕僚監部、CCP（中央指揮所）、防衛庁の幹部たちを結ぶ、防衛マイクロ回線を使ったホットラインだった。

全国四つのブロックに分けられた陸上自衛隊の方面隊を総指揮する方面総監は、防衛庁長官からの出動命令を直接受け、あらためて各師団長に行動命令を下す。これが陸上自衛隊の基本的な指揮命令系統のシステムだ。だが実際に作戦を実行するのは、あくまでも師団長。方面総監は統轄者ではあるが、各方面隊との調整を行うのが実質的な任務である。

しかしそれはすべて、防衛庁長官の許可があってからの話である。自衛隊法では、部隊はもちろん、弾薬一個動かすにも決裁書類に防衛庁長官の印が必要とされている。師団長にいくら作戦遂行権限があるといっても、防衛庁長官の許可が下りないことには、背中のスイッチがOFFになったままのロボットも同じだった。

電話口に出た中部方面総監も苛立っていた。

「警察はまったく非協力的で、せっかくの改正協定にも見向きもせん」

「こちらも情報はテレビしかないというザマです。何とか師団偵察隊を現地に派遣したいのです。そこで、大がかりな偵察隊を出動させるための大義名分について、いい案があります。自衛隊法施行令第十四条では、陸上自衛隊の各部隊に割り当てられた『警備区域』の規定がありますね。そこでは『警備情報の収集又は、これらの事項についての関係機関との連絡に関する事項を担当すべき……』と明記されているのです。この法令を運用すれば、総監のご判断ひとつで何の問題もないと思われます。これがダメでもまだ奥の手があります。防衛庁設置法第五条に、防衛庁の所掌事務として、『陸上自衛隊、海上自衛隊及び航空自衛隊の組織、定員、編制、装備及び配置に関する事務に必要な資料及び情報の収集整理に関すること』という項目があります。この〝情報の収集〟という言葉を使う手があります。つまり、防衛庁から陸上自衛隊に、敦賀半島の事件に対して、防衛庁長官の許可がなくとも情報収集を行えという指示が出せるはずです。陸上幕僚監部から内局を説得させてください」

総監は、加藤が並べた法律の内容をすぐには思い出せなかった。三つの師団、自衛隊員三万名を統轄する指揮官とて、局地的な武装勢力に立ち向かうための自衛隊出動の根拠についての法文など、いままで見たことがなかったからだ。

「ちょっと待ってくれ。部下に防衛実務小六法を持ってこさせるから」

そう言い訳しながら、部下から届けられた厚さ五センチほどの法律集をペラペラめくる音がした。

「君の言うとおり、それはできるかもしれんな。しかし、部隊はあまり大がかりでなくてな。あくまでも局部的に。それと、やはり偵察要員は私服が望ましい。制服姿の自衛隊員がテレビにでも映ったら、やれ治安出動か防衛出動かと騒ぎ立てよる。ただ内局にも、事態が事態だけに一応報告しておく」

市谷　防衛庁

陸上幕僚監部運用課長は、電話に向かって一気にまくし立てた。防衛庁と話す時は最初のひと言が大事である。運用課長として一年苦労して、身をもって理解した事実だった。

「連絡します。不測の事態に備えて、第一〇師団から現地に偵察要員を派遣します」

ほんの通告だけという気持ちだった。ところが、防衛庁運用課でたった一人の陸上自衛隊担当者は、驚いて叫んだ。まだ三十五歳のキャリアだった。

「冗談はなしですよ！　いま自衛隊員が現場で動き回ったら、すぐに治安出動か防衛出動かと大騒ぎされます。官邸もその点に神経質になっている。防衛庁長官の了解もなしに軽率な行動をするのは絶対に控えてください」

「だから、制服ではなくて私服で……」

防衛キャリアはさえぎるように言った。

「同じですよ。偵察を行うということは、何らかの目的があるからですね。その目的に対して、陸上自衛隊にはまだ何も防衛庁長官からミッションが付与されていないでしょう。だからできません」

こんな事態になってもシビリアン・コントロールの講義を受けるのか……。運用課長は防衛庁と連絡をとったことを後悔した。

だが加藤は、すでに動き出していた。師団長直轄の偵察隊、第一四普通科連隊の情報小隊を示すピンを、敦賀半島地図の上に押し込んだ。幕僚たちが駆け足で作戦室を出入りする中を、田川が暗い顔をしてゆっくりと近づいてきた。

「防衛庁が、偵察行動は一切ダメだと言ってきました」

加藤は全身から急速に力が抜けていくのが分かった。

霞が関　警察庁総合対策本部

「お前が、すべてを仕切るんだ。捜査指揮権は、何といっても県警本部長が持っていることを分かっているな。函館の全日空機ハイジャック事件でも、当時の本部長は見事に指揮を行われた。経験がないなどとふざけたことをぬかすな！」

湯村のいつものヤクザ言葉は沢口もよく知っていた。一年半前に福井県警本部長として警察庁から派遣された沢口は、警察庁内では湯村の直系で知られ、これまでも家族ぐるみで付き合う関係だった。

ちょうど湯村が山狩りのオペレーションを沢口と打ち合わせていた時だった。現地警備本部の無線交信をモニターしていた警備課実施一係の一人から大声が上がった。

「一名の国籍不明の男性を確保！」

総合対策本部は騒然となった。沢口もあわてて電話を切った。

福井県警察本部

沢口は、本部長室に入ってきた刑事部長をソファに促して、自分は目の前に座った。

「敦賀警察の地域課パトカーからの第一報でした。水晶浜から南へ約四キロ行った山麓付近。そこに泰蔵院という寺があるんですが、その周りをフラフラ歩く不審な男がいるのを警察官が発見したのです。職務質問したところ、日本語が分からず、外国語のような言葉を叫び続けていました。現在、敦賀署に連行している最中です」

「敦賀の警察署なんて危なくてダメだ。もっと安全な場所はないのか」

「すみません。このあたりでは適当な場所がないんです。あとは公民館くらいで」

「では敦賀警察署の防護要員を増やせ。機動隊を振り分けて警戒させろ」

不審な男を連行してきたパトカーには、途中で別のパトカーが三台合流した。金山バイパスから県道を北上し、松尾芭蕉の句碑が残る気比《けひ》の松原にぶつかって右折、敦賀警察署玄関に大勢の警察官や機動隊員が出入りする中を、けたたましくサイレンを鳴らしながら到着した。パトカーの後部座席から引きずり出された男は、テレビや新聞のカメラマンにもみくちゃにされながら、緊張した面持ちで立ち並ぶ出動服姿で防弾盾を持った機動隊員たちの間を歩かされ、二階の取調室に入った。

水晶浜　現地警備本部

午後二時。現地警備本部では、やっと捜索プランができ上がりつつあった。すでに美浜町と敦賀市の全域に緊急配備網が張りめぐらされていたが、検問に引っかかる不審者は誰もいなかった。

敦賀半島南、県道二〇号線付近には、近畿管区機動隊と中部管区機動隊を乗せた何十台もの警備バスが続々と到着した。潜水艦発見の通報があったのが十時間前。しかし、いったいいつ漂着したのかまったく分からない。十二時間以上前に潜水艦から北朝鮮兵士たちが逃げ出した可能性は充分に考えられた。そのため、広範囲な阻止線を張る必要があったのだ。

現地警備本部の試算では、敦賀半島全体を完全に封鎖するためには、二千名以上の機動隊員が必要であるとはじき出していた。現地指揮官である警備部長の岡田は、湯村と綿密な打ち合わせを行い、福井県公安委員会から各県の公安委員会へ援助要請を行っていたが、さらに管区機動隊を増派させる必要があるとの結論に至っていた。

二千名もの機動隊員は、まず水晶浜を取り囲むような第一次阻止線から、敦賀半島の首根っこ部分を東西に走る敦賀市内と小浜市内を結ぶ国道二七号線を最終阻止線として、北陸自動車道の上下線で警戒するとともに、敦賀インターチェンジを制限。敦賀市内にアクセスする敦賀半島からのすべての道路を封鎖した上、支援工作員たちが市内に入る外部からの全道路を警戒するなど、敦賀市全体が膨大な警察官で封じ込められようとしていた。

現地警備本部に設置されたパソコンのレーザープリンターには、警察庁警備課から警察庁独自回線〈P1〉で送信されてきた何枚もの文書が吐き出されていた。そこには、敦賀半島の三つの原子力発電所——美浜、動力炉・核燃料開発事業団のもんじゅ発電所、日本原電敦賀発電所——を防護する阻止線に関するオペレーション図面が書き込まれていた。警察庁警備局には、一九九四年の北朝鮮核兵器開発疑惑に伴う朝鮮半島クライシスが発生した場合を想定して作成されていた、日本海側のすべての原子力発電所に対するゲリラを念頭に置いた阻止線マニュアルが保管されていたからだ。

水晶浜から目と鼻の先にある美浜原発には、依然初動対応として十数人の県警機動隊小隊が警戒にあたっていただけだった。現地警備本部を仕切る岡田は、本格的な態勢を組む必要に迫られていた。

水晶浜駐車場に立ち上げられた現地警備本部は、最初のエアーテントから指揮通信車に移っていた。岡田は、フィルター部分まで吸い込んだキャスターを眉間に皺を寄せて口にくわえ、部下の県警警備課長を振り向き、プリントアウトの束を指で叩いた。

「県警にも、こういったマニュアルはないのか?」

警備課長は困惑した表情を浮かべた。

「原子力発電所に対するテロを想定したマニュアルを持っていないわけではありませんが、主に連絡系統について細かく記述されているにすぎません。なにしろ美浜原発から三百メートル離れた所に警察官が一人いる警備駐在所があるだけで、機動隊の分駐所もありませんので」

「なに？　では、原発にもしものことがあったら、どうすることになっているんだ？」

「美浜原発の場合、施設の警備を担当する原発専門の民間警備会社からの通報を待って、警備駐在所が初動の情報収集に動き、さらに県警本部に知らされるシステムになっています」

岡田は呆れた顔をして、口からタバコが落下した。

「その民間警備会社の警備は完璧なのか？」

警備課長は目線を上げることができなかった。警備会社の警備システムの詳細までは知らなかったからだ。

「部長、東京から警備会社の警備担当役員が小松空港にあと二時間で到着する予定だと情報が入っていますので、詳しくは直接お訊きになっていただければ……」

「だったら、パトカーを空港に急派して、サイレンを鳴らしてここまで連れてこさせろ！　直接、私が事情を訊く。半島全体の阻止線は固めつつあるが、原子力発電所の本格的な警備態勢を早く立ち上げないと、君と私の将来はなくなるかもしれないぞ」

岡田は警備課長の耳元に囁いた。

警備課長が指揮通信車をあわてて出ていくのを見送っていた岡田の耳に、リモコンからの大声が響いた。

「部長！　敦賀署連絡本部から、緊急無線が、ワイド・チャンネル5で！」

敦賀警察署

二階取調室の中で、国東清二警部補は、沈黙を貫く男とスチール机を挟んで向かいあっていた。だが、脇に座らせた通訳がいくら呼びかけても、逮捕の通告を行っても、窓のほうを向いたままだった。取調室には、敦賀署長や県警本部からの「新しい情報はまだか」というメモが山積みとなっていた。

国東は、朝鮮語の通訳を伴い、福井県警外事課から派遣されて来た尋問担当者《インタビュアー》だった。過去、北朝鮮工作船が漂着した事件なども取り扱っていたが、実際に身柄を持つのが初めてなら、北朝鮮工作員を目のあたりにするのも初めてだった。男が日本語が通じず、旅券を所持していなかったことから、出入国法違反と難民認定法違反の容疑で緊急逮捕していた。

警察庁外事課にも頻繁に連絡を取っていたが、川北外事課長と清水外事課分析第三係補佐は首相官邸に出向いていた。ゆえにこの状況の突破は自分だけで考えなければならなかった。

油がこびりついたにおいがする男を前に、国東は、東京の国際捜査研修所で習った諜報事件を思い出した。その時に配付されたテキストがあった。確か、あれは外事研究資料No.5だった。国東は部下を残したまま、署長室に飛び込んだ。管理部門を長く歩いてきた敦賀署長は、国東の提案に思わず椅子から飛び上がった。

「ナニ、酒を飲ませる？　被疑者にそんなことをやったのがバレたら大変やないか。責任問題に発展することは間違いない。公判だってどうする？　酒を飲ませていたことが分かったら、供述の任意性が問われるぞ」

定年まであと一年という敦賀署長は、歴代の敦賀署長がそうであったように、何事もなく静かに安息の日を迎えることをこれまで信じて疑わなかった。敦賀署管内で死傷者が出るような事件が発生するのは、北陸自動車道での交通事故くらいだ。ところが、その当然の期待は、数時間前に粉々に吹き飛んだ。まさか風光明媚な海岸に武装した鉄のかたまりが出現するなどとは思ってもみなかったのである。

「過去に成功した例があります。しかも今は公判のことを考えているような余裕はありません。あの男から逃げた潜水艦に乗っていた男たちの人数や、武器を持っているのかどうかなど、多くの情報を引き出すことが絶対に必要です！　緊急にです。躊躇している間に犠牲者が出たらどうするんです！」

「私一人の判断を越えた話だ」

「現地警備本部には岡田警備部長がおられます。すぐに連絡を取ってください！」

国東は目の前の黒電話を署長に向けた。

岡田の許可が下りたのは、それからわずか一分後のことだった。国東は、本部の幹部におうかがいを立てずに、情報に枯渇していた警備部長に連絡を取らせたことを、自分でも最高のアイデアだったと思った。渋い顔をする署長から捜査費用名目の出金伝票に印をもらうと会計課に飛び込んだ。十万円を手に三階に上がり、外事係の捜査員二人を集め、近くのKOストアに走らせた。白米と、白身の刺し身、タバコ、酒を集めることを命じたのだ。

国東は、山盛りにされた食事を前に、男が喉を鳴らすのをはっきりと聞いた。

「まずゆっくり食べなさい。私は外にいるから」

男が我慢できたのは一、二分のことだった。目の前に並べられた食事と酒にむしゃぶりつき始めた。白米を口からボロボロこぼしながら刺し身を手で口に放り込み、酒に酔っぱらった。顔を赤らめてゲップを繰り返すのをドアの覗きガラスから見た国東は、もう一度通訳を脇に座らせて面と向かった。

「君の生命は安全だ。日本の法律ではスパイでも死刑になることは絶対にない。法律に書いてないからだ。生命の安全だけは絶対に保証する」

そのひと言で十分だった。殺される心配がないと分かった男は、酒の酔いも手伝って饒舌に話し始めた。

「おれは、単なる北朝鮮の潜水艦乗組員だ。兵士ではない」

国東は冷静な表情を保ち続けることに注意を払った。ゆっくりとした口調で翻訳するよう、あらかじめ通訳に指示していた。

「潜水艦の中には君以外に何人乗っていたのか教えてくれないか」

「……十一人だ」

　できるだけイエスやノーで片付けられる質問は避けようと心がけた。情報を多く引き出さなければならない。

「かれらは、どこに所属するのかなぁ。党か、軍なのかな」

「偵察局、知ってるだろ。知ってなきゃ、あんたこんな商売やっていたってしょうがないぜ。おれたちの国きっての優秀な特殊部隊さ。昨晩、かれらを潜入させようと海岸に近づいたんだが、あんなに急に浅くなっているとは想像してなかった。潜水艦が座礁してしまい、しかたがないので全員一緒に逃げたんだ」

「任務は何なんだ？」

　核心を急ぎ、少し強く出てしまった。案の定、男の目に警戒の色が浮かんで急に黙り込んだ。

　質問を変えてみた。

「でもな、このまま仲間が逃げていれば、日本の警察官に射殺されるかもしれないよ。早く保護したいので、かれらとどういうふうに連絡を取ることになっていたのか教えてくれないかなぁ」

「それは間違っている。日本の警察は捕まえられない。絶対に」

「なぜ？」

国東は、わざと曖昧な訊き方をした。

「オマエたちは、RPG7という対戦車ロケット砲を知っているか？　あれはスゴイぜ。まともに当たれば人間なんてプルコギ同然だからな。でも、アイツらの考えていることが分からない。あんな重たい物をわざわざ持って行かなくてもいいものを、足手まといでしかたがないはずだろうに」

男は、さらに自慢げに十一人の特殊部隊が持って逃げた銃器について説明した。

「日本の警察は回転式拳銃しか持っていないんだろう？　そんなオモチャじゃ話にならないぜ。アイツらを探すのはオマエたちには無理だよ。あきらめな。なにしろアイツらは、一年間だって穴の中で生きていけるんだぞ。しかも絶対に最後まで与えられた任務を遂行する。本当に恐ろしいヤツらだ。あの目、あの口、おれたちだって身が縮むことがあるほどだ。人間じゃないなアイツらは」

下半身から恐怖が湧き上がってくるのを、国東はなんとか表情に出さずに済んだ。

水晶浜　現地警備本部

敦賀署連絡本部とのワイドのスイッチを切った岡田は、聞き取ったメモを片手に周りにいた県警幹部たちを振り返った。メモには逃走中の兵士が所持している武器の名前が書き込まれていた。〈八二ミリ口径のM37迫撃砲、一二・七ミリ機関銃……〉

「こりゃ、ホンモノの戦争じゃないか」

乗組員の供述は衝撃的だった。とても県警機動隊や管区機動隊では対応できない。管区機動隊の対銃器部隊も、覚醒剤中毒者が一丁の拳銃を持って立てこもっているような状況に対応するように訓練されているだけで、ホンモノの兵隊、それも訓練された特殊部隊に立ち向かっていけるような装備など持ってやしない。しかもロケット砲とは……。

岡田はワイドを握り直し、警察庁の総合対策本部を呼び出した。

湯村は対戦車ロケット砲という言葉を聞いただけで大声をあげて、聞き直した。ごった返す総合対策本部に詰めていた警察庁幹部たちの声が一瞬やんで、一斉に湯村を見つめた。

霞が関　警察庁

「RPG7対戦車ロケット砲は、初速がきわめて速く、三百メートル離れた場所から発射しても装甲車一台を軽く吹っ飛ばし、原子力潜水艦の厚い鉄板も貫通させ、二十センチの厚さの鉄板も難なく貫通させてしまうほどの威力を持つ。さきほどの陸上幕僚監部調査部からの回答ではそう言っております」

警察庁四階の長官室で始まった緊急幹部会議で、防衛庁調査課に出向経験がある装備課補佐の説明に、居並ぶ幹部たちから大きなため息が洩れた。

「有効射程は？」

龍崎が訊いた。

「千五百メートル以上とも言われています。相当離れていても、ドドーンという衝撃が伝わってくるほどだということです」

「機動隊の一個小隊が軽く壊滅する」

生活安全局長が他人事《ひとごと》のように言った。

「いえ、部隊を壊滅させるようなものではないそうです」

「警察でRPG7を見た者はいるのか？　どれほどの脅威か分からんじゃないか」

宇佐美長官が初めて口を開いた。

「陸幕の説明では、部隊規模の犠牲はともかく、高熱と破片が飛び散りますので、現実的には人体への影響は甚大であり、作戦遂行能力は奪われるだろうと説明しています」

二年後には長官の椅子が約束されている警察庁次長が椅子を回転させ、隣に座る宇佐美に体を向けた。

「これはもうSAT《サット》しかいない。直ちに投入です」

SATとは、特殊突撃部隊と称され、警察が極秘にする対テロ特殊部隊のことだ。もともと警視庁の第六機動隊と大阪府警第二機動隊にそれぞれ四十名ほど配属されていた部隊である。一九九五年の全日空機ハイジャック事件で、外部から航空機のドアを開けるという特殊技術を披露して突入したのが、ロッカチュウという暗号で呼ばれていた警視庁第六機動隊に属する特殊部隊だった。この時、警察庁警備局長と北海道警察本部長との電話による直接協議でロッカチュウの派遣を決めたが、警視庁警備部だけは反対した。長年秘匿していた特殊部隊を公にさらすことを嫌がったからだ。

それが一九九六年四月、対テロ部隊は新しく増強されることになった。警視庁と大阪府警のそれぞれ中隊四十名に加え、北海道警、愛知県警、神奈川県警、千葉県警、福岡県警にも新しく対テロ特殊部隊が創設されたのだ。警察庁はこれら計百九十名ほどの部隊を初めて正式にSATと呼称した。

湯村が訊いた。

「捜索部隊の主力はやはり練度が高い警視庁機動隊三個大隊だと思います。さらに第一線の偵察に警視庁SATを持って行きますか？　しかし、それでも四十名しかいません」

宇佐美が龍崎に首を向けた。

「警視庁や大阪府警はともかく、他の県警のSATの練度はどうだ？　今すぐ出動させることができるか？」

龍崎の視線が湯村に流れた。

「警視庁と大阪ののSATは、イギリスのSAS（陸軍特殊空挺部隊）の訓練キャンプや、イタリア、ドイツ、フランス、そしてアメリカで実戦に近い訓練を経験しています。しかし、正直申しまして、警視庁と大阪府警のSAT以外は、実戦に投入するにはまだまだ一定のレベルを越えているとは言えません。やはり警視庁SATしかないと思いますので、今から……」

龍崎が手を差し出して、湯村の発言をさえぎった。

「私ももはやSATしかないと思いますが、引っかかることが一つだけあります。実は潜水艦事件は陽動作戦で、福井県に兵力を集中させている間に大都市を狙った大々的なテロ活動を起こす可能性も否定できません。SATをすべて田舎町に派遣するのは、どうも心配です。警視庁SATの投入は一部の部隊であるべきです」

「そうはおっしゃいますが」

警備局担当審議官の村雨次男が話に割り込んできた。

「敵は特殊部隊、つまり訓練を積んだ軍隊ですよ。いくら人数が少ないといっても、とても警察力で対応できるような相手じゃない。本物の兵隊なんですよ。しかもロケット砲や手榴弾を持っているという。そのうえ現地は山の中です。SATはジャングル戦を戦える部隊ではない。そもそも本物の軍隊と戦うために創設されたわけでもないし、そういう訓練も行っていません。SATを自殺しに行かせるようなものです」

湯村が村雨を睨んだ。

「警察力で対応できない？　そんなこと口が裂けても言えません。かつての浅間山荘事件でも、あれだけ犠牲者を出しながらも鎮圧したじゃありませんか」

「浅間山荘に立てこもった連合赤軍は、ロケット砲は持っていなかった」

村雨審議官が冷ややかに言ったのを、警備企画課長の福永力が引き継いだ。

「SAT、SATって、かれらはスーパーマンじゃありません。阻止線を死守するだけで精一杯です。どうもSATの能力がマスコミ、政治家たちから誤解されています。過大評価されているんです。優秀な男たちではありますが、軍隊ではないんです。あくまでもURT（人質救出部隊）としての存在です。今回のような警察の装備を上回る事態では、あきらかに自衛隊しかないと思います。自衛隊の治安出動レベルですよ、これはもう」

「まあ、待て、待て」

宇佐美が論議を収めるように両手を広げた。

「たしかに、いくらSATでもこの事態はきわめて厳しいことは分かっている。けれども、首相官邸にも自民党にも自衛隊の治安出動を考えるような雰囲気はまったくない。ではこの現実に誰が対処する？　警察しかあるまい。迷っているうちに犠牲者でも出てみろ。警察は二度と立ち上がれないほど国民から厳しい世論の集中砲火を浴びることになる」

一時間ほど前、宇佐美は龍崎とともに自民党幹事長と外交部会テロ対策委員会委員長に呼ばれ、

「自民党としても全力をあげて支援するから、警察の総合力を発揮して、警察官諸君にはぜひ頑張ってほしい。あれだけ予算を付けてやったんだ。SATの雄姿を見せてもらいたいも

んだな。外国だって、驚くぞ」

と激励を受けてきたばかりだった。

しかも幹事長からは、

「こういう事態なら、どこの国でも軍隊が出動するんだろうが、日本ではそれはできない。治安出動なんて考えただけで想像を絶する難問が山積みなのは分かっているな。政権を投げ出す覚悟で決断するしかない話だ。党内だって反対意見で混乱する。警察にはSATとかいう特殊部隊がいるんだろ。ペルーの日本大使公邸事件の教訓から装備費や訓練施設費で莫大な予算を付けてやったじゃないか。現場近くの原子力発電所もひじょうに心配だ。県民の原発への危機意識が高まれば、国策上きわめて憂慮すべき事態が発生する。早く日本警察の力を見せてやれ」

とまくし立てられていた。

その二十分後には、福井県選出の衆議院議員からも呼び出された。

「市民が今、どんなに不安にさいなまれているのか君たちは知っているのか。原子力発電所などが吹っ飛ばされでもしてみろ。何千人、いや何万人も死んで、誰が責任を取るんだ。言っておくが、自衛隊など出動できるはずないぞ。野党が反対するまでもなく、党総務会で議論するだけで年が明けてしまうからな。とにかく早く、警察力で何とかしろ」

相手の装備が上回っていることが分かった今でも、宇佐美や龍崎は、政治家たちに自衛隊出動の雰囲気がまったくないことを痛感していた。複雑で忌み嫌われた問題から誰もが逃避したいという本音に宇佐美は気づいていた。

宇佐美は幹部たち一人ひとりに視線を投げかけた。

「自衛隊はとうてい出られない。これは間違いない。現実問題としてSATでまず対応せざるをえない。対抗できる重火器を扱えるのは、かれらしかいない。警察が逃げたら、この国の治安を誰が守る？　結論は、私の責任で決める。SATは出す。ゆえにSATの派遣を前提とした協議をしてほしい」

水晶浜　現地警備本部

東京から急行した二人の男は、まだパトカーのサイレンの音が頭の中でグルグル回っているような気がした。小松空港の到着ロビーに出て「日本原子力セキュリティー　大崎様」と汚い字で書かれたプラカードを目にしてから、この風変わりなバスに乗り込むまでのことを、ほとんど何も覚えていなかった。けたたましいサイレンの音と北陸自動車道を猛スピードで突っ走る恐怖とで、ただただ呆然としていたからだった。

日本原子力セキュリティー専務の大崎啓二は、パトカーを運転していた警察官は暴走族上がりじゃないかと思った。自分がこんな大きな事件に参加していることが嬉しくてたまらないという表情で、車の間を何度もたくみにすり抜けてパトカーを飛ばしていたからだ。

現地警備本部の指揮通信車に案内された大崎は、岡田との挨拶もそこそこに、核心部分の説明を要求された。警備車を改造した狭い指揮通信車の中に入った瞬間、目の前に並ぶ男たちが皆殺気立っていることに思わず後ずさりして、運転席に落ちそうになった。頭を一度左右に振ってから持ってきた資料をめくり始めた。

「美浜原子力発電所の警備体制ですね。ちょっとお待ちください。えっー。美浜原発にたどりつくまでには、水晶浜からならば県道二五号線しかありません。これを走ってきても、まず丹生《にゅう》大橋と呼ばれる原発専用道路を通らなければなりません。この橋だけが唯一、原子力発電所にアクセスできる道だからです。徒歩の場合も、この橋を渡らないと原子力発電所には行けません。橋の入口にはわれわれの警備詰所があり、不審車や不審人物のチェックを行っています。警備員がおかしいと思った車両や人物は、すぐに福井県警本部に通報させていただいているのはご存じのことかと思います」

岡田は黙って頷いた。

「もしこの検問を突破した場合、別に遮断機があるわけではないのですが、警備員は次の検問所である原発正門の警備詰所へ緊急連絡することになっています。ここももちろん警備員だけなのですが、突破してきた車や人を大勢の警備員で正門を防護して停止させることになっています」

「それで警備員は非武装なんですよね」

岡田はあまりにも脆弱な警備システムになっていることに愕然とした。

「ええ、もちろんですよ。ただ、柔剣道などで鍛え抜いたプロたちばかりです。それに、かれらはSECOMから特に選抜された警備専門家たちばかりでして、言っちゃあ悪いですが、そのへんの警備員とはレベルがまったく違います。研修期間中も、原子力発電所の意義を徹底的に教育し、肉体的な訓練も続けさせるのです。おっかなびっくりで立っているわけではなく、強い使命感と強靭な精神力を備え持ち、突発的な事態にも組織だった強力な防護処置を行えるのです。その警備マニュアルはPP警備と呼んでおりまして、つまりフィジカル・プロテクション。個人識別を徹底させ、日本のどこよりも厳密な識別、排除というチェック体制を整えております。とくに防護隊長にはベテランの優秀な人材を起用しています。選抜基準も厳しく、隊長がなかなか決まらないという事態さえあるほどです」

　大崎は胸を張った。

「万が一、武装した集団が突入してきた場合は、どう対応するんですか」

「常識の範囲内でお考えください。まあ、現実的には、警察へ迅速に通報することになっていますが……」

「どこへ？」

「近くの警備駐在所。いえ、福井県警へホットラインもあります」

「駐在所といったって、一人じゃないですか。部隊もいるわけじゃなし。原発の中には警備の人はいないのですか？」

「炉心などにつながる放射線制限区域のドアの所に一人、警備員がいます」

「もしかすると中央制御室の入口は守られていない？」

「……残念ながら」

こんなザマで今までよくテロにみまわれなかったものだ。非武装の市民グループなどが強行突破することは止められるだろうが、拳銃一丁の武装をするだけで原発の中枢区域までたどりつける可能性は高い。しかも発電所の職員をたった一人、人質に取るだけで。

傍では大崎が資料を急いでめくり、目当ての項目を探していた。

「心配されていることは分かりますが、万が一、破壊工作を目的とした第三者が制御室に闖《ちん》入《にゅう》しても大丈夫です。例えば、原子炉を暴走させようとしても、それは物理的に出来ません。異常な操作を行うと緊急停止するようにプログラムされているからです」

「われわれは現実的問題と直面している。原子力発電所の近くで爆破を起こされただけで市民や国民がどれほどパニックになるか。それが重大なんです」

「そこまでやる者がはたしているかどうか――」

「今は何が起きるか分からない状況だということを覚えておいてください。われわれは最悪の結果を考えているんです。それにしても、なぜこんな警備体制が今までまかり通ってきたんだろうか」

大崎の顔色が変わった。

「それはわれわれの問題というよりは、原子力発電所、つまり電力会社側の問題といっていただきたい。電力会社は、それでなくとも住民の反対運動を恐れヒヤヒヤしながら運営しているのに、警察に全面的に警備を任せたり、大々的な警備体制を敷いたりすることは、わざわざ危険があるということをＰＲするようなものだと、ずっと目を伏せてきたんです。日本に原発が初めて設置された時は、その警備体制の甘さから、アメリカ政府から建設を反対されたという経緯もあったそうです。幸い、今まで何もなかったことが不思議なくらいで……」

大崎はハッとして、警備会社責任者のオフィシャルな発言としてはあまりにも言いすぎたことに気がついた。

「ただ、申し上げたいことは、われわれも別に手をこまねいているわけじゃありませんよ。今日やってきましたのは、東京から増員部隊を派遣するための打ち合わせが目的です。警備員を三倍に増やそうと思っていますので」

「ああ、結構なことですな」

非武装の警備員が重装備のホンモノの軍隊にどうやって立ち向かうというんだ。岡田はそれはあえて訊こうとは思わなかった。

霞が関　警察庁長官室

「警視庁SATを首都から離すのはリスクが大きい」

龍崎はその問題にこだわっていた。

午前零時を過ぎた最高幹部会議は、派遣するSAT部隊を警視庁だけにするのか、大阪府警とのSAT合同部隊にするのかで激論が続いた。結論が出たのは三時間後だった。だが幹部たちのファイルが閉じられかけようとした時、新たな問題が持ち上がった。それは村雨審議官の言葉から始まった。

「長官、出動命令の前にクリアにしておきたいことがあります」

宇佐美が大きくうなずいて促した。

「警視庁と大阪府警のSATを遠く離れた敦賀に派遣する根拠はどうするんですか。地方警察に所属する警察官であるSATチームを管轄外の敦賀で作戦行動に当たらせることができるのか、と国会で訊かれたらどうするんですか」

「どういう意味ですか？」

湯村が露骨に不機嫌な表情を表した。

「警察法第六十条第三項の改正に伴う内議の折、大蔵省、自治省や総務庁の攻撃に合ったことを忘れたのか？　いくら警察庁警備課が予算や人事で地方警察の機動隊を事実上牛耳っているといっても、地方警察に属するSATを自由に運用できるのかという意見が多いということだ。そもそも警察法からして、警察庁には捜査や機動隊のオペレーションについて地方警察を指揮できるという文言は一行たりともない。長官の任務について規定された警察法第十六条では、〈都道府県警察を指揮監督する〉という部分もあるが、これはあくまでも〈警察庁の所掌事務〉に関してのみだ。捜査や運用については権限の明記がない。地方の警察官、SATもそうだが、かれらはあくまでも地方警察に採用され、地方警察のトップの命令によってのみ動く。それを今回の場合のように、生きるか死ぬかのような状況に、法的根拠がない警察庁の指揮で運用できるのかと詰め寄られたらどうするつもりだ?」

湯村は警察職務実務集という分厚い本をあわててめくった。

「そんな、今さら。浅間山荘事件や全日空機ハイジャック事件の場合をお忘れですか。あの時は地方の公安委員会からの援助要請という警察法第六十条の〈援助の要求〉の規定で警視庁部隊を派遣しました。ですので今回も、福井県公安委員会からの援助要請という恰好をつければ、十分SATを送り込むことができると思います。そもそもSATは所属する都道府県警察の枠にこだわらず管区内での活動を行えるという暗黙の了解があることはご存じのはずです」

湯村は喉がカラカラになって、前に置かれたミネラルウォーターをゴクリと飲み込んだ。

「しかもですね、その新しく改正された六十条の第三項を使う手もあります。オウム事件以来、警察庁長官が広域犯罪等については、地方警察に直接、指示を行い、権限を行使できることになりました。この〈等〉という部分を運用すれば、今回のような緊急事態にも当てはめることができます」

村雨審議官は、銀座のクラブのママからもらった刺繡入りジッポライターでタバコに火をつけ、唇をつり上げた。

「地方公安委員会なんて、単に紙が動くだけの話じゃないか。実態的には警察庁警備課がコントロールしていることには間違いがない。そうだろ？　何度も言うようだが、問題はだなぁ、死ぬ覚悟で派遣されるSAT隊員たちは、本来警視庁警察官として採用され、大阪府警警察官として採用されたということだ。それを、勝手な都合のいい法解釈だけで、もっとはっきり言えば、法的になんの権限もない警察庁長官や警備課長が指揮して、はるか遠い敦賀の山奥に持って行けるのかということなんだ。しかも、そこは警察が見たこともない武器を持っているやつがウロウロしている生きるか死ぬかの戦場だろ。函館のハイジャックでは、犯人はドライバー一本だったはずだな」

龍崎に助けを求めるように顔をそむける湯村を気にすることなく、村雨はたたみかけた。

「とにかく対戦車ロケット砲なんだぞ。SATにどう対応しろと言うんだ。お前が一緒に行ってやるのか？」

湯村の顔が、みるみる真っ赤になった。

「六十条の第三項は、まさにこのような事態に対して……」

「待てよ。この条項は、アラジンのランプのように何でも願いごとがかなうわけじゃあるまい。オウム事件のように、まさしく広域組織犯罪に対処するために警察庁の調整権をより有効に発揮しようという狙いで新しく作ったんだろ。その〈等〉という言葉にこだわっているようだが、そんな解釈だけで死地にSATたちを送れるのか。そもそも今回のような本当の修羅場への対応で、警察庁と地方県警の関係について法的な問題を真剣に議論したことがないからなぁ。SATの派遣にしても、警察法から見ると、SAT部隊を抱える地方警察のトップが反対すればできない。まあ、辞表を胸にそこまで対抗するヤツはいないとは思うが。ここは、いつまでたっても、警察庁と地方県警のグレーゾーンのままだ」

「緊急事態の布告がありますよ！　警察法七十一条と七十二条の内閣総理大臣による緊急事態の布告をもって、警察庁長官は地方県警の本部長を指揮下におくことができます。これだったら、法的にも長官と警察庁の権限が明確化し、本部長も絶対に逆らえません」

警備企画課長の福永が声を上げた。

今度は龍崎が首を左右に振った。

「ダメだ。緊急事態の布告なんて、そんな簡単なもんじゃないんだぞ。第一、七十一条には、緊急事態の布告の条件として、『大規模な災害又は騒乱その他の緊急事態に際して』とある。〝その他の緊急事態〟というのが敦賀半島の事案に当てはまるか、すべては世論次第だ」

「敵の装備や原子力発電所が近いことを考えれば、十分緊急事態じゃないですか」

福永は自分でもいいアイデアだと思って胸を張った。だが湯村が福永を睨んで血相を変えた。

「何を言っとるんだ、オマエは！　そんなことしてみろ、福井の県民はパニックに陥る。しかも警察にとって重要なのは、すべての行動が総理大臣、つまり政治の統轄下に入るということだ。がんじがらめにされて何もできなくなる。目に浮かぶような光景だ。くだらんことを言うな！」

せっかく助け船を出したつもりが罵声を浴びせかけられたので、福永は口を閉ざした。会議はいっぺんに白けた。ほとんどの幹部の顔に、村雨も管区警察局長どまりで警察人生を終えるのだろうと確信する表情が一斉に広がった。

宇佐美が静寂を破った。

「村雨君の言う通り、警察法は不十分であるのは分かっている。でも今まで、その出来の悪い警察法を解釈、解釈で乗り切ってきたんだ。敦賀の事件は一刻を争う事態だ。原子力発電所も不安だ。何度も言うが、自衛隊は出られない。警察しかない。警察の中でこの事態に対処できるのは警視庁と大阪のＳＡＴしかない。兵力は一点集中、二つの部隊をすべて投入する」

そして湯村に向き直った。

「もし対戦車ロケット砲などの危険性を察知すれば、直ちに撤退だ。この基本方針は、すぐに福井県警に徹底させてくれ。とてもロケット砲弾を相手にはできない。いいな。オペレーションが決まったら、直ちに報告するように」

警察庁　夜

幹部会議を終えた湯村は、総合対策本部の指令台の席についてようやくホッとした。もう何日も会議を続けていたような気がした。ワイドにアクセスされた電話を握った。相手は、今日だけでも何回も声を聞いている岡田だった。

「新しい情報はないか？」

「残念ながら何も……」

岡田も疲れ切っていた。

「いいか、よく聞けよ。山狩りが決まった。捜索部隊の主力は、修羅場を経験している警視庁機動隊から派遣する。そして警視庁と大阪府警からSAT全員、計八十名の合同部隊を派遣する。今後、この部隊を『SAT部隊』と呼称する。岡田、そっちの公安委員会から直ちに警視庁と大阪府警に援助要請を行ってくれ。SAT部隊の指揮命令系統は、当然ながら君の統轄下に置くこととする。それから、派遣幕僚として警視庁警備部から参事官をそっちへ向かわせるから、アドバイスを聞け。彼は、第一機動隊長から官庁地区を担当する麹町署長も務めた、機動隊のオペレーションにかけては海千山千の強者《つわもの》だ。いつもそばに置いておけば頼りになる」

岡田は湯村の言葉を頼もしく聞いた。そして、一度も目にしたことがないSATという特殊部隊の姿を想像した。

「心強い限りです。ただ恐縮ですが、弁当代や機材費用など経費がかさんでおりまして、県の予算だけでは……」

「わかっとる。警察庁の予備費からふんだんな予算を割り当てる手続きを行うことになったから安心しろ。自民党のセンセイ方が全面応援してくれることになった。政府予備費から機動隊員に超勤手当を出すことを、明日の閣議で了解してもらう手筈だ。お前は、皆に伝えて士気を鼓舞することだけを考えろ」

「助かります。なにしろ簡易トイレも足りなくて、多くの隊員が野糞状態だったものですから」

「糞している間に北朝鮮兵士にケツから銃口を突っ込まれたらどうするんだ。急いでレンタル屋を探して簡易トイレくらい調達しろ」

「TVヘリ二機を警視庁から借りる手筈が済みました。衛星回線のチャンネルを開放し、通信局とのケーブルナンバーのチェックをお願いします」

「わかった。今から現地メガのモニターを開始させる。周波数系を警察庁の通信スタッフと打ち合わせろ」

二日目

石川県小松空港

迷彩色を施した巨大な航空自衛隊C1輸送機が轟音を響かせて舞い降りてきたのを、送迎デッキにいた客たちは驚いて見つめていた。C1は、民間機用のボーディングブリッジがならんだアプローチエリアには近づかなかった。滑走路の先までタキシングすると、航空自衛隊第六航空団のエリアにあるエプロンの隅で停止した。三台のパトカーと警備車がすぐに近づいた。

C1の腹からハッチが降ろされると、大型ジュラルミンケースを抱えた黒ずくめの男たちが現れ、駆け足で警備車の中へ消えていった。警視庁SAT部隊を乗せた警備車は、サイレンを鳴らして第三ゲートから小松空港を後にした。

空港でひときわ目立つ長細いノッポビル最上階の航空管制室では、ヘッドフォンに片手を当てていた航空管制官が怪訝《けげん》な表情を浮かべていた。第一陣に続いて予定されていた大阪の〝お客さん〟から着陸を求めるリクエストコールがなかなか来なかったからだ。福井県警と第六航空団運航管理課から届けられていたフライトスケジュールでは、もうとっくに機長からのコール予定時間が過ぎていた。

管制官が念のために入間市にある運輸省航空局東京管制センターに照会している頃、関西国際空港公団と大阪府警の間では大喧嘩が繰り広げられていた。社民党系の空港職員組合の有力拠点である空港公団総務部が、自衛隊機の着陸をなかなか許可しなかった。おかげで二時間もかけて泉大津までやってきた大阪府警ＳＡＴチームは、反転を余儀なくされ、八尾の陸上自衛隊中部方面航空隊基地まで行かなければならなかった。

敦賀半島水晶浜

北朝鮮の潜水艦を睨む水晶浜には、福井県警機動隊と中部管区機動隊によって取り囲むように第一次阻止線が敷かれたほか、敦賀半島西海岸を走る県道三三号線に第二次阻止線として関東管区機動隊と中国管区機動隊の混成部隊二百名が投入され、最終阻止線の金山バイパス、国道二七号線には、近畿管区機動隊の援助部隊百名が完全武装で張りついた。特に、水晶浜から周囲五百メートルは、敦賀警察署長名によって立ち入り禁止区域と指定され、福井県警の広報カーが走り回り、侵入した者は軽犯罪法によって強制排除もしくは検挙すると警告をまき散らした。それは新聞、テレビ、雑誌の記者やカメラマンも例外ではなかった。

ＳＡＴ部隊を乗せた警備車は、水晶浜に近づくと、突然窓にカーテンが引かれた。大部隊が展開している区域とは違い、海岸から三百メートルほど離れた関西電力美浜体育館前に滑り込んだ。

体育館前で停止した警備車から降りてきたのは、機動隊独特のワッペンと呼ばれる濃紺の出動服ではなく、体に密着したドイツ・アーマシールド社製の防弾服に身を包んだ男達だった。周囲を警戒する福井県警機動隊員たちも、初めて見る精鋭部隊の姿に物珍しそうな視線を送った。

警視庁SAT第一中隊制圧第一班の陣内一直巡査は、体育館に入ると、すでに別便で到着していた装備品の点検を急いで始めた。

「忘れ物をしたやつは、廊下に立たせるからな」

第一班長の堤孝保巡査部長が怒鳴り上げている。

陣内は、銃器が詰まったトランクを開けて、ベレッタM93R三二口径自動式拳銃を取り出した。グリップガードにフォールディンググリップが付いているので、接近戦ではきわめて安定した発射作動を与えてくれる銃だった。

「一時間以内に完全装備を完結しろ」

陣内が振り向くと、グレーのアサルトスーツ姿の警視庁SAT隊長、葉山克則警視が仁王立ちしていた。

渋谷区代官山

シュル、という音とともに、千佳子はオークールデボアがプリントされたエルメススカーフを首から取った。

「この何週間かの忙しさといったら、お互い自分を褒めてやってもいいんじゃない？」

東山がまぶしそうに千佳子を見ながら言った。

「とくにこの一週間は地獄。あなたも大きな取引が成功したんですって？　おめでとう。何しろ一億円ですものね。あんな嬉しそうな社長の顔を見たのは久しぶりだわ」

「こんな時代でも新社屋のロビーに絵を飾る奇特な企業がいる。ありがたいもんだ」

「本当におめでとう」

千佳子は頬にエクボをつくった。東山のタバコを一本取ると、百円ライターで火をつけながら、マイクロミニのストレッチスカートから伸びた足を組みかえた。隣のテーブルに座る白髪頭の中年男の視線がその足にこびりついた。妻が睨んでいるのに気がつくと、中年男は首をすくめ、山のような言い訳を始めた。

イタリア料理店「キアッケレ」の、体重九十キロはありそうなソムリエが近づいてきた。

「アペリティーヴォはいかがですか」

「辛口のヴェルムトのソーダ割りを二つ」

東山はいつもの口調でそう言って、すぐに千佳子に視線を戻した。

「やっぱり決めたよ。早ければ、あと半年後かな。〝風呂敷〟をやるよ」

千佳子は、手の中でもてあそんでいたグラスをテーブルに置いて、東山を見つめた。風呂敷とは、美術界の用語で、どこの画廊にも属さないフリーランスの画商のことを指す。

「そんなに早くに？」

「早ければ早いほどいい」

「本当に決めたの？」

「ああ。今回、桜林洞に一億円儲けさせただろう。それで特別褒賞金が百万円ぽっちだぜ。風呂敷でやっていれば、その儲けが全部入るところじゃない。もういい加減、バカバカしいよ」

「当面の資金はどうするの？」

「自宅でやるから事務所費用はいらないだろう。それに、絵が一枚あるんだよ。コレクターから売ってくれないかと頼まれている。いつもの儲けさせてくれる名古屋のあの人だよ」

「社長も、あなたが何人かの作家やコレクターとの間で画廊を通さずに売りさばいているのに最近感づいているみたいよ。今は年間の売上高がトップセールスだから黙認しているけど」

「そうだろうさ。結果的に桜林洞ギャラリーに儲けさせている部分も多いんだから」

東山はイタリアンサラミのコッパを口に放り込んだ。

「それに、辞めるまでに何人かのコレクターとそういう取引があるだろうし。辞めてからも当分、その方法で食えると思う」

「作家やコレクターとの関係で儲かるなんて、コンスタントにある話じゃないでしょ？　資金を稼ぐための安定した収入源になるとは限らないわ。水ものよ」

千佳子は、自分が苛立ってゆくのがわかった。どうして私に何の相談もなく決めたの？

「大丈夫、今回の絵はモジリアニの初期の作品なんだよ。サザビーズでも軽く一億円以上の値がつくシロモノさ。すでに三人の顧客からいい返事をもらっているしね」

「メインのワインはいかがなさいますか」

ソムリエが遠慮がちにテーブルに近寄った。

「今日はお祝いにしようよ」

東山が重苦しい空気を弾き出すように明るく言った。

「ちょうどビオンディ・サンティ社のブルネッロ・ディ・モンタルチーノ85年がございます。ブルゴーニュよりやさしくてボルドーより力強いワインで、メインの仔羊にとてもよいと思います。よろしければ今からデキャンティングしますが」

東山は頷いた。ソムリエが去っていくのを見届けてから、千佳子が言った。

「ねえ、もしかして桜林洞ギャラリーが持っているコレクターや顧客も全部、あなたがもっていく気？」

「オレがそうしなくても、あっちからオレについて来るんじゃないか。いい作家もいるし」

「作家ももっていく気なの？　中小の画廊ならともかく、ウチの社長は絶対に許さないわ」

　この人は変わった。千佳子はそう思いながらじっと東山を見つめた。最近は特にそうだ。何かに焦っている。そんな気もした。いったい何がそうさせているの？　千佳子は東山の瞳の奥に淀む言い知れぬ暗さが気になった。

「それに、優秀な営業マンがいなくなると、桜林洞ギャラリーも困るし」

　それだけが反対する理由でないことを、千佳子自身がよく知っていた。

「余計な摩擦はオレも避けたい。桜林洞が初めから世話してる作家には手を出さない。オレ自身で、すでにいくつかの小さな画廊と手を結んでいる。皆、喜んで近づいてきたよ。正直いって、自分の実力がこれほど高く評価されているとは気がつかなかったよ」

「自惚れもそこまでいけば大したものね」

　千佳子は悲しかった。やっぱりこの人は変わった。それも私の知らない暗い世界が東山の背後に広がっているような気がした。

「自惚れ？　オレは自分の力で勝負しようと思っているだけだよ」

「でも絶対に桜林洞だけは敵に回さないで。あなたにとっても何のメリットもないわ」

　千佳子はナイフとフォークを握ったまま、じっと東山を見すえた。

「結局、君は社長派だよ」

「すぐそうやって人を選別したがる。悪い癖だわ」

「いけないか？」

「なぜこんなにあなたのことを心配しなくちゃいけないの？　なぜ私がここにいるの？」

自分でも、そんなセリフが口をついて出てきたのに、千佳子は驚いた。

言い過ぎたかもしれない。東山は思った。

「そうは言っても、まだ古物商の登録の準備も何もしていないしね。だから千佳ちゃんのアドバイスがこれからも欲しい。君がいないと何もできやしないから」

「明日からも忙しいの。御礼状の発送が山ほどあるし」

千佳子の言葉に、東山は意外という顔で見つめた。

デザートを断って、二人がレストランを後にしたのも、千佳子がそこに重苦しい空気を感じたからだった。旧山手通りまで出ても、千佳子はタクシーをひろうふうでもなく、飲み足りない雰囲気でもなかった。黙って東山について歩き続けた。

「千佳ちゃんには相談にのってほしいことが山ほどあるんだけど……」

千佳子は次の言葉を待った。だが、東山は暗い顔で下を向いている。かつてのようなあの溌剌さを、この人はなぜ無くしてしまったの――。

「明日、早いんでしょ。お休みなさい。今日は楽しかったわ」

たったいま気がついたかのように、千佳子は空車のタクシーに目をやった。千佳子が乗るタクシーのテールランプを見送りながら、東山は大きく息を吐き出した。

確かに相談にのってほしいことがたくさんある。ただ一つのことを除けば。

水晶浜　現地警備本部

水晶浜の駐車場に停められた指揮通信車の中では、深夜になってもまだ会議が続いていた。近くの警備駐在所から調達した簡易テーブルの上には、自動車免許教習所から差し入れられた栄養ドリンクが山積みされていた。

福井県警と警視庁による合同作戦会議が始まったのは午後六時過ぎのことだった。警視庁の葉山克則SAT隊長が会議の主導権を握っていた。総轄指揮すべき沢口本部長も岡田警備部長も、対ゲリラ戦闘はもちろんのこと、立てこもり事件を経験したことすらなかったからだ。県内の大規模な機動隊の運用も初めてだった。

だが、葉山とて、他府県警察のSAT部隊を統轄するのも初めてで、対ゲリラ戦闘訓練を行ったこともなかった。本物の兵士、それも北朝鮮特殊部隊と戦わなければいけないような事態など考えたこともなかった。

事前に湯村と協議した内容を踏まえて、岡田がボールペンで書きなぐった戦略図を見ながらオペレーションを提案した。

「接近戦になれば、訓練を積んでいる北朝鮮特殊部隊が有利です。相手がどこに潜んでいてどこからやってくるか分からない状況下では、われわれは一時間に一キロも進めないと思われます。第一線には偵察チームとしてSAT一個中隊を横一線で押し上げ、相手を発見した場合に限って、後続の機動隊員を集中投入するという案が現実的かと思います」

警視庁からきた警備部参事官が戦略図が貼られた白いボードを背にして立ち上がった。

「小規模部隊による偵察は危険だ。SATはあくまでも機動隊大隊の中で運用し、狙撃班として組み込ませたほうがいい」

合同SAT部隊八十名のうち、一個二十名を予備として温存。作戦行動を行う部隊は、SAT一個制圧班十名を基本部隊として二つのユニットに編成して前線に展開する。兵士を視認した段階で機動隊包囲網を構築し、SATが狙撃担当する――参事官はそう続けた。

だが、葉山はかぶりを振った。

「お言葉ですが、このオペレーションは無理です。捜索を開始する敦賀半島の根っこの部分は、東西六・五キロもあることをお考えください。それをSAT二十名が横並びで押し上げていくとすれば、一名がカバーする範囲は三百二十五メートルにもなるんです」

「では、ほかの県警のSATを全部呼ばないとダメか」

沢口本部長は不安な表情を葉山に向けた。

「全国のSAT部隊をかき集めても百八十名です。半分を予備とすれば、一名が見なければいけない距離は七十二メートル。あまり変わるとは言えません。SAT隊員たちの行動が、木々の間を抜け、草むらをかき分けていくような手さぐり状態だということを想像してみてください。取りこぼしが絶対に起きるだけでなく、見えない所からいきなり発砲されたり、後ろから飛びかかられたりする危険性は十分にあります。しかも相手がロケット砲を持っていることを考えればなおさらです。ＳＡＴは人質救出については厳しい訓練を積んできましたが、対ゲリラ戦闘のようなコマンド作戦は初めての経験です。しかもＳＡＴは、二個中隊が一つのユニットとして行動することで始めてその能力が発揮されます。個々に分散するのはハッキリと反対であると申し上げます」

協議はまた振り出しに戻った。

「だったら、どうすればいい？」

沢口は憮然とした。

「ＳＡＴ隊長の意見は、確かにもっともだ。でも、機動隊の一般部隊と同じ任務を与えるのは無理だということはハッキリしている」

「わかった。葉山君の意見を採用しよう。やはり時間がかかっても、ＳＡＴの能力を最大に発揮させるべきだろう」

警備部参事官が何度も大きく頷いた。

「いったい何日かかるんだ？」

沢口の瞳が泳いだ。

「数週間のオペレーションになることは必至でしょう」

参事官があっさりそう言った。指揮通信車の中で大きなため息がいくつも上がった。沢口が椅子に体を大げさに預け、椅子が軋む音が響いた。

周囲のどよめきをよそに、ブリーフケースから何枚もの資料を取り出しながら警察庁警備局警備課実施第二係補佐が立ち上がった。

「さらに、問題があります。警察庁警備課には、実は、すでに〈P1〉で送らせていただいたものより、さらに綿密な原子力発電所の阻止線対処要領があります」

ペーパーをめくっていた手が止まった。

「アクセス道路の封鎖、阻止線の位置など、ここにペーパーがありますので後から詳しくご説明させていただきますが、朝鮮半島有事を検討した想定では、最低でも、絶対阻止線と第一次阻止線の二重の阻止線を張る必要があると結論を出しております。そうなると、一つの原子力発電所の重要防護警備《ジュウボウ》には最低でも一個中隊、重防施設が三ヵ所の原子力施設であることから、計百五十名を確保しなければなりません」

福井県警刑事部長が手をあげた。

「いや、まだ問題はある。マスコミ対策に大量の部隊がいる。彼らは実にアグレッシブですから。過激なカメラマンたちを排除する大規模な機動隊の援助が必要だ」

岡田が大きく咳払いをした。

「そんなことより、武器使用基準をハッキリさせて頂きたい。まずこのオペレーションでは射殺方針が絶対に不可欠です。相手は対戦車ロケット砲を持っているということをまず優先的に考慮していただきたい。制圧、逮捕しろなんて非現実的です。発見し次第、射殺の許可をいただかないと、犠牲者が出ることは間違いがありません。シャブ中が人質を取って立てこもっているのとはわけが違う」

葉山も続いた。

「このオペレーションは射殺方針がないと不可能です。隊員たちの命を預かる自分としても、射殺方針を進言いたします」

だが、本部長の沢口は腕組みをして、黙ったままだった。

警察キャリアは、出世コースを駆け上がるために、地方の本部長に出なければならない。その本部長というポストがこんなに優越感を味わえるものだとは思わなかった。警察庁で人事発令をもらった時は、先輩から「お殿様気分になるなよ」と言われたが、沢口は何のことか実感が湧かなかった。だが、ここに着任してから、その意味が十分すぎるほど分かった。自分をボスとして職員一千名が従い、周りからは、まさしく下にも置かない扱いを受ける。本部長専用車には、どこへ行くにもカバン持ちの総務部職員が付き添う。県警の外でも、付き合うのは福井県のトップクラスばかりだ。いくら地方都市だといっても、それは気分がいいものだ。福井県商工会議所会頭、福井銀行頭取、大手企業支店長を始め、錚々たるメンバーが自分を持ち上げてくれる。夜の世界も当然、料亭やクラブに行けば、本部長、本部長の連呼で、上座以外に座ったことがない。正直言って、実にいい気分だ。やっかいなのは県議会くらいで、最近まで重要な課題もなかったし、特異な治安事案もまったくなかった。自民党の大物代議士の選挙区とも関係がない。もうあと三ヵ月務めれば、おそらく警察庁に帰って、またどこかの課長になるだろう。それまで、この平和な町を十分に堪能する時間はタップリあるはずだったのだ。それが、まさか日本中が注視する中で重大な決断を迫られるとは、思ってもみなかった。

「ちょっと待ってくれ」

自治省から出向している警務部長は、岡田と対立していた。

「十一人全員を殺すというのですか？　それはあまりにも……。確か、近代警察の歴史の中でも、それだけの人間を一度に警察官が殺した例はないはずです。国民からどんな声が上がるか分かったもんじゃありませんよ。一人を射殺するだけでも大変なのに、もし十一人を殺したら、採証作業的にも一つ一つ警察の正当実務行為だったと立証しなければならないが、そんなこと不可能じゃないですか。警察官職務執行法の中でも、警察官の射殺権についでは明文化されていない」

「この事態は、警察官職務執行法第七条の『武器の使用』の項目を読めば、問題がないことは明確です。正当防衛、緊急避難さらに凶悪犯対処の三つに限って拳銃を使うことが許されています。今回の事態は、このうち凶悪犯に当てはめられるわけですから、銃の使用と射殺は立派に警察官としての正当職務行為に当てはまります」

　岡田は顔を真っ赤にして反論した。自治省のエリートが何を分かったようなことを。

「でも法律には射殺してもいいとは書いていない。しかも、どこが〝凶悪犯〟なんだ？　まだ何も起こってはいない！」

　岡田はその若い自治省官僚をじっと睨んだ。

　県警採用で叩き上げの刑事部長が二人の間に割って入った。

「私も拳銃使用は当然かと思います。ただ、射殺かどうかは現場の部隊指揮官の判断に任せればどうですか。何も本部長がわざわざ射殺命令を出す必要はないと思いますね」

「私が言いたいのは、ハッキリ命令の形で言ってやらないと、現場が混乱し、かえって危険なことになるということです。ＳＡＴの隊員でさえ、武装集団と面と向かったことも、人を撃ったこともない。しかも、警察が初めて遭遇した重大事案に対して、現場にすべての責任を負わせるのはあまりにも酷な話ではないでしょうか。本部長、ぜひ、ご決断ください」

　岡田は立ち上がったまま沢口の顔を見つめた。沢口は相変わらず腕組みしたまま、眉間に皺を寄せて沈黙を守っていた。

「本部長、警察庁の湯村警備課長からワイドが入っています」

　リモコン担当の若い警備課スタッフが携帯電話式のワイドを沢口の前に持ってきた。湯村の声は、いつにも増して苛立っている。沢口はそれだけで胃に穴が開きそうだった。

「オペレーションはでき上がったか？　何をそんなに時間がかかっているんだ。エ？　射殺かどうか？　オイ、沢口。何を躊躇しているんだ。ふざけんな！　射殺しかねえだろうが！　オマエがしっかりしないと大勢の隊員どころか、原発が攻撃されて何人もの住民を殺すことになるんだぞ。警職法の『武器の使用』については、もう何年も前から警察庁警備課の法令係で研究済みだ。オマエがいまさらゴチャゴチャ言うことはないんだ！」

「お言葉ですが、警職法では、やはり正当防衛か緊急避難でしか発砲できません。『凶悪犯罪の犯人の逮捕』の項目でも、〝射殺権〟については明文化されてはいませんし……」

沢口は気弱に答えた。

湯村は、原子力発電所という国家の重大施設を抱える県警トップの人選を、今まであまりにもおろそかにしていたことを始めて後悔した。

三日目

水晶浜　現地警備本部

沢口が「射殺」を命じたのは、日が変わって午前二時を過ぎた頃だった。岡田が熱弁をふるい、沢口から射殺命令を出させることに成功した。しかし沢口が結論を出したのは、大いなる決断をしたからではなかった。「射殺命令がないと大勢の隊員が死亡し、責任問題に発展するかもしれません」と岡田が繰り返した言葉が沢口の弱音を逆に刺激したからだった。警察に限らず、官僚は責任という言葉が最も苦手だった。

作戦のコードネームは「F対策」に決まった。警備当局が決める作戦暗号はあっさりしている。いつもと同様に地名を取って、福井のFから名付けられたのだ。

最後に検討されたのはDデー（作戦開始日）の日程だった。警備部参事官は、SAT部隊の訓練期間に十日は必要だと主張したが、沢口は納得しなかった。

「ダメだ、ダメ。国民はいつ警察が解決してくれるか固唾《かたず》をのんで見守っているんだ。そんなに待てるはずがないだろ。SATはそのために今まで訓練を重ねてきたんではないのか？」

「何度も申し上げております通り、本来なら対ゲリラ戦闘などSATの能力を越えています。では、少なくとも一週間の訓練……」

沢口は興奮していた。

「何のために私が射殺命令を決断したんだ。何もしないで警察ではやはりダメですなんていまさら言えるか！　君はヤル気があるのか！」

「本部長、現状はそういうレベルの話ではなく」

「分かっているな、これは本部長命令だ。何を言っとるんだ、キミは。今まで多くの血を出しながらも警察力が近代日本の治安を守ってきたんだ」

沢口は警察庁のみならず、朝から夜までかかって来る地域住民や地元出身の国会議員からのプレッシャーに、これ以上精神的に持ちこたえる自信がなかった。

Dデーはフル装備や資器材が整う日程だけが考慮され、三日後の午前六時半と決められた。それは北朝鮮潜水艦が発見されてから六日目だった。

＊

やっと長い会議から解放され、各所属長たちがゆっくりと重い腰を上げようとした時だった。潜水艦の押収物を分析していた敦賀警察署の連絡本部から緊急連絡が入った。臨時に架設されたケーブルを使って電話をかけてきたのは敦賀警察署長だった。リモコン担当スタッフから伝えられた岡田は自ら電話に出た。署長の声は震えていた。

「潜水艦の捜索で発見された日本のビクター製のビデオデッキなんですが、たった今、カソウケン（科学捜査研究所）から報告が届きました」

「あとではダメか。脳の細胞がブヨブヨだ」

「この話を聞けば、いっぺんに脳細胞も活性化します。そのデッキに入っていたテープをリプレイしてみたんです。何が映っていたと思います？」

「まさか女子高生のスカートの奥を盗み撮りしていたっていうんじゃないだろうな」

署長は笑わなかった。

「美浜原子力発電所の映像です。しかも『もんじゅ』も含まれていました。それも、原子力発電所施設の警備詰所の様子が長時間にわたり克明に録画されているんです」

岡田は受話器を握りしめながら集まった指揮官たちをゆっくり振り返った。答えは分かっていた。だが、自分から口にしたくはなかった。

「原発へ真正面から突っ込むための情報を、アイツらはとっくに持っているんではないでしょうか」

定年間近い署長は申し訳なさそうに言った。

帰りかけていた幹部たちは、何時間も座り通しだった硬いパイプ椅子に再び座り直した。

霞が関　警察庁

事件発生以来、現地警備本部の幹部たちと同様、二日も家に帰っていなかった湯村は、脂ぎった髪をなでながら、防衛庁運用課の当直班に電話を入れた。

「陸上自衛隊の化学学校に化学防護車がありますよね。大至急、官庁間協力で貸与していただきたい」

こんな早朝に、いきなりの申し出とは誰が聞いても尋常ではない。運用課スタッフは怪訝《けげん》そうに訊いた。

「敦賀半島への出動のためですか？」

「いや、まだハッキリしたことではないので」

湯村はごまかした。たった今現地警備本部から報告された情報が防衛庁を通じて外に洩れでもしたら、市民のパニックを引き起こしかねない。

運用課スタッフは、しつこく訊いても無理だろうとあきらめた。警察は、いつもこうだ。

「上の決裁を取らねばなりませんが、お貸しすることは可能だと思います」

湯村は安心した。ところが、

「ただ……」

「ただ何だ?」

「運転手はこちらから出せませんので」

「なぜ?」

「運転手を出せば、それだけで自衛官の出動になります。これは防衛庁長官の命令がないとダメなんです」

運用課スタッフは淀みもなく答えた。

湯村はぐっと怒りを飲み込んだ。相手が警察庁の部下なら、とうに激しい罵声を浴びせかけていたところだ。しかし、当直班を相手に議論してもしかたがない。

ただ、借りても操作方法は簡単なのだろうか——。

「いえ、慣れていないと、マニピュレーターなどいろいろな器具の操作方法どころか、運転もできないかもしれません」

「では、どうすればいいと？」

「残念です。法律だからしかたがありません」

「防弾装備が完備した偵察車ならいいだろ？」

「北海道の第二師団にブラッドレー防弾偵察車がありますので、すぐに運ばせれば可能だと思います。ただし、同じことを言うようで恐縮ですが、運転手は出せません」

防弾車なら警察官でも何とか運転できるだろう。明日には現地警備本部に届けることができるはずだ。

「しかも防弾車に付いている桜のマークを消す必要がありますし、機関銃の台座も外させていただきます」

「それくらいは構わんさ。そっちで外してくれるんだろ？　何時間くらいかかる」

「何時間？　それは全然無理な話ですよ。台座というのは取り外すのが実に大変なんです。二日くらいはいただけないと」

湯村は、それ以上何も言う気がしなくなった。

名古屋市守山　陸上自衛隊第一〇師団

司令部の作戦室は重苦しい空気に包まれていた。加藤師団長は、積み上げられたコピー用紙箱に片方の編み上げ靴を載せ、作戦図を無言で睨んでいた。だが、連隊、小隊などの記号どころか、作戦図にはほとんどマーキングされるものがなかった。防衛庁運用課から許されたのは、各警察機関などへのLOの派遣だけだった。

「ご休憩ください。何かあれば、お呼びしますので」

白毛がまじった不精ひげを伸ばした第三部長の田川が声をかけてきた。加藤が腹をしきりにさすっているのが気になってしかたなかったからだ。一ヵ月前、加藤は執務中に腹部に激痛が走って師団長室で動けなくなった。衛生班の医官が駆けつけ、胃の緊張状態を緩和させるブスコバン注射を射つという騒ぎがあったばかりである。その後のレントゲン検査で、胃の噴門部に潰瘍を発見、胃カメラによる精密検査が必要とされたが、医者嫌いの加藤は何かと理由をつけて逃げていた。

田川の視線が自分の腹に注がれているのに加藤は気づいた。

「昔、小隊長をしていた頃のことだ。山中行軍をした時にも神経性の胃潰瘍をやったことがある。でも山を下りたらケロッと治ったよ」

「今回はいつ山を下りられるか分かりません」

「終わった時は、きっと手術台の上だな」

田川は気の毒そうに頷いた。

「お部屋でお休みになっていたほうがよろしいのではないですか」

「ああ、そうさせてもらおうかと思ったんだが、福井県警に飛ばしたLOからの報告で眠気も吹っ飛んだ。敵はRPG7を持っているどころか、偵察局の特殊部隊だというじゃないか。いいか、見ていろ、絶対に警察力だけじゃ対応できないぞ。これは戦争なんだ」

田川は手に持ったバインダーに目を落とし、陸上幕僚監部へ依頼した文書をめくった。

「北朝鮮の偵察局に関するデータは、情報本部の分析部、陸上幕僚監部の調査課と中央資料隊に照会済みですので、まもなく送られてくると思います」

「よろしい。だがな、北朝鮮のヤツらは、まだほかにもとてつもない装備を持っているかもしれない。警察は何を持っているんだろうか。機関銃くらいは持っているはずだがな」

加藤は腹をさすりながら、また顔を歪めた。

「派遣したすべてのLOに緊急に命令を出せ。福井県警の機動隊、管区機動隊、それにSATなる部隊の装備をすべて調べさせろ。それをもとに第三部で警察の作戦行動をシミュレーションしろ。どこまで警察が持ちこたえられるか想定するのだ」

田川は踵を返して作戦室を飛び出していった。第三部室に戻って最初に行ったのは、衛生班を待機させるように命じること、そしてブスコパンを用意させることだった。

霞が関　警視庁

これだから昼休みに来るのは嫌だった。

警視庁一階の大食堂入口の食券売り場は、廊下まで人があふれ出していた。

本間は、麵類のコーナーをのぞくと、ここでも長い行列ができ上がっていた。トレイを持って並び、童顔の制服婦人警官に笑顔を投げて先を譲ってから食券を出した。たぬきそばを受け取ると人込みの中を体を斜めにしてトレイを掲げながら、青い交通機動隊員の制服を着た集団の脇にやっと腰を落ちつけた。

「珍しいですね。昼飯をここで食うとは」

佐伯が、カツカレーライスをトレイに載せて隣に割り込んできた。

「会議が午後まで長引いているのさ」

「この間の、帝国ホテルの検討会ですか?」

佐伯が小声で言った。

「査問会だよ」

そばをかき込みながら、本間はぶっきらぼうに言葉を返した。

「参事官の岡崎も会議に出席しているみたいですが、相当キツイでしょう?」

「キツイなんてもんじゃないよ。ボロカスだよ」

午前十時から始まった検討会議は険悪な雰囲気に終始した。帝国ホテルでの李成沢の視察活動で何も成果が上がらなかった責任を、誰かに被せることが必要だった。

会議は岡崎参事官が本間を責めたてることから始まった。諜報容疑者を視察している中で何も特異な行動を探知できなかったということは、すなわちどこかで見落としたとしか考えられないと問い詰めたのである。

食堂の隅の席に座った本間たちの横で、交通機動隊員たちが、見学者のお守りをするために新しく広報課に配属されたエスコートガールと呼ばれる婦人警官の品定めに夢中になっていた。半年前に広報課長に就任した若いキャリアが、警視庁中をくまなく探してとびきりの美人を引っ張ってきていたのだ。

「岡崎参事官は外事第二課長もやっていたんで、分かったふうに偉そうに言うんですよ。自分の時は一つも事件化できなかったくせに、よくも言えるもんですよね。部長にしたって、岡崎の言うことを聞いておけばキャリアとしての経歴にも傷が付けられずに本庁（警察庁）に戻れると思っているし、単に岡崎に乗っかっているだけですからね」

「しかしな、コスモスのあの行動、オレも納得できん」

「あの時は完全に視察下に置いていました。見落とすことなど絶対にありません。追尾した奴も皆ベテランです」

「気がついたか？　チェックアウトした時、アイツは尾行点検をしていた」

「チョウドメのやつらさえいなければね……」

佐伯が溜め息をついた時、目の前に二人の女が座った。

「これはこれは。いま君たちの話をしていたんだよ」

佐伯がニヤニヤしながら嘗めるように言った。

「どうせ下品なことを想像してるんでしょ」

公安第一課調査第一係の女性公安捜査官、山脇恵利が右眉をつり上げてみせた。

「参ったね。それくらいの口が叩けるから中核派の猛者《もさ》たちと張り合うことができるんだよな。大したものだよ」

隣の女性捜査官が恵利によしなさいよと囁いた。

「いいのよ、この人たちは。マルカ（過激派）よりもよっぽど打たれ強いから。この間もまるでゴミのようにうちのチームをどかそうとしたんだから」

三十歳になったばかりの恵利は公安部でも有名な捜査官だった。しかも極左暴力集団の捜査の最前線で活躍していることが、より神秘性を高めていた。

「色っぽい顔で強く言われるとゾクゾクしちゃうな」

佐伯がからかった。

「本間さん、誰が優先かって決める権限はどこにあるの？」

「その言葉はそのままそっちに返したいもんだな。あの時は……」

「よせよ。美人に向かって言うことじゃないぜ」

本間が佐伯の言葉をさえぎった。

「本間さん、今でもお盛んなんですか？」

恵利は上目使いに聞いた。

「君みたいな美人がソトゴト（外事警察）にはいないもんでね。最近はすっかりご無沙汰さ」

本間はかつて公安第一課の若い女性公安警察官と不倫の関係を続けていたことがあった。自分では結婚の約束をした覚えはなかったが、曖昧な態度を続けていたことが最悪の結果を導いた。関係が一年たった頃から彼女が結婚を迫って騒ぎ出したのだ。その時彼女が相談を持ちかけたのが、目の前で睨む恵利だった。警視庁に入ってから三度目の不倫は、ついに妻の知るところとなり、現在独り身でいる理由につながった。

「ほかの作業を妨害なさるくらいですからね。さぞかしお忙しいでしょうね」

「現場に君がいたんだったら、あそこは便利だったよ。ベッドもビデもあったのに」

「私は身も心もボロボロにされたいとは思わないわ」

今度は佐伯のほうが慌てて二人の顔を見比べた。

「君、いい匂いがするね」

本間が鼻をすすった。

「エ？」

恵利の眉間に皺が寄った。

「懐かしいラブホテルの安い芳香剤の匂いだ。ホテル出勤とは羨ましい」

恵利が何か言ったような気がしたが、構わず席を立ってトレイを運んだ。

「あんなに怒らしちゃっていいんですか」

「構わんさ」

二人は食器洗い場で食器を洗ってから出口に向かった。

「敦賀半島の件で公安部全体に緊急招集がかかっていますが、まさかわれわれのチームは関係ないんでしょうね」

エレベーターの前で佐伯が聞いた。

「午後一時から警察庁の外事課でも会議があるらしい。都内の重要視察対象者や、朝鮮会を含めた北朝鮮系団体に対する特異動向を探るために、大規模な人数が投入されるらしい。こっちも解散だ」

「まさか。今までの苦労が……」

「作業予算ももう底だよ。それよりコスモスに動きはないのか」

「やっこさん、ずっと寝ているようです」

「君が現場を激励してやってくれ」

「分かりました。しかし……」

「まあせいぜい、まな板の鯉になってくるさ。結果は後から知らせる」

二人は溢れ出る人込みをかき分けるようにしてエレベーターの中に飛び込んだ。

＊

午後一時から再開された検討会議は、また岡崎参事官が一人でしゃべりまくることから始まった。

「敦賀半島の状勢に鑑み、各署の指定作業班も都内の重要視察対象者の視察に組み込むこととした。敦賀半島に逃げ込んだ兵士たちと呼応して、テロやゲリラを起こす可能性がある。これは警察庁首脳部からの強い意向でもある」

ハッキリ言えばいいじゃないか。持って回った言い方をしやがって。本間は他人事のように窓の外を眺めたままだった。何が警察庁首脳部だ。どうせ自分が目をかけてもらっている警察庁次長の言葉そのものなんだろう。

「本間班の容疑《ヨウカイ》解明作業はやはり無視できません。この班だけは何とか残したいのですが」

外事二課長の松岡が救いを出した。

「コスモス作業の件は、午前の会議で結論済みだ。帝国ホテルの部屋まで取って予算を使いまくっているのに失敗した、結果がすべてだ。そもそものマルタイが日本旅券を変造して行使したことは明らかなんだろう？　だったら旅券法違反と有印公文書偽造容疑で身柄を取れ。叩いたらきっと何かしゃべるに決まっている」

岡崎が自信たっぷりに言い放った。

「そんなことよりだな、最優先は敦賀関連だということは子供でも分かる話じゃないか」

だが松岡は食い下がった。

「今、それだけで身柄を取ったら、北朝鮮諜報ネットワークの実態解明ができません」

岡崎は自分の意見に真っ向うから反論する松岡に冷たい視線を浴びせかけた。何だ、コイツは。オレに逆らう気か。上等じゃないか。

岡崎は松岡を睨んだ。

「そのやり方を得意とする大阪府警や兵庫県警での作業だったら、私も反対はしない。だけどな、ここは東京なんだぞ。皇居、国会、首相官邸という重要防護対象を数多く抱えている首都だ。それをだ、いつまでも泳がせておいて、もし見失ったりでもしたら、その脅威は直接、国家の中枢機関に及ぶ危険性も高いということを忘れるな。ここは地方のやり方は通じないんだ。そういう不穏分子は、一人でも多く隔離しておくべきことだ。オウム真理教事件では、とにかく片っ端から身柄を拘束したことで組織を壊滅させるのに成功している」

岡崎は松岡を睨んだ。

「マルタイの周囲はガチガチに固めておりまして、包囲網から取りこぼすことは絶対にありません。行動パターンも完全に押さえております。しかもです。コスモス作業の対象者はきわめて憂慮すべき人物であり、この視察対象者と繫がっている貿易商社は、警視庁外事二課がもう三十年間も追跡している対象です。関与する可能性も高いと思います。もう少し見ておくことが不可欠かと存じます。敦賀の関連でもし不測の事態が起きるとすれば、このネットワークが関係している可能性もあるからです」

「部長は、こんな勝手が許されると思いますか？」

岡崎が苛立ちを隠さずに訊いた。

「まあ、二人の意見のどっちが正しいかはともかくとして、いくら全員投入といっても、麻布の指定作業班の十人くらいを引っこ抜いてもそんなに変わりはない。危険な人物だというんなら、視察対象者のリストに残しておく方がベターだ。ただ参事官が言うとおり、敦賀関連が最優先である。そして、すべての視察対象者を見るには、人員が足りない。コスモス作業は五人でやれ。後は本部で引き取って、新しく編成される諜報容疑者の視察チームに振り分ける」

部長の言葉に岡崎は今度は満足そうに頷いた。

「部長の案をいただこう。ただし、この前みたいに無駄な予算を使うことはもう許されない。とにかく早く結果を出せ。いつまでもわけの分からないヤツに付き合っているような暇も余裕もこの公安部にはない。外事警察の神髄とは密やかに地道に捜査を行うということだ。本分を忘れるな」

会議が終わると、岡崎の周りに集まる各課長や管理官の姿を横目で見ながら、松岡だけが一人廊下を歩いてエレベーターに向かっていった。そのすぐ後ろを本間が追いかけた。

「ありがとうございます。班を残していただいて」

本間が頭を下げた。

「オレも自慢できる話じゃない。岡崎が部長を巧みに操って偉そうな顔をしているのが引っかかったままでだ。しかし結果的には人数を減らされてしまった。五人でいったい何ができるというんだよ、まったく。岡崎はそれが分かっているはずだ」

松岡が周囲にはばかることなく言った。

「いや、続行させていただくだけで充分です」

「今度のマルタイを自分が端緒を見つけたようなことまで言っていたよな。あれには呆れたよ、まったく」

「なぜ岡崎があんなにキャリアたちを上手く使えるのか、前々から不思議でなりません」

「彼が公安部の情報を一括して仕切っている、それがすべてだ。私も『情報は部長に上げる前にすべてオレのところに持ってこい。キャリアに全部言ったら、じゃじゃ洩れになるぞ』と何度も言われたことがある。そうしておいて、情報を小出しにして、自分のプレゼンスを高めた上でキャリアの部長たちに見せつける。魑魅魍魎の警視庁公安部を知らないキャリアたちは参事官に頼らざるをえなくなる。そうでもしなきゃ、四万人以上もいるこの警視庁の中で昇って行けないのさ」

二人の会話が止まった。廊下の反対側を、取り巻きを引き連れた岡崎が通り過ぎて行った。

「でも本間、気をつけろ。岡崎が結果を出せと言っていたのは脅しじゃない。作業のやり方を本庁の補佐と一緒にもう一度考えろ。さもないと、今度は解散させられるだけでは済まない」

「今度こそヘマはしません」

そう言ってはみたものの、本間に特別な戦術があるわけではなかった。自信もなかった。

自分のデスクに帰った岡崎は、外事二課長の名前を再三、思い出していた。オレにたてつくとはいい根性をしている。いいか、三週間後の部長会議の後になったら、あんなムダなところは解散させてやる。オレの力を思い知らせてやるのだ。敦賀半島の事件は国際的な問題であり、微妙な外交問題でもある。そういうグローバルな思考がアイツらにはできない。松岡も本間も長くは今のポストにはいさせない。今度の人事で絶対に飛ばしてやる。

そう思うと岡崎は、急に気分がよくなった。デスクに溜まっている決裁書類の束をめくり出した。一番上にはＩＳ班からの報告書が載せられていた。ＩＳ班――正式にはインテグレート・サポート班と呼ばれる警視庁公安部の極秘チームは、まだ産声を上げてからそう時はたっていない。一九九〇年代の初めに当時の警察庁長官が極秘に新設させたチームだ。かれらに与えられた任務は、捜査に直接関係がない噂、怪文書、風評など、あらゆる情報を集めることだった。たとえ確認が取れなくても掃除機のように情報を吸い込めるだけ吸い込むことが要求されていた。

そのＩＳ班からの報告書には、ある中央官庁の男の夜の品行について、こと細かに記述されていた。提報者は記者クラブの記者だった。

岡崎は鼻で笑った。こんな時に何をやっているんだ、コイツは。この役所は所詮、そのレベルだということだ。今は、こんなヤツにかかわっている暇はない。だが、いつか役に立つことがあるかもしれない。情報は集めることに意義がある。岡崎は、報告書を未決と書かれた箱から既決と書かれた箱に無造作に移動させた。

三十分後。参事官室に入ってきた秘書は、既決の箱の中から書類を取り出し、廊下の隅にあるシュレッダーで細かく裁断した。いつもとまったく変わらぬ手順だった。

第三章

敦賀半島

午後二時半。福井県警の岡田警備部長と警視庁警備部参事官は美浜原発の体育館に向かう二台のパトカーに分乗し、後部座席で栄養ドリンク剤を三本飲み干した。体育館の中では、拡大された二万五千分の一の地図の前に座るＳＡＴ部隊の葉山隊長を中心に、緊張した面持ちの隊員八十名が取り囲んでいた。岡田はＳＡＴ全員を近くの小学校から借りた白ボードの前に集めた。

「今までは情報収集オペレーションだったが、現在をもってコンバット・オペレーションに移行する。Ｆ対策オペレーションは二日後の午前六時半に開始する。警視庁機動隊の三個大隊が主力となって捜索を開始するが、すでに指示した通り、我々ＳＡＴはその前線において、二つのエリアで、それぞれ二個制圧班と狙撃支援一個班を一体として偵察任務を行う。

もし北朝鮮兵士を視認すれば、機動隊の支援を受け、命令によって狙撃支援班が狙撃を行え。そして各制圧班が突入し、射殺せよ。これは本日午前三時、本部長命令第四号で発効された。メガは県警機動隊の隊内系で統一することとする。メガの配給は午後六時頃になるので、技術工作班員は現地警備本部まで取りにこい」

体育館を出たSAT合同部隊は、県道三三号線を警備バスに揺られ、十分後には敦賀半島南の国道二七号線に到着。すでに待機していた警視庁機動隊と合流した。同じ頃、援助要請で到着していた九州管区機動隊、東北管区機動隊の第三次援助部隊を乗せた警備バスも続々と到着し、作戦部隊に代わって最終阻止線部隊、マスコミ阻止部隊や検問部隊として展開し始めた。完全封鎖された国道から県道三三号線に分岐する佐田交差点付近には、敦賀美浜消防組合消防本部と福井市中央消防局以外にも周辺市町村の救急車が片っ端から集められ、三十台以上の回転赤色灯の洪水となっていた。

上空には、警視庁航空隊から援助派遣されたテレビ搭載ヘリコプター「おおとり一号」と「はやぶさ一号」の二機がツインローターの断続的な爆音を響かせて舞っていた。阪神・淡路大震災の直後に導入されたこの新型テレヘリは、スーパージャイロシステムがビデオカメラに固定され、ヘリコプターの不規則で激しい震動にも影響されず、クリアな映像を地上で待機する衛星中継車に電波信号で送信することができた。衛星中継車によって上空三万メートルの大気圏外で静止軌道に乗る通信衛星に送られた敦賀半島の映像は、警察庁庁舎の屋上にあるアンテナ塔に瞬時に届き、総合対策本部に座る幹部たちの目にリアルタイムで飛び込んできた。ヘリコプターのキャビンには警視庁公安機動捜査隊の特別チームが乗っていた。かれらは上空からＦＬＩＲ（赤外線探知機）で北朝鮮兵士を捜索する偵察要員だった。

昨日までは何の航空管制もなかったことで、何十機ものテレビ局や新聞社のヘリコプターが空を占領していたが、もはや一機も見当たらなかった。福井県警と記者クラブの協議で、作戦開始以降の報道自粛を決める暫定的な報道協定にサインがなされたからだった。その代わりに県警警備部参事官が進捗状況を敦賀署内で定期ブリーフィングすることになった。

広範囲に立ち入り禁止措置が取られたことで、東京、大阪、名古屋から押し寄せた百台以上のテレビ中継車や数百人の新聞社のカメラマンや記者は立ち入り禁止区域とされた佐田交差点に押しかけ、数少ない場所を奪い合っていた。その傍らでは、福井県警の広報チームもパニックに陥っていた。何百人というマスコミ関係者でもみくちゃになりながら大声を張り上げるのが精一杯だった。広報チームといっても、総務課に所属する一人の広報官と二人の職員しかおらず、全国から押し寄せたマスコミの罵声の中で思考能力を破壊され、どこへ行けばいいのか分からず立ち尽くしていた。

福井県庁の防災対策室と敦賀市の衛生管理課も騒然とした雰囲気に包まれていた。それぞれの職員は、市立敦賀病院、健康管理センター、休日急患センターをかけずり回り、緊急負傷者用のベッドを確保するように要請した。だが、敦賀市内にある病院と診療所五十一ヵ所の総病床数は千二百七十四。ほとんどが満床状態で、新しく患者を受け入れる余裕はあまりなかった。福井県庁は自治省と交渉し、東京消防庁が保有する大型救急トレーラーの緊急派遣を要請した。この大型救急トレーラーは地下鉄サリン事件でも活躍し、二十人以上の患者を同時に収容することが可能で、応急処置をほどこすための最新医療設備が整っていた。福井県庁と福井県警との協議で、もし重傷患者が発生した場合は、このトレーラーで一次救命措置が講じられた後、県警や県庁の防災用ヘリコプターで福井市内の病院などに搬送されることが決められた。

一般医も敦賀市内には九十人足らずしか存在しない。大量に死傷者が出た場合にはとても対応できないことに福井県警では頭を痛めていた。警察庁警備課から厚生省に援助要請が行われた。だが日本医師会の危機管理担当常務理事は、銃撃戦が行われるような場所に医師を派遣するのは無理だと、厚生省にあっさり拒否してきた。

現地警備本部が最も頭を悩ませたのは、敦賀半島内の住民の避難作業だった。警察官職務執行法では緊急時における住民避難を強制的に行えることが明記されてはいる。しかし、法律で決められていることと、現実に執行することはまったく違う。まず、第一にどこに北朝鮮兵士が潜んでいるかも分からないので、山中に入って一軒ずつ立ち退き勧告をすることができない。福井県警ではテレヘリや石川県庁、県警、消防署が保有しているヘリコプターを総動員して、上空から立ち退きを求める広報アナウンステープを流しまくった。

問題はそれだけではなかった。避難させた住民をどこに連れていくかという現実的な問題が控えていた。近隣の石川県、京都府、滋賀県の職員たちどうしで調整が始まったが、毎日三食の食事代、毛布代、医療費をどこがどう負担するかで調整がつかず、各県庁や府庁は大混乱に陥った。皮肉なことに、自治省の役人が大量に福井入りしたことが、混乱に拍車をかけることになった。

六日目

霞が関　警察庁総合対策本部　午前六時

三十分前までのざわめきが嘘のようだった。警察庁二十階の総合対策本部は、物音一つせず、話し声も聞こえなかった。指令台に座る宇佐美長官を始めとする幹部たち、任務が分担されたデスクに座る課長や課長補佐などのスタッフたちは、それぞれ好きな無線系の番号を選び、五百キロ離れた場所からイヤホンを通じて洪水のように流れてくる緊迫した通信に無言で耳を澄ませていた。

壁にはめ込まれたいくつものテレビ画面には、テレヘリからの映像がリアルタイムで映し出され、機動隊の警備バスしか存在しない敦賀半島を一周する県道、平穏な美浜原子力発電所、そして敦賀市南の県道に数キロにわたって数珠つなぎに展開する機動隊員の姿が小さく見えた。

宇佐美はテレビ画面から目の前にある卓上電話に視線を移した。もし事態が動いた場合は、首相官邸で警察電話を前にして二十四時間待機している寺崎秘書官に電話を入れなければならない。首相官邸の執務室でも、官房長官の篠塚、官房副長官の淵野とともに諸橋首相がテレビに釘付けになっているはずだ。事態が動いた場合——その時どんなセリフを自分は使うのだろうか。

「隊長だ。ただ今から最終のメリット交換（通話状態確認）を行う」

作戦開始寸前のSAT部隊の無線交信が聞こえてきた。

「偵察イチ、どうぞ」「こちら偵察イチ、了解！」「偵察ニ、どうぞ」「こちら偵察ニ、了解！」「偵察サン、どうぞ」「こちら偵察サン、了解！」「偵察ヨン、どうぞ」「こちら偵察ヨン、了解！」

現地警備本部の通信指揮車でも、スピーカーから聞こえるSAT部隊の隊内系交信を前にして、緊迫感が頂点に達していた。

敦賀半島

警視庁SAT第一中隊第一制圧班の隊員たちは、隊長からの最終コールを待ちながら目の前に広がる奥深い山を見つめていた。

「待ち伏せしてやがるのか。それとも土の中で隠れているのか。薄気味悪いな。衛星放送で北朝鮮人を見たことがあるが、誰もが鋼鉄のような顔をしていた。アイツらは笑ったことがあるのか。表情がないっていうのは気持ち悪いもんだ。女でもギャーギャー騒いでいる時は怖くないが、黙って冷たい目で見つめる時が、何を考えているのか一番怖い」

陣内が宮本の横でヘッケラー・ウント・コッホ社製サブマシンガンＭＰ５Ｋを抱きしめるようにして体をブルッと震わせた。

「武者震いさ」

陣内が言い訳した。

「誰も平気なヤツはいないさ」

宮本も自分に言い聞かせるように言った。

陣内の不安も当然だった。ＳＡＴにとって初めての本格的な実戦。しかも北朝鮮コマンドとの戦闘だ。本物の恐怖がこれから始まる。

「立ち小便なら、これからどこでもやれるぜ、自由に」

ニヤッと笑った自分の顔が引きつっているのが宮本には分かった。

陣内は、太股に強化ビニールテープで巻きつけたホルダーの中に差し込んだＨ＆ＫＰ９自動式拳銃のセイフティーレバーを確認した後、胸のマジックテープで閉められた小さなポケットの中を探って、二枚の名刺を取り出した。一枚は「警視庁機動隊巡査長」としか書かれていない名刺の裏に、血液型と自宅の住所と電話番号をボールペンで書きなぐっていた。もう一枚の名刺の裏には、生まれたばかりの赤ん坊を抱いた妻の玲子と一緒に撮ったプリクラ写真を何枚も貼りつけていた。SAT本部を発つ時、自宅に連絡を取ることさえ許されなかったが、この作戦が終わったらしばらく非番をもらえるだろう。そろそろ玲子が朝一番の母乳を与える頃だと陣内は思った。

「バカ。まだ女房が恋しいのか。オッパイ欲しいのはオマエのほうじゃないのか」

後ろから三年先輩の、制圧第一班副班長の三輪篤士が冷やかした。

「僕は三輪さんと違ってイッケツ主義ですから」

「だからオマエは変わり者と言われるんだ」

その直後、全SAT隊員のヘッドセットイヤホンに雑音が響いた。

「イチから全局。作戦行動開始準備に入れ」

制圧第一班長の堤が、近くで装備の最終点検を行っていた九名の部下に怒鳴った。

「行動準備！」

陣内はハッとして姿勢を直立させた。少し間隔をあけた両足で踏ん張り、MP5A3の伸縮銃床を一杯に伸ばし、フロントサイトを真正面に向けて、フォアグリップを握った左手に力を込めた。

「イチから全局。セイフティーを外し、スリー・バースト・モードにせよ」

セレクターレバーを作動させる軽い音とともに、コッキング・レバーを引く金属音があたりに響きわたった。

制圧班ごとに横並びに整列し、防弾盾を持って緊張する大勢の機動隊員の五十メートル前進位置で、SAT部隊が腰を低くした。黒ずくめのコスチュームはドイツの対テロ特殊部隊GSG－9も装備する防弾着。ボタンが一つもなく、すべてマジックテープで留められるようになっており、素早い動作を可能にしていた。生地は防弾チョッキに使用されているケプラーよりも強力な防弾効果がある特殊繊維で被われ、トカレフで撃たれてもケガ一つしない強力な防弾能力を誇る。

顔面と頭は三五七マグナムでも弾き飛ばす防弾スクリーンが装着されたヘルメットで守られている。首や肩も防弾システムで固定され、両手を防御するのはステンレスメッシュの防弾板だ。防弾盾も、より強力になったチタン合金製を採用していた。装備火器は、まず狙撃支援班が構えているのが、スナイパーライフルだ。ボルトアクション式の豊和製ライフルで、三百メートルの射程を誇る。加えて、陸上自衛隊が標準装備する八九式ライフル突撃銃と九〇式五・五六ミリ機関銃、さらに全世界の対テロ特殊部隊のベストセラー銃であるMP5サブマシンガンシリーズ、そして支援火器として、H&K社製の自動式拳銃P9やベレッタM93Rなどで完全装備していた。

現地警備本部で岡田がマイクに口を近づけた。

「ゲンポンから各部隊へ。行動開始！」

　異様な黒ずくめの集団と、それに続く千五百名の完全武装の機動隊員たちが並列しながらゆっくりと動き始めた。敦賀半島を北に押し上げるように、あらかじめ決められたポイントから山中へ進入を開始した。近代警察史上最大の作戦「F対策オペレーション」が始まったのは、予定より十分早い、午前六時二十分のことだった。

永田町　首相官邸

午前六時半。公邸から通じる首相官邸二階のドアが開くと、三人のSPに囲まれた諸橋首相が姿を現した。総理番の共同通信と時事通信の二人の記者がさっと近寄ったが、今日もまたルールは破られた。各社の総理番記者が駆け寄ってきて、結託したテレビ局は一人の記者に何本もの各社のマイクを持たせていた。

「どけ！」

　諸橋の眉間の皺はさらに深く縦に刻まれ、まるでハエを追い払うような手振りで乱暴に言った。真正面から道を塞いだNHK記者が、いきなりマイクを突きつけて尋ねた。

「総理、逃げ込んだ兵士を発見した場合、即刻射殺する方針のようですね」

　諸橋は記者を睨みつけた。

「オレは何も聞いていない」

あまりにも率直に言ってしまったことを諸橋が後悔するのは、しばらくたってからだった。ＮＨＫ記者は用意してきた朝刊を諸橋の目の前に差し出した。一面トップには大きな見出しが躍っていた。

〈北朝鮮兵士の捜索に特殊部隊を投入　福井県警察本部　射殺を指示〉

「県警ではすでに射殺命令が下っていますが」

夜中に立て続けに警察庁に起こされ、寝不足で疲れ切っていた諸橋は、さっきの発言の失敗にも気がつかないまま思わず声を張り上げた。

「オレはそんな指示を出していないし、そんな報告は一切聞いていない！」

＊

宇佐美長官と龍崎警備局長が首相官邸に入ったのは、指定された午前九時の直前だった。秘書官室の前時代的な古ぼけた応接ソファに座って待っていた二人に寺崎秘書官が小声で言った。

「今朝は相当機嫌が悪くて……」

二人の警察庁最高幹部は怪訝《けげん》そうに顔を見合わせた。なぜ緊急に呼ばれたのかが分からなかった。それでなくとも史上空前の大部隊によるオペレーションが開始したばかりで、現地が気になってしかたがない。早く警察庁に帰ってイヤホンで生中継を聞きたかった。すでに諸橋首相のもとには官邸別館三階の危機管理センターの官邸連絡室に詰める危機管理担当官チームのスタッフを通して、逐一情報ペーパーを上げていたはずだった。

ふたたび寺崎が近づき執務室へ案内した。部屋に入ると、重い張り詰めた空気が二人の頬をなでた。

「どうぞ」

諸橋が声をかけたのは、たったひと言だけだった。

執務室の応接セットの端で分厚いソファに体をあずけた諸橋は、天井を向いてチェリーに火をつけて大きく煙を吐き出した。横に座る篠塚官房長官は、警察庁警備企画課から届いた作戦計画の概要ペーパーを穴が開くほど見つめていた。

いつもの挨拶もなかった。

まず篠塚が口を開いた。

「発見次第、射殺の命令が出ていると報道されているが、本当なのか?」

「そうです」

龍崎は静かに言った。諸橋はチェリーを灰皿に乱暴に押しつけた。

「誰が決めた?」

諸橋が二人を見つめた。

「捜査権を持つのは福井県警察本部ですので、本部長の命令です」

龍崎は相変わらず表情一つ変えずに答えた。

「本部長？　歳はいくつだ？」

「四十六歳です」

「そんな重大なことを、若い警察官僚、それもたった一人の判断に任せたのか？」

宇佐美は黙って龍崎に視線を流した。この責任を誰が取るべきなのか、龍崎は瞬時に悟った。

「いいえ、私も支持しました」

淡々と答えた。諸橋は無言で、記者から見せられたものとは別の新聞を二人の目の前に投げた。

〈北朝鮮乗組員〝遭難〟を強調。「われわれは遭難しただけだ。山に逃げ込んでいる兵士も行き場所がなかっただけだ」〉

「これでもすぐに射殺すると言うのか？」

龍崎が宇佐美を盗み見た。宇佐美は遠い目をして諸橋の肩ごしに広がる官邸中庭を眺めていた。

「どうした。ちゃんと答えろ」

篠塚が怒鳴った。龍崎は自分の置かれた状況を噛みしめた。

「市民がパニックを起こすので、まだ発表はしていませんが、潜水艦の捜索の結果、美浜など複数の原子力発電所を偵察していたと思われるビデオが発見されています。しかも、警備状況を細かくフォローしていることから、内部に侵入しようと考えていた兆候が強いと思われます。もはや重大な事態であります。けっして単なる遭難ではありません。そもそも現在捜索している警察官も、自分たちの装備を上回るRPG7対戦車ロケット砲などという武器を持つゲリラに立ち向かわなければならないのです。命懸けなんです。それを生け捕りにしろなどと言えるでしょうか」

「原子力発電所を本気で狙っているだと？」

諸橋は警察庁幹部を問い詰めながらも、ぶら下がりの記者の誘導尋問に愚かにも引っかかってしまったことを今更ながらに悔やんだ。寝不足でなければ、あんなことはなかったはずだ。苦渋の色が顔ににじみ出た。脂が額にベッタリ浮かんだ。

篠塚がシャガレ声であわてて訊いた。

「原発は本当に大丈夫か？」

「現在、三つの原子力発電所には、それぞれ一個中隊の防護部隊を配備しております。この阻止線は、いくら特殊部隊といえども突破は不可能だと思われます」

宇佐美が口を開いた。

「思われる？　そんな中途半端じゃダメだ。絶対に阻止できることをしろ！」

宇佐美は思わぬ叱責に肩をすくめた。諸橋が続けた。

「なんとか投降させる方法はないのか？　北朝鮮の兵士は日本国民に何か危害を加えたの

か。器物に損害を与えたのか。そうじゃないだろう？　それを最初から射殺ではあまりにも……」

「それでは隊員の生命を保証できません」

龍崎は一歩も引けなかった。

「オレが警察に直接、大臣の頭越しにアレコレ言うことができないのは知っている。だが、そんなことは国家公安委員長から指示をしたと言わせればいいだけの話だ。こう考えてくれ。この事態は緊急事態の布告が敷かれてもおかしくない。原子力発電所を狙っているというなら余計にそうだ。だから少なくともオレには注文をつける権限はある。凶悪な犯罪者だとハッキリしていない以上、逮捕の方針で臨んでくれ」

「ですが、警察庁も福井県警察本部に強引に指示を出すことはできません。コトがコトだけに、隊員たちの生死にかかわるような命令を簡単にひっくり返すことはできません」

ペーパーを持つ篠塚の手が震えている。

「そんなものは法律を駆使しろ。とにかくだな、何が何でも射殺方針というのはやめろ。日本ではなぁ、それだけ大量の人間を警察が殺すには、まだ国民のコンセンサスが取れてないぞ。今の政治の状況を知っているな。いくら下駄の雪のような、踏んでも踏んでもついてくる連立与党でも、十一人も人間を連続して殺したら張り切ってくるに決まっている。偽善家の固まりの民主党はなおさらで、政治を混乱させてくるのは目に見えてる。自民党だってわからんぞ。つねに違ったことを言って目立とうとする輩が多い。だから、はじめから射殺では政治がもたない。わかってくれ」

強気と懇願口調を入れ交ぜてたくみに語りかける篠塚の言葉に、宇佐美も龍崎も何も言えなかった。諸橋も横で頷いている。篠塚はそのタイミングを逃さずたたみかけた。

「よし、決まりだ。政府や党でできることは惜しみなく支援する。予算も予備費用からさらに支出するように大蔵省にこれから指示するところだ」

篠塚は秘書官を呼ぶボタンを押した。腰を低くして執務室に入ってきた大蔵省出向の秘書官に大声で言った。

「大蔵の官房長と主計局長をすぐに呼んでくれ」

二人の警察庁最高幹部は、骨董品ともいえる執務室の木製ドアを見つめるしかなかった。

名古屋市守山　陸上自衛隊第一〇師団

Ｆ対策オペレーションが始まった同じ頃、現場から六百キロ離れた東京の防衛庁長官室では中部方面総監に対して口頭で指示が下された。

「この事態に対処するためにはどうすべきか、その研究を行え」

第一〇師団司令部の作戦室では、すでに出動命令が下った場合のことを想定した研究を独自に始めていたが、机上のシミュレーションにすぎなかった。それが長官の指示のおかげで情報収集活動や偵察活動を表立って行うことができた。だが、訓練名目や演習名目で司令部隷下の部隊を現場に一番近い鯖江の第三〇二施設隊基地に移動させることを陸上幕僚監部を通じて何度も防衛庁に具申したが、すべて「ノー」という答えが返ってきた。司令部では、原子力発電所が攻撃された場合に備えて大宮市にある陸上自衛隊化学学校長隷下の一〇一化学防護隊をできる限り現地に近づけておきたかった。第一〇師団にも化学防護小隊は配備されているが、フォールアウト（放射能塵）などに対処できるのは一〇一化学防護隊しかない。しかし、この部隊を動かすことも許されなかった。

霞が関　警察庁

まだ自分のデスクがある部屋のほうがましだ。

清水は龍崎の指示であてがわれた部屋の貧弱さをつくづく恨んでいた。倉庫同然に使用していた部屋に、急遽《きゅうきょ》清水を始め、外事課分析第三係と外事技術調査官室から呼び集められた十人の男が押し込められていた。

新聞記者が近寄れない警察庁の奥の院では、密かな任務を与えられたタスクフォースが始動していた。かれらに求められていたのは、全国の都道府県警察本部の外事担当部門から上がってくる情報や、海外の情報機関や治安機関のカウンターパートから提供される情報を分析したうえ、国内の不穏分子の動きや北朝鮮情勢全般を捕捉し、さらに敦賀半島に逃げ込んだ兵士たちの居場所を突き止めることだった。

その中でも最も重要視されていたのが、警察庁極秘のコミント機関、コードネーム〝ヤマ〟のスタッフの能力だった。かれらは北朝鮮本国の偵察局本部から送られてくる諜報電波を傍受し、その電波系統の傾向分析と解読に全力を傾けていた。日本海をわたってくる諜報電波の暗号形態は、事件以来突然、しかも劇的に変化していた。逃げ込んだ兵士たちに向かって必死に特別な情報を送っているのは間違いなかった。

だが、かれらが最も待ち望んでいたのは、敦賀半島からの発報だった。潜伏中の兵士たちがたとえ微弱でも電波を発信してくれれば、その位置が特定できる。〝ヤマ〟のスタッフにとっては造作もないことだった。しかし、さすがに特殊部隊の北朝鮮兵士たちは、完全な無線封鎖をしてまったく発信電波を出していなかった。

清水は、兵庫県警が視察下に置いている諜報容疑者が福井県に向かったとの報告書を見て、すぐさま兵庫県警外事課長に、強行追尾で何らかの行動を起こさせないよう封じ込めろとソッチョクを使って指示したばかりだった。電話を置いて書類を整理し始めると、分厚いパイプファイルが目にとまった。表紙には〈PAR〉とだけ記されていた。一ヵ月ほど前の緊迫した瞬間が甦った。

PARが各国の治安・情報機関にマークされるようになったのは、そう古い話ではなかった。一九九〇年、イラク軍がクウェートに侵攻し湾岸危機が始まってから、イラクが国際テロリストを世界にバラまくのではないかという危惧が高まり、とくに欧米と日本の治安・情報機関が情報収集を強化した時からだった。

ＰＡＲが初めて探知されたのは、ベルリンの壁が崩壊する直前のブルガリアの首都、ソフィアだった。ブルガリア外務省に、パク・アンリー（Pak An Ree）という北朝鮮大使館の一等書記官として登録されていた男だった。

湾岸危機が始まってから、西側の各情報機関は、外交旅券や偽造旅券を駆使したＰＡＲが欧米各国の都市を飛び回り、イスラム原理主義過激派「アイル」、イランの情報機関員、日本赤軍メンバーなどの国際テロリストと頻繁にコンタクトしているとの情報を秘かに交換しあっていた。欧米と日本、韓国の治安・情報機関は、ＰＡＲがイラク政府の要請を受けて国際テロネットワークとコンタクトして、資金や偽造旅券などの支援を与えているものと判断。主要各国の対テロ機関どうしがリンクで結ばれた〈ローマクラブ・ネットワーク〉を利用して、激しい情報交換をディスプレイ上で繰り返した。さらに、韓国への亡命者の一人の供述が、各国のテロハンターたちを震え上がらせた。ＰＡＲが北朝鮮人民武力部直属のゲリラ・テロ機関〈偵察局〉で暗殺を担当する第九課員だと指摘したのだった。

〈ＰＡＲ〉と題されたパイプファイルには、ドイツ連邦情報部ＢＮＤから提供された記録まで含まれていた。そこには、中東諸国へのミサイル輸出にかかわる諜報員こそ、ＰＡＲであり、スイスにその本拠地が存在すると指摘されていた。さらに、イスラエルの情報機関モサドがサードパーティールールに基づいて警察庁に提供した監視記録の中にも、イスラム原理主義テログループへの武器供給者の容疑者の一人としてその名前が刻まれていた。警察庁では、外事課分析第三係だけでなく国際テロ対策室にも〈PAR〉ファイルを共有させ、国際治安ネットワークでの追跡作業を行うように指示。〝最も警戒すべき諜報員〟として各国の日本大使館に駐在する警察庁のアタッシェにもAランクのアラートを行っていた。

ところが、湾岸戦争後、PARはパッタリと消息を絶った。世界各国に点在する北朝鮮大使館にも姿を見せることはなかった。ところが七ヵ月前、カストラップ国際空港で大量のタバコを持ち出そうとしていた北朝鮮外交官が、デンマーク外務省からペルソナノングラータ(好ましからざる人物)として国外退去処分をくらった事件の直後、突然PARがオスロの北朝鮮大使館に赴任したことが、韓国の情報機関NIS(国家情報院)からノルウェー国家警察に通報されたのである。NISが提示した北朝鮮亡命者から得たPARに関する新しいデータでは、暗殺を専門とするだけでなく北朝鮮偵察局の中で最も優れた爆破工作、暗殺、要人拉致など特殊技術のスペシャリストだと紹介されていた。ノルウェー外務省からの回答は驚きの言葉でもって打ち返された。PARは「キム・チョン・スン」と名前を変えてノルウェー外務省に届け出を出していたのである。

それから四ヵ月後。ノルウェー国家警察テロ対策部KRIPOSは、北朝鮮大使館がオスロ市内の業者に水道管工事を依頼したのをつかんだ。すぐに作業員に扮して北朝鮮大使館に入り、監視する大使館員の隙を見て小型の盗聴器を設置することに成功したのだった。重要エリアには立ち入らせなかったので、取り付けられたのは洗面所だったが、PARが女性館員にこっそり話しかけるのを、近くの路上に停めたバンの中でヘッドフォンに集中するKRIPOSのスタッフは聞き逃さなかった。

「これ、内緒だよ。近いうちに日本に行く。お土産は何がいい？　上には分からないように持って帰るから」

KRIPOS本部はチームを増員し、PARの監視を強化することを命じた。だがその動きは不幸にも間に合わなかった。翌朝、PARは大使館から姿をこつ然と消してしまったのである。

オスロの日本大使館に一等書記官として詰めていた警察庁アタッシェが、珍しい声を電話口から聞いたのは、さらにその翌日、朝一番のことだった。一年ぶりの声だった。ノルウェーは旧ソ連の影響が強く、冷戦が始まって以来、西側のテロリズム・インテリジェンス・ネットワークから外されていた。ノルウェーが国際テロリズム・インテリジェンス・クラブに顔を出すようになったのは最近のことだ。それは冷戦が終結したからというよりも、国益を阻害する組織を無視できなくなったからだという切迫した事情からだった。とくに北朝鮮の外交官には、これまで麻薬の密輸疑惑が絶えなかった。だからNISからの通報にも素早く反応したのだ。

「一緒に昼食でもどうだ？」

相手が口にした用件らしい用件はそれだけだった。しかし警察庁アタッシェは、その言葉が重大な意味を含んでいるのがすぐに分かった。ＫＲＩＰＯＳのリエゾンオフィサー（連絡担当幹部）から突然に昼食を誘われたことなど、今まで一度としてなかったからだ。

オスロ市内では数少ないイタリア料理店で、警察庁アタッシェは、透き通った白い顔をしたスラブ人と顔を合わせた。誰が見ても国営企業の役員と日本企業の駐在員がビジネスランチを取っているとしか思えなかっただろう。イタリアワインがデキャンタに注がれている間、赤毛まじりのノルウェーのカウンターパートは、いきなり数枚の写真を警察庁アタッシェの前に投げてきた。

「知っているだろ？」

外事課の一角にある国際テロ対策室出身の警察庁アタッシェは、ＰＡＲの顔を忘れるはずがなかった。

「昨日、日本に向かった。フライト、ルートなどは一切不明だが間違いない。ＰＡＲショックがまた始まる」

警察庁アタッシェは食事が喉を通らなかった。メインをパスタで終えたか仔羊まで食べたかも記憶がない。一刻も早く大使館に帰りたかった。三十分後にレストランを後にすると、自家用のベンツ３００ＳＥＬであわてて大使館に戻った。驚くべき情報は一万二千キロ離れた警察庁外事課に送られた。だが、ＰＡＲがいったいどの便でどういうルートで日本に向かったかを確認するには、もはや手遅れだった。航空ルートが無数にあるだけでなく、おそらく偽造か変造旅券を使用しているだろうと推察されたからだ。

その端緒は意外なところから出現した。千葉県警外事課が入手した、わずか二秒ほどのそのワンカットは、成田空港第二ターミナルの入国審査窓口を写す防犯ビデオの膨大なテープの中にあった。警察庁警備局長名で出されたガイソク（外事即報）に基づき、たった一人の外事課員がコツコツと調査を続けていたことが報いられたのだ。外事課は職員を大量動員して成田空港に派遣した。そして、すべての便を調べると、偽造旅券が見つかり、そこに貼付された写真がみつかったのだ。しかし警察庁での合同会議では、ノルウェーから提供された写真とビデオに写っていた顔が同一人物かどうか最終確認を下すことが出来なかった。ＫＲＩＰＯＳからの写真がぼやけ、肉眼では顔の特徴がほとんど判別できなかったからだ。光明を与えたのが科学警察研究所の専門家たちだったのだ。

その夜、大騒ぎになったのは外事課や国際テロ対策室だけではなかった。財界人との会合に出かけていた宇佐美長官も飛んで帰ってきた。これからいったい何が起きるのか。ＰＡＲが日本に密入国した理由はいったい何なのか。何をしようとしているのか。目的はテロか拉致なのか。警察庁幹部たちはパイプファイルに刻まれたＰＡＲの〝業績〟を聞くにおよんで、体の底から湧き起こる恐怖を感じた。

清水は思考を現実に引き戻し、もう一度PARの写真を見つめた。髪を七三に分け、銀縁の眼鏡をかけた、どこにでも見かける東洋人がそこにいた。いったいどこへ行ったんだ、コイツは――。

すでに警察庁は都道府県警察本部の外事担当責任者に外事即報で緊急通達を発信していたが、千葉県警以外は、ほとんど情報らしい情報は上げてきていない。清水ですら、敦賀半島の一件以来ほとんど記憶の片隅に留めていただけだった。

PARの写真を指でピンと弾いた。きっとまた別の偽造旅券で日本を後にしたんだろう。とくにこの一週間、日本国内の北朝鮮関連施設や関係者は完全に監視されている。もし、PARが日本に潜んでいるとすれば、これだけ全国で探して出てこないはずがない。清水は大きく首を振った。パイプファイルに写真を差し込んで脇に置いた。そしてこれまでに出現した北朝鮮の諜報電波の膨大な記録を手元に引き寄せて目を落とした。

敦賀半島山中

見るもの、聞こえるものがすべて人間の鼓動に感じた。風でそよぐ木の葉、五メートル離れた隊員の雑草を踏みしだく音さえ心臓を揺さぶった。脂汗がツーッと首筋を垂れていく。一歩踏み出すごとに、穴から飛び出してくる黒い二本の腕に突然足をつかまれ、地獄へ引きずり込まれるような気がした。

ＳＡＴ部隊の作戦会議で報告された状況とは違って、現場の視界は想像以上に悪かった。鬱蒼《うっそう》と茂った木々や草むらをかき分ける作業と、胃が締めつけられるような極度の緊張状態のため、一時間に五百メートルも進んでいない。これでは第一日目の目標である、進入四キロポイントの三内山まではとうていたどりつけそうになかった。だが、敦賀半島の北の端まで到達することはつまり北朝鮮の特殊部隊と必ず一戦交えるということを意味している。その現実をあらためて実感すると、陣内の全身に鳥肌が立った。

三十分ほど前から気になっていることがあった。両手の握力がなくなってきて、サブマシンガンＭＰ５のグリップを握る右手、安定用のフォアグリップをつかむ左手、両腕の上腕筋肉がひどく痛み出してきたのだ。走ることもできない恐怖と緊張の真っ只中で、骨の感触まで分かるほど両手に力が入っていた。視線だけを左右に振り向けながら、左手を離して、プールに入る前の準備体操のように四回ほど下に向けて振った。呆れるほど痛かった。フォアグリップを見ると汗でベトベトになっている。手を持ち替えて、今度は右手を振った。

その動きは突然だった。思わずトリガーを引くところだった。だが、自分だけの判断での発砲は許されていない。作戦会議で示された方針では、必ず班長へ伝達し、その命令を得ないことには、射撃するどころかトリガーに指さえかけてはいけないことになっている。それでも右手の指はトリガーにかかっていた。三十メートルほど先で、草むらを激しく揺らす人工的な動きが目に入ったからだ。

陣内の横で堤がリップマイクを唇にあてた。

「偵察ニからイチ、どうぞ」

「イチだ」

葉山が言った。

「前方約三十メートル、草むらの中で移動動体を発見。確認作業を行う」

「偵察ニ、イチだ。ダメだ。単独で行くな。近くに誰がいる？　応答せよ」

「隊長、こちら偵察サン。偵察イチから四十メートル離れた地点にいる」

「よし、サンがニに合流せよ。ニは合流するまでけっして近づくな」

「ニ、了解」「サン、了解」

現地警備本部のモニターにも堤と葉山隊長の交信がリアルタイムで入っていた。岡田は片手にコーヒーカップを持ちながら、部隊の進行予定が大幅に遅れることが明らかになってきたことで、スタッフとともにこの日の作戦停止時間と地域の新しい設定作業に追われていた。無線に緊迫した声が流れると、岡田は反射的に二万五千分の一の地図から、スピーカーに飛びついた。沸騰した湯を注いだばかりのインスタントコーヒーがズボンにこぼれた。熱いっ、と声を上げる余裕もなかった。

霞が関　警視庁

警視庁十七階にある総合指揮所でも大勢のスタッフが出入りを繰り返していた。警視庁機動隊からの援助部隊の派遣を警察庁警備課から打診されたばかりで、警備部長は警備一課警備実施係と機動隊管理係の担当管理官を呼んで協議の真っ最中だった。都内の重要防護対象施設の強化も行う必要があり、二千五百名以上におよぶ機動隊のローテーションを大幅に組み換えなければいけない。部下には一切余計な情報を持って来させるなと厳命していた。

外事二課長の松岡が「気になることがあります」といつになく深刻な顔をして横に立った時、警備部長は苛立った表情を向けた。

「いま機動隊は日本中で民族大移動のようなありさまだ。いったい何の話だ？」

警備部長の頭はフルスピードのトラックエンジンのように回転し、早口でまくし立てた。

松岡はブルーのファイルケースから一枚の紙を取り出した。

「警察庁外事課から昨日届いたこの『幹部限定』の件です」

書類の右上に「幹部限定　読後廃棄」という朱印が大きく押されており、警察庁幹部の名前が記されたチェック欄の囲みには、いずれも右斜め上に跳ねあがった暗号サインが書き込まれていた。この暗号サインは、既決裁――つまりそのまま倉庫に送り込むのではなくて、重大な関心を寄せて今後も注意せよという意味を込めた警察幹部しか分からない伝統的な符号だった。松岡がそのペーパーを渡そうとした時、警備部長を呼ぶ声が通信担当の職員から上がった。警備部長が大声で答えた。

「何だ！　緊急か。中部管区？　緊急じゃなければこっちからかけ直すと言ってくれ」

警備部長はふたたび松岡のほうを向いてペーパーの文字を目で追った。

「この情報は確か一ヵ月前にも見たぞ」

警備部長が顔を上げた。

「昨日、再度、警察庁から指示が来たんです」

「どっちにしろこれは公安部のマターだ。こっちはそれどころじゃない」

早くも席を立とうとした警備部長を松岡があわてて制した。

「この男の軍での所属が偵察局なんです。敦賀の件も偵察局だとされているし、何か妙に気になるんです。政府高官の個人警戒員を増強すべきだと思います」

「いまオレがどういう状況におかれているか分かるか？　警視庁千五百人の機動隊と膨大な装備品と兵站《へいたん》に追いまくられ、虎の子のSATは北朝鮮兵士たちと遭遇する一歩手前だという、わけもなく大声で叫びたくなるような状況なんだ。そんな雲をつかむような情報をいちいちこっちに持ってくるな」

警備部長の視線はすでに別のほうを向いていた。

「では、少なくとも現地の検問員に、当該人物の警報を出してください」

松岡が小さな声で訊いた。

「バカ言え。現場にそんなことを伝えたら混乱するだけだ。たった一人の工作員くらいでうろたえるなよ。あっちはホンモノの兵隊を相手にしているんだ！」

その時、総合指揮所のモニター担当スタッフが声を上げた。

「警備部長、現地で動きです！」

ざわざわした音が一瞬のうちに消えた。警備部長は急いで指令台にある自分のデスクに戻った。

「何チャンネルだ！」

「5チャンネル、SAT制圧第一班です！」

指令台に並んでいた警視庁最高幹部たちも一斉にイヤホンを耳に入れて、デスクに設置されたチャンネル5のボタンを押した。

永田町　首相官邸

総理執務室ではイタリア外務次官が在日本イタリア大使を同伴し表敬訪問している最中だった。諸橋首相はこの日のスケジュールをできるだけあけておくように秘書官たちに厳命していたが、数ヵ月前から決まっていた外国公賓の訪問だけは断るわけにはいかなかった。

女性通訳を交えて談笑している時、寺崎がそっとメモを手渡した。諸橋は、どんな小さな動きでも一分と遅れず報告するように警察庁に厳命していた。

〈警察庁警備局長より　作戦行動中のSAT部隊が、敦賀山中で不審な動きを発見〉

諸橋は寺崎の耳元に口を寄せ、さらに事態の進捗を細かく伝えろと小声で指示した。足早に秘書官が去って行くと、イタリア外務次官が身を乗り出して尋ねた。

「北朝鮮の兵士たちが発見されたんですか?」

「時間の問題ですよ」

諸橋は精一杯の強がりを言った。

敦賀半島山中

これ以上鼓動が激しくなれば、心臓が破裂してしまう——。MP5のグリップを握る手に満身の力をこめていたが、もはや陣内は痛みを感じるどころではなかった。ふくらはぎの筋肉も、マラソンで上り坂を駆けのぼる時のように固まったままだった。

堤班長が三人の隊員に無言で親指を立てた。前方に照準を固定し、突入準備を命じる合図だった。あらかじめ決められた戦術通り、二人の支援隊員が少し後方に下がり、MP5AKのスリー・バースト・モードを確認したうえ、フロントサイトを目標から二メートルほど離れたポイントに絞った。陣内は地面に顔がつくほど腰を屈め突入姿勢を取った。口で息をして、肩が大きく揺れた。脳裏に黒い顔をした北朝鮮兵士が牙をむいてがむしゃらに飛びかかってくる光景が浮かんだ。

銃弾が腹に撃ち込まれるのか? ナイフで刺されるのか? 銃弾ならまだ腹のほうがマシ

だ。顔を撃たれたら、これほど無残な死体はない。死とはいったい何だ。これでオレは死ぬのか。苦しんで死ぬんだろうか？　陣内の頭の中でさまざまな恐怖がめぐった。だが、相手を殺してしまえば、自分は助かる。これだけは絶対に間違いない。

硬直する陣内に声をかける余裕がある者はいなかった。自分たちの行動をなし遂げる——それを考えるだけで精一杯だった。制圧第二班も合流して配置を終え、血走った目でMP5Kにしがみついていた。堤が乾いた空気の音を聞いた直後、二人の班長のヘッドセットイヤホンに葉山隊長の低い声が聞こえてきた。

「秒読みを開始する……ゴ、ヨン、サン、ニ、イチ、いま！」

二人の班長が親指を立てた。二個制圧班のMP5から発射された九ミリ弾が、腸《はらわた》を切り刻むような鋭い乾いた音とともに高速で発射された。その直後、陣内ほか二人の制圧第一班の隊員が、掃射される真ん中を走り抜け、草むらに勢いよく飛び込んだ。

実際は数秒間だった。堤は五分に思えた。弾を撃ち尽くした支援隊員は、マガジンキャッチレバーを引いた。ガムテープで一つにまとめていた三本のマガジンのうち、新しい弾倉を叩き込み、すぐに射撃態勢を取った。

「班長、来てください！」

草むらから陣内の声が聞こえた。堤が低い姿勢で駆け寄り、草むらを覗き込んだ。陣内が長い細い物をにぎって転がっていた。

「滑って転んでしまって」

陣内の顔には笑顔があった。

「さっきの犯人はこれでしたよ、これ」

差し出した手にはマムシが暴れていた。

「焼酎に漬けてやる!」

堤は体をくねらすマムシを受け取ると、ズボンからジャックナイフを取り出して胴体の真ん中部分で切り裂いた。赤い糸のような血があたりに散った。陣内とともに突入した二人の隊員も大きく溜め息をついてしゃがみ込んだ。

「ニから、イチ」

国道二七号線先の前線指揮所に詰めていた葉山がマイクを取った。

「送れ!」

「不審移動体はマルケーではなくヘビでした。繰り返します、マルケーではなくヘビでした。以上」

堤は北朝鮮特殊部隊に付けられたコードネームを繰り返し、誤報であったことを報告した。現地警備本部が置かれた指揮通信車の中では、引きつった笑い声が起こった。

警視庁総合指揮所でも溜め息があちこちで上がった。年配の幹部が若い女性職員をからかう声さえ聞こえた。首相官邸にも誤報だったことがすぐに伝わった。メモを見た諸橋首相は、いつものようにすぐに顔に気持ちを表し、思わず口許が緩んだ。

永田町　内閣情報調査室

国際部に属する若いスタッフはソファに座っていても落ち着きがなかった。衝立《ついたて》から首を伸ばして内閣情報官室のドアを見たが、会議が終わる気配はない。

「やっぱり今日の情報連絡会議《ジョウレン》は長引くかもな」

内閣情報官秘書が衝立で区切られたソファまでやってきて、若いスタッフに栄養ドリンク剤をすすめながら言った。主幹と呼ばれる責任者たちが週に一度集まる情報連絡会議はふだんなら一時間で終わる。今日は二時間以上も続いていた。今日の主役は国内一部主幹だった。敦賀半島の事件を受けた内閣の支持率に関する情報報告と各党の出方に関する報告が延々と続いていたのだった。

栄養ドリンク剤を飲み干した時、ようやくドアが開いた。ワイシャツの袖をまくりあげ、疲れ切った顔をした主幹たちがゾロゾロ出てきた。

「ボスがお呼びだ」

内閣情報官秘書が声をかけた。若いスタッフは緊張した顔つきで部屋に入った。大きなテーブルの隅で瀬川守良がタバコを口にくわえて書類に目を落としている。

「ああ、ご苦労さん。そこに座って」

国際部特命班に属する警視庁公安部外事第二課の外事警察官は、頭を下げてパイプ椅子に座った。特命班には内閣官房職員名簿には掲載されていない三人の警視庁職員が存在する。かれらには内閣情報官や国際部主幹からの文字どおり特命を受けて情報収集活動を行う任務が与えられていた。二年ごとに警視庁から送り込まれるが、いずれも経験豊富で優秀な人材が選抜される習わしだった。

「それで、どうだった」

「ガイニではそれどころじゃないようです。東京中の容疑者たちを追いかけるのが精一杯で、あの男については特別な捜査を中断しているようです」

「残念なことだ」

「三週間ほど前には帝国ホテルで大掛りな作業が行われましたが、諜報接触は確認されませんでした」

瀬川はグリーンのファイルを特命班員に投げた。

「Aさん（CIA）が驚くべき話を持ってきた。一九八七年の大韓航空機爆破事件でも、プラハにある北朝鮮のセイフティーハウスでコイツが実行犯と接触しているのが確認されているらしい。いいか、これはここだけの話だ。警視庁には話すな」

「もちろんです」

特命班員はこの〝職場〟が気に入っていた。何しろ、領収書なしの予算が使えることは助かる。

　かつて瀬川が警視庁公安部長であった頃から、何かとこの外事警察官を密かに呼び寄せては特命を与えていた。だから普通の内閣事務官に話せないことでも特別な任務を与えることができたのだ。その写真の男に関する情報も彼が持ってきた。日本に潜入した北朝鮮の諜報員について、指定作業が始まったと報告して来たのだ。

　本来は内閣情報調査室が興味を持たなければならないニュースではない。だが、アメリカ大使館に在籍するＣＩＡのブリーファーが、この男はきわめて危険で要人テロのプロでもあると一年前に伝えて来たことが妙に引っかかっていたのだ。しかも敦賀半島事件が発生したことで、得体の知れない不気味さは余計に増していた。しかし、警察庁に訊いてもなかなか詳しい情報をよこさない。警察という組織がセクショナリズムの塊であることに瀬川はあらためてがく然とした。そして自分もかつては確かにそうだったことも思い出した。ゆえに、特命班員の彼に警察庁や警視庁はどこまで捜査しているのか同僚や部下たちに会って探るよう指示していたのだ。

「すべてが敦賀のほうにばかり目が向いている間に、総理でもやられたら日本中がパニックになる。君はさらに情報を集めてくれ。私は情報本部の電波部に何か特異情報が入っていないか訊いてみる」

敦賀半島　現地警備本部

午後四時。大規模オペレーション部隊を投入して十時間になろうとしていた。現地警備本部では、行動停止の時間とポイントを決める協議が終わろうとしていた。SAT以外の機動隊部隊が夜間行動用の装備を持っていないどころか訓練もしたことがないことから、これ以上作戦を進めるのは危険だった。当初の計画では四キロポイント付近で第一日目を終了させ、翌早朝から再開させるつもりだったが、進出距離は予定より大幅に遅れていた。

岡田は婦人機動隊員が淹《い》れてくれたコーヒーを喉に流し込んだ。今日はこれで十五杯目だ。緊迫した一日がもうすぐ終わる。指揮通信車のスタッフのどの顔にも脂で汚れた疲れが浮かんでいた。

指揮通信車のモニターに突然激しい隊内無線交信が入った。

「ニからイチ！」

緊迫したSAT隊員の現場からの声。

「イチだ」

葉山SAT隊長の声は劣えを感じさせなかった。今度は何だ？　このあたりはニホンカモシカも出るらしいが――。

「第一到達ポイント前の三内山の麓で不審な動きを発見！」

岡田はまたコーヒーをズボンにこぼした。今度はズボン全体にかかった。下着まで濡れたかもしれない。婦人機動隊員は上官の世話も忘れてスピーカーを見たまま立ち尽くした。

「イチからニ、人間か？　マルケーか？」

「ニからイチ、人間のようです。マルケーかどうかは不明」

「逃げ遅れた住民がいる可能性がある。慎重なる調査の上、マルケーと確認されて、イチの指示があるまで発砲するな」

「ニ、了解！」

警視庁　警察庁　首相官邸

警視庁総合指揮所にも同じ無線がイヤホンを通してモニターされた。だが、特別な声は上がらなかった。警視総監は総監室に戻っており、警備部長はトイレに立っていた。モニター担当スタッフは、イヤホンから流れてくる緊張した無線交信を聞いて指令台を見渡したが、幹部の姿が見えないことに得体の知れない不安を感じた。

警察庁では、湯村警備課長は赤坂プリンスホテルで仮眠を取り、実施係の職員も交替で麹町のサウナへ出掛けていた。宇佐美長官は、公舎に帰る途中で心地良い車の揺れに瞼が固く閉じられていた。

首相官邸では、寺崎秘書官が警察庁の総合対策本部からの電話を置いてからしばらく考え込んでいた。諸橋は執務室で社民党幹部と懇談しているだけで、いつでもメモを入れることはできた。だが、もう少し事態がハッキリしてからでも遅くはないと思った。いちいちあわてる必要はないだろう。また、マムシの報告を入れてもしかたがない。

敦賀半島山中

堤がヘッドセットのリップマイクで各隊員のイヤホンに繋がった受令器に叫んだ。

「現在地点から八十メートルほど前方で、左から右に走る人間らしき物体を肉眼で確認した。これから偵察に向かう。左に4から6まで、右に7から10までがそれぞれ二十メートル間隔で並び前進する。3と11は左右から支援せよ」

敦賀半島　現地警備本部

疲れで頭が朦朧《もうろう》としていた岡田は、スピーカーを抱くようにして無線に耳をすませた。

「部長、本部長から緊急連絡です」

なんだ、この大事な時に。無線なら県警本部でも聞いているはずじゃないか。

「今から命令変更を伝える。午後四時二十四分、本部長命令第六号とする」

沢口の声は沈んでいた。

「命令変更？」

裏返った声に指揮通信車のスタッフ全員がスピーカーから岡田へと目を移した。

「そうだ、本部長命令の変更だ。当初の射殺命令は、ただいまをもって解除する」

「本部長、いま、どういう状態かご存じですか。不審者を発見したばかりなんです！」

「本当か——。だが、これは決まったことだ。それならそうで、直ちに現場指揮官に伝えろ」

「そんないまさら……。どうして！　理由は何ですか！　警察庁からの指示ですか！」

「もっと上からだ。分かってくれ、オレもずっと必死に抵抗してたんだ。何度も言うが、これは本部長命令だ。分かっているな！」

沢口はウソをついている。すぐに見破った。しかしそれがいまさら何の役にも立たないことを岡田は悟った。

敦賀半島山中

堤班長の三十メートル右の位置で伏せていた陣内が、背中に負っていた豊和製五・六五ミリ狙撃用ライフルを取り出し、一人低姿勢で前進して行った。

オレが仕留めてやる——。陣内の体が全身を駆けめぐるアドレナリンに突き動かされていた。

「7、待て！」

堤の声が葉山隊長からの隊内系メガの大声でかき消された。

「イチから各小班、よく聞いてくれ。命令が変更され、射殺命令が解除された。繰り返す、射殺命令は変更された。相手が発砲するまで待て」

葉山はその言葉を絞り出すように言った。葉山は情けない気持ちで一杯だった。これでは作戦全体が狂ってしまう。誰がそんなバカな命令を下したのだ――。

堤もその言葉にとまどった。そんな馬鹿な……。全隊員に新しい指示を徹底させたうえで、別のオペレーションを急ぎ組み立てなければならない。しかも、こんな修羅場で……。

「2、了解。射殺命令の解除を確認」

その直後だった。ペレスコープで前方を捜索していた陣内の甲高い声がイヤホンに入った。

「7から2、前方、右方向に、不審者の姿を確認！」

「2から7、さらに情報を送れ！」

「7から2、迷彩服姿の男です。マルケーに間違いなし！ 照準許可をください！」

「1から7、どうして一人で動いた！ 戻れ！」

「マルケーです！ 今、スコープに捉えています」

「ダメだ！ 射殺命令は解除されたんだ」

「7から1、不審者が肩に何か長い筒のような物を抱えています！ 先は丸くなった……」

「何だそれは!? 何が見える？」

「こっちに向けて……」

ドドーン！　その轟音は、現地警備本部、福井県警察本部、警視庁総合指揮所、警察庁総合対策本部のモニターに同時に聞こえた。ＲＰＧ７対戦車ロケット砲から発射された榴弾ロケットは自ら黄色の火炎を噴射。一本の噴射煙を引きずりながら、秒速五百メートルの弾速で、一人だけ前進していた陣内の足元に最短コースの弾道でたどり着いた。陣内の右足付近に着弾したロケット弾はＶ字形の指向性爆薬を瞬間的に爆発させた。そして強烈な高温高圧の炎を噴き出し、右足の大腿部を集中的に焼き切った。同時に弾薬を包んでいた破片が一斉に飛び散った。無数の鉄の破片は猛烈なスピードで陣内の全身に突き刺さった。

陣内は、足の爪先から頭まで鋭い痛みが押し寄せたのを、一瞬だけ感じる時間があった。かすかな視力が戻った時には、今、いったい自分がどこにいるのかわからなかった。そして想像を絶する恐怖が押し寄せた。

後方二十メートルにいた堤は、強力な爆風で自分も体をはね飛ばされながら、まるで人形のように三十メートルの高さに吹き飛ばされる肉体を目撃した。

目の前に何かがバラバラと落ちてきた。全身に走る痛みで顔を歪めながらも、堤は這いつくばってそれを拾い集めた。本能的な行動だった。赤い小さな塊を手のひらに乗せて堤は呆然とした。それが陣内のちぎれた指だと分かったのは、かなり時間がたってからだった。

堤は、音が消え去った世界で、夢中で顔を左右に向けた。すぐ左隣では、宮本がうめき声を上げながら体を起こそうとしていた。防弾ヘルメットのスクリーンが赤く染まっているのが見えた。口の中が切れて血がスクリーンに飛び散っていたのだ。足首をみるとみるみるうちに腫れ上がっていた。そのすぐ横では、太股に三センチ四方の灰色の破片が斜めに突き刺さった隊員が、トークボタンを押していないことにも気づかずに、無線に向かって口をパクパクいわせていた。

堤は防弾スクリーンを上げてもう一度周囲を見渡した。ある一点で目が止まった。何かが木の枝にぶら下がっている。腹の激痛をこらえ、両手で這って近づいていった。

「誰かいないか！　歩いて来れるヤツはいないか！」

堤がわめき散らした。だが、堤を見つめる視線はなかった。堤は歯を食いしばって木に登り始めた。地上五メートルほどの太い枝の上、そこにあったのは、両手と両足を垂らした陣内の身体だった。地面に下ろそうと手をかけた時、堤は木から転がり落ちた。うめき声を上げて陣内を見あげた時、堤は息が止まった。枝の奥に隠れていると思っていた右足の膝から先が見えない。堤が覗き込むと、メッシュ入りの防弾服がズタズタに破れ、白い大腿骨がボロボロになった赤い肉のかたまりの中から露出していた。

制圧第一班の三輪は、自分の背中に今まで感じたことがない激痛が走っているのは分かっていたが、肩甲骨が骨折しているとは知らなかった。堤が立ち尽くしている場所に移動しようと立ち上がった時、背中の激痛にバランスを崩して倒れ込んだ。何だ、これは？　三輪は雑草の間に転がっている太い枝をつかんだ。うわああっ。大声を上げて太い枝を放り投げた。大腿部から引きちぎられて赤い肉のかたまりが覗いている人間の右足が、草むらの中に転がっていった。三輪は猛烈な吐き気に襲われ、防弾ヘルメットの中に三時間前に食べた昼食の流動物を吐き出した。

地面に横たわる変わり果てた部下の姿に、堤は言葉もなく、体を震わせた。今朝まで生まれたばかりの子供の話をしていたあの陣内の体は、赤い液体を吹き出す、ただのポンプだった。防弾ヘルメットは無傷だったが、全身には大小数十個もの鉄の破片が生け花の剣山のように突き刺さっていた。首を見ると、防弾ゴムを突き通している一番大きな破片の隅から、真っ赤な血が規則正しくドクドクと吹き出していた。堤はあわててその流れを止めようと手を添えた。無駄だと分かっていながら両手で傷口を押さえた。だが押さえても押さえても血流が止まらない！

「止まってくれよ！　止まってくれ！」

どうしようもなかった。苛立たしかった。いくら押さえても両手の指の隙間から血がどんどんあふれてくる。指が血の海に埋もれて見えなくなった。気が狂いそうになるほどの無力感で涙が止まらなかった。

血にまみれた陣内の口許から、ゴボッ、ゴボッという音が聞こえた。

「陣内、大丈夫だ！　なんともないぞ！」

無駄な励ましを続ける自分が恨めしかった。陣内は一度、眉間に皺を寄せたかと思うと、振り絞るように声を出した。

「班長……ポケット……写真……」

陣内の指のちぎれた手が胸のポケットの上をはいずり回っている。

堤は急いで胸のポケットに刺さった破片を抜くと、マジックテープをはがし、血の海の中で真っ赤に染まった二枚の名刺を取り出した。血液型が書き込まれた名刺の裏に、陣内と妻子がにこやかに写っているプリクラ写真が貼り付けてあるのを見つけた。

「これか陣内！　これを見たいんだな！」

陣内は薄目を開けているだけだった。堤は急いで防弾ヘルメットを外そうとした。だが、少しずらしただけでも血がしぶきを上げた。堤はプリクラ写真を陣内の防弾スクリーンの目の位置に指で押さえつけた。

「お前の子供も帰ってくるのを待っているぞ！」

堤は人間に許される最大のウソをついた。

霞んでいく陣内の網膜に、ミッキーマウスの縁取りの中で、目を丸くした生後二ヵ月の子供に頰をつけている自分の姿が焼きついた。二リットルを超える血液が流れ尽くして意識が遠のいていく間に、子供を抱いた時の感触を思い出すことができた。もう一度子供に会いたい。女房の玲子とせめて最後に電話で話したい。こんなに苦しんでいることを伝えたい

――。突然、爆発的な恐怖が陣内を襲った。

「は、班長、オレ、死ねないんです……。ぜっ、絶対に……」

一筋の涙がヘルメットの中に見えた。毛細血管があちこちで破れた眼球はペンチでえぐり出されたように突出し、両手が堤の手を握ろうとしてもがいた。救急処置を始めていた宮本が叫び声を上げた。陣内の手には指がほとんどなかった。ロケット砲が真正面から向かってきたので、反射的に手で防ごうとして吹き飛ばされたのだ。堤は肉のかたまりに成り果てたこぶしをしっかりつかんだ。

「大したことはない！」

だが、陣内は、その言葉で最後の力を振り絞ってしまった。口の中から大量の血液を吹き出すと、虚血性発作を起こした心臓が胸骨を持ち上げ、胸が大きくバウンドした。そしてすぐに呼吸音が消えた。

カッと見開いた二つの眼球からは、まだ涙が流れ続けていた。傍らで同僚の最期を看取った宮本は腰が抜けて立てなかった。苛酷な条件下で厳しい訓練を積み重ね、どんな状況下においても強靭な精神力を維持できるように鍛え上げられたＳＡＴ隊員でも、目の前で繰り広げられた凄惨な光景には声が出なかった。宮本は喉のどこからか空気が洩れているような錯覚がした。

「至急！　至急！　ニからイチ！」

「至急！　至急！　隊長だ、どうした！」

「マルケーからロケット砲と思われる攻撃を受けた。偵察イチの7が死亡した！　さらに負傷者多数。詳細は確認中！」

「隊長、了解……」

霞が関　警視庁

同じ無線をモニターしていた現地警備本部、福井県警察本部、警視庁総合指揮所、警察庁総合対策本部も、一斉にパニック状態に陥った。警視庁総合指揮所では、陣内の断末魔の声がイヤホンから聞こえてきた時、モニター担当の女性職員の間から悲鳴が響きわたった。警備第一課警備実施係が、現地警備本部とのリモコン担当である若いキャリアに怒鳴った。

「テレヘリを現場上空にすぐに派遣させろ！」

警備部長が立ち上がった。

「危ない、ダメだ。下から撃たれたらどうするんだ！　近づかせるな」

霞が関　警察庁総合対策本部

公舎につくなり電話を受けた宇佐美長官は、放心状態で身動きもできなかった。射殺命令を解除したことが最悪の結果をもたらしたのは、誰の目にも明らかだった。

リビングのテレビでは、民放の特別番組のアナウンサーがディレクターと怒鳴りあっている光景が映し出されていた。

「中継だ！　早く絵を出せ！　エー、それでは現場からの中継に切り換えます」

敦賀半島

山並みを背にしてマイクを持つ男性アナウンサーは、唾を飛ばしながら興奮していた。

「こちらは敦賀半島西側の佐田交差点付近です。つい二分ほど前のことです。大きな爆発音が山の中から聞こえて来ました！　何があったんでしょうか。私たちの近くで警戒に当たっている機動隊員たちがあわてて走り回っています」

カメラが右方向にパンして、警備車から完全武装の機動隊員たちが大勢吐き出されてくるシーンを映しはじめた。

「警察からの発表がありませんので、何が起こったのかはまだ分かりません。北朝鮮兵士と思われる集団との間で銃撃戦があったのでしょうか。あっ、今、国道からは救急車が見えました」

大きなサイレンと赤色回転灯に続いて、敦賀市消防組合本部の三台の救急車が猛スピードで走る光景を、カメラがズームアップした。

前線中継所に利用していたバスのモニタールームエリアで画面を凝視していたディレクタ

ーが、水晶浜付近に潜入することに成功していた記者とテレビ撮影クルーの携帯電話を鳴らした。報道協定違反を犯していることは知っていたが、当然、気にすることはなかった。

「聞いたな？　あの爆発音だ。戦闘に間違いない。すぐに、その場所へ向かえ」

「ムチャですよ！　日も暮れるし、こっちは武装していないんですよ！」

記者は怒鳴った。上空を狂ったように飛び回る警察のヘリコプターのローター音で電波状況が悪かった。

「バカか、オマエは！　そんなことはわかっとる。チャンスを逃すな！　スクープだぞ」

現地警備本部のメガを睨み、ＳＡＴ部隊との交信に没頭していた岡田の視線の片隅に、カメラを抱えたマスコミふうの男たちが山を登っていく姿が見えた。メガを投げ捨て、指揮通信車の窓から首を出した。

「なんだ、アレは？　テレビ局か？　何のつもりだ。殺されたいのか」

岡田は警備課の部下を呼んで排除するように早口で命令した。

パトカーと同じ黒白のツートンカラーに塗られたヘリコプター「おおとり一号」が、登山を始めたテレビクルーたちの七十メートル上空でホバリングした。ヘリの機首に設置されたスピーカーから警告を発する太い声があたりに響いた。

「直ちに指定区域外に戻れ。繰り返す、直ちに指定区域外に戻れ」

撮影クルーは動きを止めた。携帯電話を握る記者は中継車に陣取るディレクターと激しくやり合っている。クルーたちはどうしていいか分からず立ち尽くした。

「もう一回警告を出しても退かなかったら、威嚇射撃してでも全員逮捕しろ」

岡田はメガを握りながらヘリの指揮官に命じた。

「最後通告だ！　指定区域外に戻れ。従わなければ、警察官職務執行法に基づき、軽犯罪法違反で検挙する！　止まらなければ発砲する」

撮影クルーは記者を放ったらかしにして全速力で県道へと逃亡した。

霞が関　警察庁総合対策本部

口に手を当てたまま身じろぎもしない。宇佐美に近づく勇気のある者は誰もいなかった。公舎から戻ったばかりの宇佐美が最初に口を開いたのは、小さな声で湯村を呼ぶことだった。

「すべての部隊を前線から撤収させろ。第一次阻止線まで引かせろ」

総理の指示を忠実に守った自分を宇佐美は呪った。秘書室長に命じて、総理秘書官の卓上電話の番号を押させた。秘書官が自分の名前を告げると、気弱な声で言った。

「寺崎君。総理との時間を大至急作ってくれ。重大な報告をしなければならない」

敦賀半島山中

生き残ったのか？

堤はその意味を実感していた。

アイツら本当に対戦車ロケット砲を持っていやがった。だが、心の隅では、ついさっきまでは逮捕された潜水艦の乗組員の供述はコケ脅しじゃないかとオレは楽観視していた。しかし、RPG7は使われた。しかもその威力は想像以上だった。一昨日のブリーフィングで、警察庁からやってきた外事課のスタッフは、そもそも戦車の厚い鉄板を貫通させるだけの武器なので、射程に入らない限りは被害は広範囲に及ばないと言っていたが、大ウソだった。

被害状況を確認すると、さらに六名が重傷を負い、苦悶して地面を転がっている。制圧第一班はほぼ全滅だった。堤はメガを取り出し、腹這いになりながらSAT隊長と無線で交信し始めた。だが葉山も作戦をどう組み立てていいか判断がつかなかった。対戦車ロケット砲を目の前にして、まともに戦えるはずはない。SAT指揮官はそう確信していた。

前方の草むらは静かなままだった。移動する足音も聞こえない。だが堤は、部下たちに一歩も動かぬように指示した。いつ二発目のロケット砲が飛んでくるか分からない。もし今二発目を食らったら、即死は確実だった。恐怖と緊張で全身に汗が吹き出し、ヘルメットの防弾スクリーンは熱気で曇った。

堤は主力捜索部隊の到着を待った。しかし、後続しているはずの警視庁機動隊の姿がなかなか見えなかった。

興奮と恐怖が冷めない三輪は、隣で頭を地面にこすりつけるようにしている三年後輩の宮本の側に倒れ込んだ。

「いいか！　これは戦争だ。ホンモノなんだ」

宮本は言葉が出なかった。

永田町　首相官邸　午後七時二十分

テーブルの右奥に座っていた防衛局長の沢渡は、さっきからボールペンの先で防衛実務六法の黒い表紙をイライラしながら叩いていた。自分が呼ばれたことを腹立たしく思っていたのだ。警察は自衛隊の出動を進言する気かもしれないが、そんなことは絶対に無理だ。早々にこんなところを立ち去ろうとしていたのに警察庁が遅れている。何をやっているんだ。

沢渡を苛立たせていたのは、それだけではなかった。千葉内閣安全保障・危機管理室長を自分の横に座らせるという信じがたい扱いをされたことだった。官僚組織の頂点に立ち、機微の計らいに慣れているはずの淵野官房副長官がこんなミスを犯すとは信じがたかった。

しかし淵野の顔を見ると一瞬で納得した。暑くもないのにハンカチで汗を拭き、目をギョロギョロさせている。こんなに落ちつかず余裕のない淵野を一度も見たことがなかった。情けなさすぎる。沢渡は侮蔑の眼差しを官僚ポストの最高峰に送った。

同期入庁組の二人の防衛官僚は次期防衛事務次官のポストを争い、それぞれ自民党の国防族の間を歩き回り、ロビー活動に余念がなかった。下馬評では沢渡が一歩リードしていた。元防衛庁長官経験者である自民党三役の一人をガッチリ押さえていたからだ。

だが、人事は水物という教えは霞が関でも例外ではない。最近になって沢渡が危機感を募らせているのは、千葉が一ヵ月に一度、総理報告という定期的なブリーフィングの時間を持つようになったことだ。総理の覚えがめでたくなることで、事務次官レースで大逆転されることを恐れていたのだ。総理が防衛庁の人事に直接影響を及ぼすことはないが、政界全体を巻き込む保保連合の動きの中で、頼りの自民党幹部が自由党との連合を企図する官邸の動きと連動し始めたことも気になる。本当に腹が立つことばかりだ。だが、この事件のお陰で人事は予想外の展開となるだろう。まさに人事は〝水物〟なのだ。

一方の千葉は、すでに自分の役目は終えたと思い、椅子に深々と座って他人事のような顔をしていた。この会議の直前にひと足早く淵野の部屋に行って、安全保障会議の幹事会か議員懇談会を開くことを進言していた。だが、「国家的な危機とはいえない。マスコミを大騒ぎさせるだけ。まだ早い」と一蹴されていたからだ。

風呂敷の結び目を解いて書類の山を整理しながら、股川内閣法制局長官は、すでに自分が言うべきセリフを復唱していた。淵野に出席を求められる前から、自衛隊の出動について意見を求められることは分かっていた。股川は国会で説明した歴代の政府答弁集のコピーをそれぞれ十部ずつ準備させていた。すべて自衛隊出動を否定するための〝武器〟だった。

内閣情報官の瀬川は、悠然とフロンティアのメンソールを吹かしていたが、つい二時間前に情報本部電波部長からかかってきた電話の内容が気になってしかたがなかった。だが、この場で言えるようなレベルの話ではなかった。瀬川は沢渡の顔をチラッと見た。コイツにもあの情報は入っているんだろうか。瀬川はタバコの煙を天井に吹き上げた。

宇佐美が秘書官に先導されて執務室のドアから姿を見せた。官房長官の篠塚は頭を後ろになでつけながら椅子に座りなおした。宇佐美が席についたのを見ると同時に、周囲の官僚たちを見渡した。

「では始めるぞ。それぞれ、すでに顔をどこかで合わせていると思うので、紹介は抜きだ」

篠塚はこれまで国会対策など、いわば裏政治で腕力を発揮してきたが、内閣の要に就いてからはまったく別の権力志向を持つようになった。夜は相変わらず野党の幹部と密会を重ねていたが、そのかたわら、自衛隊幹部や警察幹部との会食のために積極的にスケジュールをあけることを忘れていなかった。その大きな理由の一つはアメリカとの関係だった。官房長官として日本を代表してアメリカ政府高官と頻繁に付き合うようになり、その重要性を知ったのだ。日本は何といってもアメリカとの関係を抜きにしては語れない。アメリカ人脈を増やすことが党や政界での地位の向上に直結するのが分かったのだ。そしてアメリカとの最大の関係は安全保障である。だから自然に安全保障や治安問題に精通するようになっていた。むろんそれは、自らの権力欲から湧き出るエネルギーに支えられていた。

篠塚の仕切りに、三人隔てたテーブルの前で沢渡が右眉を吊り上げた。篠塚はまず宇佐美を見つめた。

「すでにメモやペーパーでもらっているので、今回の悲しむべきニュースの概要は省略する。まず亡くなったSAT隊員の補償だ。しっかりやってくれ。内閣としても報賞費から弔慰金を出すように総理府会計課に図らせている。国のために死んだ者を少しでもおろそかに扱ってはならん。総理、奥さんがいるなら、官邸に呼んで、総理が直接励ましてあげてはいかがでしょうか」

「もちろんだ」

諸橋首相は重苦しい返事をした。

「亡くなった隊員には子供はいるのか?」

篠塚が訊いた。宇佐美はメモを見ながら静かに言った。

「生まれたばかりの二ヵ月の子供が一人います」

「なんてこった……」

篠塚は大袈裟に大きな溜め息をついた。

「事態はもうハッキリしている。ここに集まった全員が同じ認識の上に立っていると思う。北朝鮮兵士が、潜水艦を使って集団で、しかも不法にわが国に侵入し、重火器を使用して複数の日本国民を死傷させたということだ。これはもう立派な、わが国に対する軍事侵攻に他ならない」

篠塚はひと呼吸おいて、全員の反応を見つめた。だが、誰も口を開こうとはしない。

「しかもだ、憂慮すべき事態がある。今から言う話は絶対に、この部屋の中だけにしろ。マスコミに洩らすな。あの潜水艦の中からビデオが見つかっていたそうだ。中身には美浜原発に突入を図るためと思われる映像が含まれていた。いまわれわれが決断すべきは、どのようにしてこの最悪の事態に対処すべきかということだ」

すぐに反応したのは防衛庁長官の山ノ内だった。

「官房長官がおっしゃる通り、原子力発電所に向かってロケット砲を撃ち込まれたら、内閣だって吹っ飛ぶ。もう結論は決まっているんじゃないか。自衛隊だ、自衛隊。今の自衛隊の最新鋭の装備をもってすれば、北朝鮮の特殊部隊か何かは知らんが、簡単に討伐できるはずだ」

山ノ内は、防衛庁長官に就任してから、自衛隊の優れた戦闘能力と世界最高レベルの装備を知って、毎日驚きの連続だった。二十七万名の部隊と何兆円も投入された装備を指揮できる立場にいることを実感した山ノ内は、自分の力がみなぎるような錯覚に陥った。それは得体の知れない、初めて経験する心地よさともいえた。すっかり自衛隊のファンになった山ノ内の思考は、自衛隊が中国の人民解放軍と戦っても、圧倒的な航空能力を発揮すれば短期間で勝利を収めることができると信じ切るところまで到達していた。

ついニヵ月ほど前の省議で、山ノ内は、防衛庁幹部から、中国がいま量産態勢に入りつつあるスホーイ27戦闘機が大量に実戦配備されたら日本にとって重大な脅威となりうるというブリーフィングを受けた。すると航空自衛隊幹部を呼び寄せて、「スホーイ27の量産工場を叩くシミュレーションはどうなっているんだ。これは日本にとって立派な専守防衛にあたる」と言って、制服姿の指揮官たちを驚かせた。

宇佐美は、このタイミングを待っていた。

「残念ながら、警察庁としても、もはや対処できない事態だと判断しております。ロケット砲を持ったプロの戦闘集団に対して、対ゲリラ戦を行える能力は警察にはありません。直ちに自衛隊の治安出動を進言申し上げます。ただ、それまでの間は警察力を総合して阻止線の維持を続けます。北朝鮮兵士を敦賀半島から逃すことはありません」

宇佐美はそう言いながらも、実際に自衛隊の出動が認められるまで、いったい何日、いや何時間、SAT部隊が持ちこたえられるだろうかと思った。

「当然だな」

篠塚が、その言葉の重みを計算するかのように言った。

テーブルの反対側に座る土橋防衛事務次官は、口を固く結び、ひたすら沈黙していた。このセンシティブなタイミングに、どちらにしても自ら進んで口を開くことは利口ではないと考えていた。防衛施設庁長官という、いわば脇役のポストから事務次官に上り詰めてきた土橋の、その研ぎ澄まされた政治センスは、防衛官僚の中でも群を抜いていた。

沈黙が流れた。凍りついた時間を引き戻したのは、自衛隊最高指揮官の諸橋太郎だった。

「だがね、シノさん。北朝鮮が何万人も攻めてくれば、自衛隊はどうなっているんだという声は上がるだろうが、たかが山狩りという状態ではコンセンサスが得られるかどうかわからない。自衛隊の出動はそう簡単なもんじゃない。戦後初めての重大決断になることは諸君もご存じの通りだ」

諸橋にとっては、決断した結果次第では政権そのものが吹っ飛びかねず、それはすなわち総理のクビを意味していることを知っていた。総理大臣は政治家の最終ゴールなのだが、その政権維持期間の長さや引き際は第二の政治生命を左右する。

だが、隣で口をゆがめる篠塚は、諸橋とはあきらかに立場が違っていた。総理を直接支える同じ内閣の一員といっても、この機会を自分なりに積極的に利用することを考えていた。自分にとって、最終ゴールはまだ遠いのだ。

宇佐美は体を動かして真正面から諸橋に向いた。

「そうはおっしゃいますが、この事態は、もはや戦争であります。しかも原子力発電所への脅威が現実的なものになっています」

「原子力発電所は十分な警備体制を敷いているのだろ？　それさえ警察は自信がないというのか」

宇佐美は、総理の言葉に言いたいことを飲み込んだ。どちらにしても警察は両手を上げたのだ。発言力は無いに等しい。

「国会のほうは自由党を巻き込めばいい。民主党や社民党だって、人ひとりが殺された事態にアレコレ言うはずがない。マスコミも、北朝鮮兵士を許さじといった論調に見える。環境は十分にそろっているように見える」

今晩でもさっそく自由党の幹事長を呼んでプランを練ってやろう。早くも篠塚の頭は政界再編成を睨んだオプションでいっぱいになっていた。

「当の自衛隊はどうだ？　出動できるな」

諸橋は防衛庁の代表者たちに血走った目を流した。土橋は参観日で急に教師から指された生徒のように、体をビクッとふるわせた。「防衛庁執務資料」と表紙に印刷された分厚い虎の巻と、防衛庁運用局のスタッフに無理やり書かせた十枚つづり想定問答集をめくり、予想通りの質問に答えた。

「自衛隊法の第八十九条によって規定されておりますが、すべては警察官職務執行法の規定に基づく範囲内で行える、ということです。たとえば、犯罪の予防・制止、立ち入りおよび武器の使用です。また住民の保護、避難誘導もできることになります。今回の場合でしたら、この犯罪の制止、武器使用ということになります」

「では、戦闘行為ではないんだな」

「はい、本格的な交戦にあたる防衛出動にはあたりません。具体的な自衛隊の対処指針は、先日もご案内通り、警察との間で新しく結ばれた協定によって示されております。武器の使用は、警察官職務執行法に基づき、警察比例の原則というものがありまして、正当防衛、緊急避難また凶悪犯罪の犯人の逮捕などの場合、まったく警察官と同じ状況でのみ使用が許されております。相手が拳銃しか持っていないとすれば、拳銃による武装までは可能です」

　これが国会答弁だったら霞が関の評論家たちから高い評価を受けただろう。土橋は満足した。

　だが、論議は土橋が意図した方向とは逆に向かった。篠塚が訊いた。

「ということはだな、自衛隊がバンバン撃ち合うようなハデな活動をしなくていいんだな？　それだったら、党内も連立与党内も調整できるかもしれん」

「いえ、バンバン撃ち合うというよりは……」

　土橋は引きつった顔を上げた。どうも話が嚙み合っていない。

「何が言いたい？」

　とまどう土橋を諸橋は苦々しく見つめた。土橋は一瞬、言葉に詰まった。手元に持つ執務資料は国会対策の虎の巻だが、治安出動に関する箇所はわずかに一ヵ所しかない。〈警察の保有している武器で対処不可能な武器を持つ相手に関しては、量的側面と質的側面による対処不可能な場合が予想される〉というように、治安出動の事態が発生する可能性があることを指摘した政府答弁しかなかった。また、あまりに素朴な質問で、想定問答集の中にもリストアップされていなかった。

「つまり……。今回のように対戦車ロケット砲を持っているのなら、それに対応する武器は持つことになります。また相手はとにかく戦闘集団なので、自衛隊はそういった相手に対する訓練を日頃から行っており、対処方法を知っているということです」

様子がおかしいと気がついた時はすでに遅かった。諸橋はタバコの灰を落とすのも忘れて深く三度も頷いた。

「では、治安出動は、自衛隊の出動という戦後初めてのハードルを越えるにしても、そのバーはそれほど高くないんだな」

総理に笑顔が広がった。篠塚も頷いている。

「それでいい、十分だ。やることは警察と変わりないんだから、自衛隊の初めての出動でも反発もそう多くないだろう。オレが連立与党を説得してやる。自由党は後回しだ」

篠塚はウソをついた。自由党の根回しが済んでから愚かな連立与党を引きずり回してやるというスキームをすでに頭の中で立てていた。

土橋の額を脂汗がゆっくり流れていく。まずい。話が逆だ。

「総理、官房長官、ちょっとお待ちください。治安出動と申しましても、そう簡単にはいかないことはすでにご案内かと存じますが」

「有事法制だろ？　それくらいは知っている。しかし、君も言ったように、治安活動は法律で決まっていることだ。しかも、新しい協定では、武装工作員への対処が盛り込まれた。何の障害もない」

スケジュール帳を出して自由党工作プランを考え出していた篠塚は、怪訝《けげん》な視線を土橋に突きつけた。

「有事における日米協力ガイドラインや有事法制研究で、すでにご案内のことですが、治安出動というのは、実際の作戦行動を考えると、膨大な問題がまだ解決されておりません。たとえば、部隊が展開するのに必要な公共施設を収用したり借り受けたりする権限が依然としてないのです。派遣される自衛隊が独自に県や市、もしくは地主の一人一人に足を運んでお願いしなければならないことになります。ひとつの連隊が動くにしても、人員、装備、食料などを輸送するためのヘリポート、車両の駐車場など、相当広範囲な土地が必要ですが、もし市や町によっては反対するところがありましたら、まったく使用できなくなり、部隊展開さえ不可能になります」

篠塚がさえぎった。

「そんなことはこれまで緊急事態対処想定の会議で内閣安全保障・危機管理室からも何度も聞かされているので知っとる。訂正すべき法案や政令はすでに一つのパッケージとなっているはずだ。あとは手順だけの問題だ」

土橋はミネラルウォーターで一息入れて、緊張を落ちつかせた。

「残念ながら、そうは簡単にゆきません。自衛隊の負傷者の収容にしてもそうです。市や町の病院の協力を取りつけるのもさることながら、絶対的にベッド数が足りなくなるという事態さえ考えておかなければなりません。現地から入ってきた陸上幕僚監部からの報告によりますと、敦賀市内や美浜町内の病院で、ベッド数に余裕がある病院はほとんどないそうです。しかし野戦病院を仮に造るにしても、建築基準法や病院法、医師法など、複数の法律をクリアする必要が出てきます」

土橋のたどたどしい独壇場にしびれを切らした内閣法制局長官の股川が口を挟んだ。

「私も次官と同じ意見です。法制局からの連絡会議等で、すでにご案内かと存じますが、治安出動においては、自衛隊が駐屯地の門をくぐり抜けた後、そこからは一歩も先に進むことが出来ないと思われます。例えば弾薬一つ乗せた車が走るにしても、県知事への要請やその具体的な現場での手続きなどについて実際に運用するために下部法、つまり政令がありません。はっきり申し上げて、自衛隊法は絵に描いたモチです。その現実をお分かり下さい」

諸橋の顔色がまた、さっきまでの暗い表情に変わった。

「では防衛出動ならどうなんだ。スンナリ出られるのか」

土橋は視線を沢渡に投げた。沢渡は驚いて手を振った。

「基本的な対処事態は、外部からの武力攻撃、もしくはその恐れのある場合に際して、わが国を防衛するため必要があると認める場合、ということです。主体は自衛隊であり、武器の制限もありません。防衛庁長官の権限により自由に部隊編成ができます。ただ、〝外部からの武力攻撃〟というのがハッキリしなければなりません。今回の場合は、まだ防衛庁としては潜水艦内部を見ていませんし、逮捕された者の供述について絶対的に情報が不足しておりますので、判断しかねます。どこの部隊かハッキリしない正体不明の集団に対して防衛出動はできないというのが防衛庁の見解であります」

会議テーブルを占めた男たちの間からは、何度も呻き声が出た。諸橋は眉間に皺を寄せたまま沢渡を睨んでいる。沢渡は話を続ける気力が消えそうになって、土橋を見た。土橋も睨んでいる。ここで言いたいことを言っておかないと、防衛庁は永遠に発言権をなくしてしまうぞ。

「もっと根本的な問題があります。自衛隊が出動したとしても、まさに今、法制局長官が申されましたように、また自衛隊法百三条でも明らかなように、公共施設の収用は防衛庁長官から都道府県知事への要請で可能なのですが、緊急事態対処想定でご案内通り、クリアしなければいけない問題がヤマほどあるのです。自衛隊が使用する場合は、すべて法令の定める手続きが必要であります。ゆえに一つ一つの所管官庁や地方自治体と交渉して、特例措置が必要になるのです。とくに今回の場所が海岸、河川、森林地区であることを考えますと、より問題は複雑です」

防衛事務次官コースを争う千葉は、沢渡の独演会を聞いて歯ぎしりする思いだった。もともと有事法制にはあまり興味が湧かなかった。内閣に来てから、いったい何が自分のメリットになるかを、この官僚たちが少しでも目立とうとする官邸という小さな世界でじっと考えてきた。そして、そのメリットは、総理や官房長官に近づき、政治力で防衛庁に返り咲きを狙うことにあると決めていた。ライバルはすぐ横に座る沢渡だった。

篠塚が千葉を指さしながらさえぎった。

「ちょっと待てよ。極東有事を想定した日米ガイドライン見直しの一環で進めていた緊急事態対処想定の研究では、すでに答えは出ていたはずだ。それがあればこんな無駄な議論をせずに済むんだ。前の総理から指示が下りたのは、もう数年も前のことじゃないか。すでに問題となる法律はリストアップされ、対策も検討されているはずだ。それをパックにして時限立法化すればいい話だろうが？　後は政治の話だ。こっちに任せておけばいい。今までオレが何を言っていたのか聞いてないのか、まったく」

千葉は急に自分に批判の矛先が向けられたことにとまどった。スケープゴートにされてはたまらない。反撃は時間が経ってからでは遅い。

「先生ご案内のように、緊急事態対処想定研究は、十一省庁を集めてやっておりまして、四つの作業部会も設置して検討を続けております。防衛庁では、昭和五十八年から独自に自衛隊の出動に関して何が阻害要因になるか法律をリストアップし、三つの分類に分けて、特例措置が必要な法律改正の検討を繰り返してきましたが、オーソライズされたものではありません。九四年の北朝鮮核開発疑惑でのクライシスでは、内閣安全保障室と当時の警備局長が中心となって、北朝鮮から日本本土への攻撃を想定した『パニック対策』と『避難民対策』のシミュレーションを行いました。この時は、すぐにでも運用できるオペレーションが作られ、特例が必要な法律を二百項目以上ピックアップしました。ですが、具体的にどう法改正し、政令を作り、現存の法律とどう整合性をつけるかなどの実務面は積み残したままです。それを叩き台にして、法改正の具体的内容まで突っ込んでさらに細かく検討し、ゆくゆくは閣議了解のような形でオーソライズしようというのが、今協議しております極東有事法制研究のシミュレーション会議です。今回の事態のような日本有事、つまり日本が攻撃された場合の自衛隊出動に関する法整備については、今、申し上げましたように、三種類の分野に分けて検討を行ってきました。一つは防衛庁のみの分野、一つは複数の省庁との間に発生する分野。これらはまた民有地での自衛隊車両の緊急通行などクリアにされていない問題が数多くあります。しかも、最後の懸案である三つ目の問題、すなわちどの省庁の管轄か判断のつかない分野、いわゆるグレーゾーンについてですが、これに至っては、ほとんどが結論がついておりません。各省庁から協力するというお墨付きをなかなかいただけないのです。ゆえに統一ペーパーができていない状況です」

篠塚の顔がゆがんだ。

「グレーゾーン？　まだそんなところでウロウロしているのか？」

「たとえば電波統制です。地下鉄サリン事件でも、出動した自衛隊は限られた無線系統しかないため、民間電波の洪水の中で活動が困難を極めました。自衛隊が作戦行動する場合は、大がかりな電波統制が必要なのです。しかし郵政省が『有事における電波統制はこっちの権限ではない』と主張されるなど、混乱している部分があるのです。さらに住民保護やそれに併う強制措置など、極めて現実問題が山積みです」

千葉は持ってきたファイルケースから一枚の紙を取り出した。

「ここに書かれているのが、特例措置が必要になる具体例の抜粋です」

諸橋の手元のテーブルの上に一枚の紙が置かれた。篠塚も立ち上がって、眼鏡を外して覗き込んだ。

〈①道路や橋が壊れていて自衛隊が通行できない時、現行法では自衛隊が勝手に修繕することはできない／道路交通法第二十四条・四十三条・四十六条　②自衛隊の陣地の構築のため速やかに土地を使用する場合／海岸法第八条・第十条、河川法第二十四条（土地の占有の許可）・二十六条（土石採取の許可）・第二十六条（工作物の新築などの許可。たとえば川の近くに前線指揮所を作る場合）・第二十七条（土地の掘削の許可。つまり現行法では穴ひとつ掘れない）など　③森林法第三十四条（保安林における制限）④自衛隊が公園地域を使用する時／自然公園法第十七条（特別地域）・第十八条（特別保護区）・第十八条の二（海中公園地区）など　⑤自衛隊が指揮所などを作る時／建築基準法第二十二条（屋根に関する法律）・第三十五条（特殊建築物等の避難及び消火に関する技術的基準）〉

「いざ外国部隊が攻めてきても、わが国にはこれだけの法律をクリアしなければならないというハードルがあるのです。本格的な戦争が始まっても、法令に基づいて一つ一つ手続きをしていかなければならないのです。これはあくまでも概略でして、実際はこの五倍はあります」

「しかし、二年前、対ゲリラ戦用の特殊部隊の設立を秘かに予算化したはずではないか？」

篠塚が相変わらずの渋面で訊いた。とまどう千葉を尻目に沢渡が口を開いた。

「全然。まだ訓練段階です。しかもご承知の通り、防衛庁や自衛隊も一切、治安出動については、訓練を行って来ていません。六〇年安保闘争時に治安出動が検討されたことで、内部では治安出動の教本を確かに作りましたが、その後すべて焼却処分にいたしまして、ないのです。これら法的問題は、実質的にはほとんどが防衛出動と同じかと存じますが、治安出動は内乱を想定した検討はしておりますが、今回のような局地的なゲリラ対策は、本格的な検討をしたことがありませんでした。先生、ご指摘の部隊も、現在、訓練の第一歩でありまして、しかも一個中隊レベルでありますし……」

「防衛庁は自衛隊を出動させたくないのか？」

篠塚がテーブルに拳を叩き付けた。

「いえ、あくまでも現実の法整備問題を申し上げたまでであります」

沢渡は、平気でウソが言えるようになったことを自分でも驚いた。官邸に来る前に、必ず議題に上がるであろうと確信していた自衛隊の出動問題について、土橋を入れた最高幹部会議を開催し意思統一を図った。その結果、沢渡の意見が代表するように、十人を超える警察官や住民に犠牲者が出るか、ロケット砲で原子力発電所が攻撃されて警察が対応できなくなるといった事態が起こらない限り、治安出動しても国民のコンセンサスは得られないし、その大きなハードルは越えられないということで意見が一致した。しかも、出動しても中途半端な行動しかできないため、制服組の反発が必至だった。

「もし総理がやれと言われれば、出動するのが軍隊だ。それは分かっているな。治安出動ならどれくらいの期間で出動可能になるんだ？」

「おおよその見当ですが」

沢渡は椅子を回し、会議用テーブルの後ろの椅子に待機していた運用企画課長のほうを向いて小声で相談した。

「国会の政府答弁じゃあるまいし、早く答えろ！」

「申し訳ございません。おおよその見当ですが、特例措置の発動に向けての各省庁との協議に早くても二週間。部隊の訓練にも二週間はいただきたいので、やはり一ヵ月はかかると思いますが……」

その言葉が終わるか終わらないかという時だった。篠塚が持っていたペーパーを沢渡に向かって投げつけた。

「バカもの！　一ヵ月？　キミは、今、どういう事態か本当に分かっているのか！　死人が出ているんだぞ！」

「各省庁が集まって検討を行えば、残念ながらそれだけの時間はかかると。それも各省庁が徹夜同然で会議を開いての話です。結局、政治のお力に頼り、ご決断いただくことになろうかと存じます」

「政令や特例措置は、政治の仕事だ。だから緊急に特例措置案および改正案と、自衛隊のオペレーションを作って持ってこい。明日までに」

沢渡は呆然とした。ムチャだ。一日でできることじゃない。これでは自分が詰め腹を切らされることになりかねない。

「長官、三日はいただかないと。物理的に無理です」

股川内閣法制局長官も助け船を出した。

「防衛庁が言う通り、事務作業的にも三日は必要です。なにしろ初めての自衛隊出動ですので、慎重にやりませんと歴史に禍根を残すことになりかねません」

篠塚が声を張り上げた。

「ダメだ。絶対に明日の朝までに持ってこい。事務作業的に大変なことは分かっとる。いいか、皆、大変なんだ、敦賀でも誰もが必死に耐えている。官邸としても、国民に向けてのメッセージをできるだけ早く出さないといけない。連立や野党を納得させる政治的なタイミングが大事なんだ。モタモタしていると政権がもたん！」

篠塚が急に声を落とした。

「ところで確認しておくが、野党用にも資料を作ってくれるな？」

土橋は追い込まれた。もはや選択の余地はなかった。

「もちろんです」

諸橋は終始沈黙していた。官房長官は何か企んでいる。どこまで本気で自分の政権を支えようと思っているんだ、この男は。だが、それは明日になってゆっくり考えても遅くはない。今日は疲れすぎた。

若狭湾　敦賀半島沖三キロ　午後九時

メインローターとともに機首を下げた対潜ヘリコプターＳＨ—60Ｊは、すぐに前進速度を早め、第三護衛隊群第七護衛隊へリコプター搭載艦「しまゆき」から驚くほどのスピードで離脱していった。海面を這うように飛行を続けたＳＨ—60Ｊは、五分後には、敦賀半島沖東五キロの洋上で錨を下ろし仮泊させていた舞鶴地方隊群第二護衛隊ミサイル搭載艦「たかつき」に接近。いったん大きく旋回して、艦尾方向から再接近し、第一甲板上でホバリングを維持しながら、横滑りするようにゆっくりと艦尾デッキの真上へと近づいた。

「たかつき」の艦尾デッキでは、ミサイル近接防御兵器ＣＩＷＳ二〇ミリバルカン機関砲を背にして、艦長が航空ヘルメットを押さえながら、近づくヘリを見上げていた。

十メートル上空で静止したＳＨ－60Ｊでは、キャビンドアが横に開けられると、人間を牽引するホイストが付いたツリングロープが「たかつき」の艦尾甲板に投下された。ホイストを拾った航空整備員たちは、救命胴衣を装着した艦長の両脇に、輪っか状のホイストを被せると、運動不足のたるんだ腹に着けた固定用ハーネスにホイストの金具を無理してはめた。航空整備員は、キャビンから顔を覗かせているＳＨ－60Ｊのクルーに指を立てて合図した。

お客さんを乗せたＳＨ－60Ｊは、ふたたびフルスピードで西の海へ飛んだ。短い空の旅を終えると、パイロットの視線の先に、航跡を引きずる灰色のシルエットが見えてきた。近づくにつれ、八角形のサイコロのような巨大なタワーを持つイージス艦「みょうこう」が目に飛び込んできた。テレビ塔のような巨大なアンテナ群の近くには、海将補が乗った旗艦であることを示す、白地に赤い桜が入った旗がヘリ発着甲板の誘導灯に照らし出されていた。

パイロットはしばらく「みょうこう」の艦尾後方上でホバリングを維持した。甲板上では、航空整備員が両手に持った赤と緑の信号旗を、水平の位置と頭の上との間で上げ下げしている。そのまま甲板上に進入せよというサインだ。パイロットはゆっくりとサイクリックスティックを倒して、ＳＨ－60Ｊを甲板上に滑らせた。航空整備員の旗が、真上にそろって上がったまま止まった。SH－60Jは、九・三トンの機体を慎重に降下してから、ドスンとばかりにヘリ発着甲板に沈めた。

SH－60Jの機体に素早く駆け寄った航空整備員は、もう一機のSH－60Jが、艦尾後方五十メートルの上空でホバリングしているのを目にした。

史上初めての自衛艦隊と地方隊合同の「洋上における指揮官参集」は、わずか一時間で完了した。

永田町　首相官邸

執務室を出た五人の幹部官僚のうち、沢渡防衛局長と股川内閣法制局長官だけは、からみつく記者団を両手で押しのけて、無言で正面玄関に進んで公用車に姿を消すと、猛スピードで官邸を後にした。二人には時間がなかった。

最後に千葉の車が、当番機動隊一個中隊や麹町警察署警戒係の警察官で溢れ返った正門を出たちょうどその時、外務省から出向している秘書官は、左右に目を配りながら、自分のデスクの卓上電話をつかんだ。外務省と内線で繫がっている総合外交政策局長付の秘書の番号をプッシュした。

外務省からの公用車が官邸に滑り込んできたのは、それからわずか十分後のことだった。秘書官の通報で田島外務事務次官と南総合外交政策局長が取るものも取りあえず駆け込んできたのだ。普通なら秘書官室の狭い応接椅子で待機するところである。だが、二人はアポイントを取っていないことなど百も承知。執務室のドアの前に張りついて離れなかった。

諸橋が篠塚と協議を続けているのも構わず、秘書官は執務室に飛び込んでメモを渡した。諸橋は眉間に深い皺を寄せたまま、マスコミの前ではけっしてつけない老眼鏡を手にしてメモを覗き込んだ。〈外務事務次官ほか一名が、国家の重要問題に関して、緊急にご説明申し上げたい事項があるとのことで来ております〉。〝国家の重要問題〟とは秘書官がとっさに知恵を働かせて作ったコピーだった。

「さっそくのお越しか」

諸橋と篠塚が座るソファの真向かいに、勧められてもいないのに二人の外務省最高幹部はズボンの折り目を気にしながら腰を沈めた。

「さきほど治安出動とか防衛出動とかいう議論が出たと思いますが、外務省は反対です」

田島は挨拶もそこそこに言った。

篠塚が首を横に振った。

「もう警察は手を上げている。流れは自衛隊の出動だ」

「その理解を求める作業を、外務省にはぜひ、急ぎやってほしい」

諸橋も続けた。

南が突然、総理の前に体ごと乗り出した。

「とんでもありません。まず防衛出動ですが、これは国際慣例上、交戦状態を国家として決断したんだという、国家としての重大な意思表示と海外からはとらえられます。それほどの重みがあることをお忘れにならないでください。日本は北朝鮮と交戦状態に入るのですか。こっちにその気がなくても北朝鮮はそう理解するでしょう。また周辺国家がどう判断するか。治安出動についても同じです。しかも自衛隊が出動し北朝鮮兵士と戦うこと。それ自体が国家と国家の交戦状態を世界にアピールすることになるのです。日本海側で自衛隊の大部隊がもし展開するとしたら、韓国や中国をも刺激しかねません。外務省、政府としましては、韓国政府や、また中国政府にも事前の理解を求める必要があります。自衛隊が日本海側で大規模に動き回ることがどんな刺激を与えてしまうか。総理、ぜひ慎重にご判断ください」

有無を言わさぬ雰囲気だった。

「地域を限定した防衛出動なら可能じゃないのか。敦賀半島だけに網をかけて……」

篠塚の言葉が終わらないうちに、南はさらに目を丸くした。

「同じことです。何度も申しますが、自衛隊の出動とは、宣戦布告と同じ状態です。防衛庁が何と言ったのかは知りませんが、中途半端な状態は防衛庁とて好まないと思います。しかもたった十数人相手に出動とは、周辺国の疑念を呼ぶことは必至です。外務省としては、さきほどの防衛庁との協議をおうかがいしなければなりません。自衛隊は本当に出るのですか？」

「興奮するな。コトは治安出動の線だ」

篠塚が言った。

田島が大きく息を吸い込んだ。

「総理、そして官房長官には、どうしてもご理解を賜りたいことがあります。総合外交政策局長が今ご説明申し上げましたように、自衛隊が実質的に国軍である以上、第三国の兵士と交戦すれば、国際法上もこれは国家と国家の交戦であります。問題であるのは、その戦後始めての交戦について、アジア各国のコンセンサスがいかに重要かということです。各国との調整は、二、三日でできる話ではありません。警察力でもう少し持ちこたえて、甚大な被害が出た場合にもう一度、自衛隊の問題をお考えになっても遅くはないと存じます。繰り返すようですが、周辺国への説明は、〝事前〟が不可欠であることを強調させて頂きます」

「分かった。これから関係閣僚会議を開くので、もう一度、検討してみよう」

諸橋は小さくそう言った。疲れ過ぎている。諸橋は一人になりたかった。しかし、それでもまだ外務省は腰を上げようとはしなかった。

「総理、事態が猶予できないところまで発展していることは、外務省とても承知しております。しかしながら、とくに申し上げたいのは、現実を冷静にお考えくださいということです。一部の北朝鮮兵士がごく一部の地域に侵入しているにすぎないではありませんか。治安出動は大げさすぎます。この問題はあくまでも警察力の問題だと考えております」

気色ばむ田島の言葉を聞きながら、諸橋は、目の前に果てのない深みが待ち構えているのを感じた。

二人の外務省最高幹部は、言いたいことだけ言うと、すぐに首相官邸を後にした。南が外務省車両係のドライバーに自民党本部に向かうことを指示する横で、田島は車内電話を取って自民党幹事長室の直通番号を押した。根回しが多すぎて悪いことはない。

諸橋は体から力が抜けていく気分に襲われていた。自衛隊の最高指揮官なのに部隊ひとつ動かすことができない。これは世紀のブラックユーモアか？

「シノさん、何だよ、総理って。ここは何なんだ。オレは映画撮影のスタジオに座っているだけなのか」

社民党党首の西宮から電話がかかってきたのは、その直後のことだった。

「オバサンからだよ。こんな時に」

諸橋はブツブツ言いながら電話を取った。受話器からは聞き慣れた甲高い声が飛び込んできた。

「総理、政府のご苦労は大変なようで、お察し申し上げます。ところで、自衛隊の治安出動とか防衛出動とか、マスコミが騒ぎ出しています。官邸がまさかそれに煽動され、愚かなことをお考えになっていらっしゃるわけではないでしょうが、治安なり防衛なりの自衛隊の出動を内閣総理大臣が命令するという、そのハードルを踏み越える歴史的な重みは、お分かりかと思いましてね。あなたの先輩方は、安保闘争でも発動しなかったという勇気ある決断をされてきたはずでしょ？　万が一、治安出動にしろ、防衛出動にしろ、もしご決断されるようなことがあれば、野党は一致団結して内閣不信任案を提出致します。これはパフォーマンスではありませんよ。勝算があるからです」

諸橋は、その言葉に、いつにない凄味を感じた。彼女は、イデオロギー的な大義名分を口にしたが、しょせん、これは権力闘争なのだ。政権をとるか、敗れるか。もう一つの戦争が始まったことを諸橋は自覚した。

「差し入れでも持っていこうかしらと思っていたんだけど、たくさんの方がいらっしゃっているようで、逆にご迷惑をかけてもね」

「いえ、いつでも来てください。こっちは右も左も分からなくて、ぜひ西宮さんからご教示いただきたいですよ」

諸橋の口からは、〝藁にもすがりたい気持ち〟という言葉が出てきそうだったが、寸前で止まった。

「とにかく、不信任決議案は勝算がありますから」

最後の言葉を言ったまま挨拶もせずに電話を切った。諸橋はその言葉が気になった。そこまで繰り返す勝算とはいったい何なのか？　受話器を呆然と見つめる諸橋の顔に脂汗が光り出した。だが、諸橋が味わった苦悩は、これから起きることに比べれば、まだほんの序曲にすぎなかった。

市立敦賀病院　深夜

空調設備の換気ローターが回るブーンというくぐもった音が、地下一階の廊下中に響いていた。工業用潤滑油のすえたにおいが立ち込める中、ひんやりとした空気が堤の首筋を舐めた。真新しかったアーマシールド製の防弾服はあちこちにほころびが見えた。編み上げブーツは茶色に変色した泥にまみれていた。死体となった陣内を抱き上げた時に全身にベットリついた血液も、すでにドス黒い染みとなって防弾服をおおっていた。顔に迷彩化粧を施した炭が、まるで土砂崩れで何日かぶりに救出された被害者のように汗と涙でグチャグチャで、白目だけが異様に浮いて見えた。

堤は、待合椅子に腰掛けている若い女の肩を抱いたまま、もう何十分も沈黙していた。彼女は両手で顔を覆い、肩を揺らして号泣している。

堤の手には二枚の紙があった。一枚は、さっきまで行われていた司法解剖の解剖所見だった。医学用語が並べられた最後には、監察医として嘱託されていた福井医科大学教授のサインが無造作に記されていた。

所見の死因欄の一番上には、心不全、その下には、総頸動脈損傷の出血多量によるショックと書かれていた。頸部に開いた穴は直径五センチにもなっていたという。さらに、〈全身を突き刺したロケット砲の破片によって、肋骨が複雑骨折、心筋損傷、肝臓破裂など、あらゆる内臓からの大量出血が認められる〉とも説明されており、神経中枢の生命維持機能にどれだけダメージを与えたかは想像に難くなかった。右足は膝蓋骨から切断され、大腿骨も組織破壊のうえ、切断されていた。

とても玲子に見せられたものではなかった。堤が六時間ほど前に訃報を伝えた瞬間、彼女は半狂乱になった。電話を放り出して応答がなくなった。心配になった堤が東京の第六機動隊の婦人隊員に自宅まで様子を見にいかせると、洋服を着たまま浴槽で水びたしになっていた。婦人隊員に付き添われて、この市立敦賀病院に着いた時は、両脇から支えないと歩けない状態だった。目を泣き腫らし、つい一ヵ月前、自宅に招かれた、出産祝いの食事会の時に見せた可愛い笑顔は、もう何十年も前に見たかのような光景に思えた。

もう一枚の紙は、警視総監の印が押され、「二階級特進を発令する」と書かれた殉職者表彰書だった。いまさら二階級上がったところで何の意味があるのか。玲子が喜ぶはずもなかった。

「玲子ちゃん、子供のためにもな、君が頑張らないと。アイツだってそう願っているはずだよ」

「すみません。こんなに取り乱して、皆さんには、本当にご迷惑をおかけして」

「君にはな、大勢の味方がいるんだということを分かってほしい」

「あの人はいつも、覚悟はしておけ、とは言っていましたが、でも、どうして、どうして私の主人が、こんな目に……。訓練や出動で忙しくて、次の非番をどんなに楽しみにしていたか。それを思うと、彼がかわいそうすぎて……」

玲子はまた振り絞るような声を出して泣きだした。

「遅れて申し訳ない。こちらが奥さんか。いい、いい、立たなくていいから。今回は本当に残念なことだった」

沢口が警視庁警備部参事官を引き連れて、霊安室の前に姿を見せた。堤は挨拶もせず、玲子の肩をただじっと抱いていた。

「おい、アレは見せてあげたか？」

参事官が堤の耳元で囁いた。アレとは特進通達書のことを指していた。

「こんな状態で、とても見せられるわけありませんよ」

「大変お待たせしました。故人とのご挨拶をどうぞ」

霊安室から解剖後の作業を終えた監察医が出てきた。故人という言葉を聞いて玲子はまた泣きじゃくった。両脇を東京から付き添ってきた婦人隊員と堤に支えられながら、玲子は霊安室に入った。

陣内の顔には、苦痛の表情はなかった。

玲子は泣くのをやめた。首から下をシーツで覆われた遺体の前で無言で立ち尽くした。

「これがご主人の遺品です」

監察医が指さした小さなテーブルには、手帳、タオル、下着などのほかに、防弾ヘルメットが置かれていた。玲子がゆっくりと振り向くと、防弾ヘルメットのそばに置かれたプリクラ写真が目に留まった。生まれたばかりの子供の頰に顔をくっつけた笑顔の陣内の姿があった。玲子が遺体に取りすがってシーツを鷲づかみにした。霊安室に泣き叫ぶ声がこだました。後ろで並んでいた者は、言葉を失い、目を伏せた。同じ年齢くらいの婦人隊員も、しゃがんで壁を向いて嗚咽した。

ドタッという音を聞いて初めて周りにいた人間はその異変に気づいた。玲子が気を失って遺体のベッドの傍らに倒れていた。

監察医があわてて駆け寄り脈をとった。

「担架だ、担架！」

参事官が血相を変えて叫んだ。

堤は、同じようにオロオロする沢口に、鼻と鼻がつきそうになるくらいの距離で向かい合った。

「どうしてですか。なぜ射殺命令を解除したんですか。そうでなかったらコイツは死なくて済んだんだ！ 採証班が写したビデオを見れば一目瞭然だ！」

沢口の顔に唾を飛ばした。沢口は恐怖で顔が凍りついて声が出ない。あわてて参事官が堤を後ろから羽交い締めにした。

「やめんか！ 誰に向かって言ってるのか分かっているのか、オマエ！ 冷静になれ！」

「お言葉ですが、こっちは大事な大勢の部下の命を預かっているんです。最高指揮官が優柔不断では、やってられません！」

「何を言っとるんだ、オマエは！ 命令は命令だ。自分の立場をわきまえろ！」

堤は乱暴に参事官の腕を払うと、婦人隊員に「ずっと彼女についていてやってくれ」と言葉を残し、霊安室のドアを乱暴に開けて廊下を駆け出していった。

沢口は泣き出しそうな顔をしていた。……オレの責任か？ あの命令は総理じゃないか。絶対にオレじゃない。

敦賀半島

前線に出ていたSAT部隊や機動隊部隊は、すでに県道三三号線や国道二七号線の第一次阻止線まで撤退していた。

第三次阻止線、つまり最終阻止線の防御を強化するために、機動隊部隊をさらに増強することが警察庁最高幹部会議で決定された。ロケット砲の威力を目の当たりにした敦賀市民や敦賀市長から、敦賀市街地へ通じるすべてのラインに阻止線を張ってほしいと悲鳴のような要望が殺到したからだった。

最南部の最終阻止線――気比の松原と敦賀半島との境にある花城橋から、貯木場を経て、敦賀女子短期大学、さらに沓見《くつみ》の総合運動公園へと続く県道、さらに南は金山バイパスまでの平野部以外を完全封鎖するため、五百名の大部隊で固めることが決まったのである。完全武装の機動隊員たちが防弾盾を持って夜の田んぼの畦道に立ち並ぶ姿に住民たちが奇異の目を注ぐことになったのは、それから二時間後のことだった。

＊

市立敦賀病院を飛び出た堤は、敦賀警察署地域課のパトカーを使い、救急センターに向かった。ロケット砲で重傷を負った四名の部下たちを見舞った後、ふたたびパトカーに乗り込んだ。

「現場に戻れ」

堤が暗い声で命じた。

「現場といいますと？」

福井県警機動隊の若い隊員は、嶺南《れいなん》地方の訛りのある言葉で素っ頓狂に訊いた。

「当たり前だろうが。ゲンポンに帰るんだよ」

「ゲンポンは別の場所に避難していますので、そちらでよろしいでしょうか」

「避難？　全部隊が引いたのか」

「そうです。原子力発電所以外は」

「で、どうなった、北朝鮮のヤツらは」

「膠着状態のようです」

パトカーは敦賀市街地から西三キロ、市立総合運動公園内に架設された現地警備本部のエアーテント前に滑り込んだ。総撤退命令が発令され、水晶浜からここまで前線を下げていた。

テントの中は、何十本もの電話にかじりついている警視庁、県警や管区機動隊の警備実施係たちの怒声でごった返していた。テーブルの上には栄養ドリンクやカップラーメンが散乱している。SAT部隊のデスクから手を振る葉山の姿が目に入った。

「奥さんは大丈夫か？」

堤は溜め息をつきながら、大きくかぶりを振った。

「遺体を見て気絶してしまいました。まだ錯乱状態です」

「そうか。確か子供が生まれたばかりだったよな。オレも警察庁との合同会議が終われば病院に行けると思う」

「陣内はオレが可愛がっていた奴なんです」

堤は首をうなだれた。

「お前がそんな状態でどうする。せめてものいい知らせがあるぞ。警察庁から連絡があったが、陣内には国からも補償金が出るそうだ。それと、警視総監も、本人が希望すれば夫人を警察職員として採用させろとおっしゃっている。現実的な話、彼女も子供もこれからしっかりと生きていかなければならん。それを口にするには、時間がかかるとは思うがな……」

「ありがとうございます。せめてもの救いです」

葉山の目が真剣な眼差しになり、堤に近くのパイプ椅子に座るように促した。何を言われるのか分かっていた。

「隊長、実はさっき霊安室で、本部長を……」

葉山はタバコの灰を地面に落とし、アサルトシューズで踏み潰しながら、笑った。

「聞いたよ。今しがた福井県警の警備課長から連絡があってな。お前が興奮していると言って、気にしていたぞ。お前もハデなことをするな」

「できるだけ早く辞表を提出しますので」

「バカもん！　これはテレビドラマじゃないんだ。指揮官に盾突いて辞表を叩きつける？　カッコ良すぎるじゃないか、エ！　オレにはふざけたことを聞いている余裕なんてないんだ。とにかく人間が足りない。すぐに出動だ。分かっているな。これは戦争なんだぞ。上官に文句を言ったところで、戦争は終わらない」

警視庁SAT第一中隊指揮班長が怒鳴りつけた。

葉山は暗い目で部下をみつめていた。

「オレこそ、お前にも隊員たちにも、そして殉職した陣内にも、情けない気持ちでいっぱいだ。沢口本部長には、警察庁や県警内部からも失望感が漂っている。さっきの件は警察庁から警視庁警備部長と警視総監に連絡し、きちんと説明したうえで問題にしないことになった。安心しろ。上も真正面から責任問題として取り上げられることを嫌がっているんだ。お前のことを問題にしたら、警察庁長官だって、自分がどう判断したかを問われてクビが飛ぶかもしれん」

「申し訳ありません」

堤は立ち上がって頭を下げた。

「今の話はこれで終わりだ。ところで、SAT部隊は、知っての通り前線から引くことになった。これ以上、対戦車ロケット砲に立ち向かったって、命がいくつあっても足りん。新しい任務として、原子力発電所の阻止線を守りきることを命じる。お前は生き残った制圧第一班の二名と第二班を率いて、半島北にある原子力研究炉の『もんじゅ』に向かえ」

葉山はテーブルから離れ、ボードに貼られた敦賀半島北部の地図の前に堤を呼んだ。その周りを、第一中隊指揮班の全班員八名が取り囲んだ。

「ここにはすでに中部管区機動隊第一中隊と第二中隊が防護についている。だが、お前の班は、その指揮下には入らない。『もんじゅ』の施設内にエアーテントを運ばせるから、そこに遊撃指揮所を立ち上げろ。コールサインは『マルユウ2』だ。そこには、海上自衛隊のLOも常駐する。任務は、舞鶴地方隊と連携した遊撃班として、ほかの二つの原子力発電所が面する沿岸の海上警備に当たれ」

「海上自衛隊が出動したんですか？」

「四時間前だ。内閣総理大臣から、舞鶴の地方総監部と自衛艦隊に監視訓練という名目で命令が出た。敵が海を利用して逃亡したり、北朝鮮から支援が来る可能性がある。これから大規模な護衛艦隊の機動部隊と潜水艦部隊が前線の沿岸に集中配備され、若狭湾は軍艦だらけになる。だが、正式な出動命令ではないので、かれらには武器の使用は許されていない」

「われわれと同じ、正当防衛ウンヌンですか」

「そうだ。いま流行《はや》りの正当防衛、緊急避難だ。そこで、わがSATの再出番だ。ただし、マルユウ2は、派遣される護衛艦の指揮官と直接コンタクトはできない。すべてゲンポンを通せ。そして敵の逃亡を発見し次第、その制圧にあたれ」

「ですが、三つの原子力発電所はそれぞれ距離があります」

堤は葉山の後ろに貼られた二万五千分の一の地図を見上げた。

「まさか、お前たちに山岳マラソンをさせようと思ってはいない。特別なタクシーを用意してやった。SAT本部からベル214がやっと到着した。すでに支援で派遣されている警視庁航空隊が、『もんじゅ』の施設内でヘリポートの設営に入っている」

「銃器の使用については……」

「それも安心しろ。警察庁次長から長官依命通達が出た。銃器の使用は重大凶悪犯対処のための正当業務行為と認定された。発見次第、まず私の判断を仰げ。だがな、命令は、直ちに射殺せよ、となる。装備はP9以外にもMP5と五・六五ミリ狙撃銃を持っていけ。予備の弾薬も三時間後に愛知県警SATから届くはずだ」

「海へ逃げた者にも発砲ですか？」

「そうだ。ヘリから撃て。何度も言うが、事態は変化している。臨機応変の対応が必要な局面は次々とやってくるぞ。相手に警告を発している暇はない。ヘリに向かって機関銃でも浴びせられたらヘリごと墜落するぞ」

　葉山はデスクから大きなマスクを持ってきて、ポンと堤の膝に置いた。

「防護マスクだ。まだ足りないが、オウム事件で一斉に買い込んだ全国の都道府県警からかき集めている。班員に携行させろ。だが残念ながら、このマスクは放射能やフォールアウト(放射能塵)での効果は未知数だ。化学防護衣は自衛隊に催促しているが、自衛隊も出動に備えているんで渋っている」

「陸上自衛隊は出動しますか？」

　葉山は頭を左右に振った。

「無理だろう。さっきテレビでやっていたが、有事法制だ何だと言っていて縛りつけられたままだ。一年間も議論する気らしい。オレたちは、そんなことを待っていられない。今は警察力だけで何としてでも阻止線を維持しなければいけないんだ。後で支援班デスクで検知器を受け取れ。だが、放射能漏れを探知したら、方針は、直ちに撤退だ」

放射能を探知した時、それはすでに死を意味している。堤は確信した。

「問題は対戦車ロケット砲だ。警視庁、県警、管区と合同協議した結果、原子力発電所の正門に厳重なバリケードを築く。もし対戦車ロケット砲で吹っ飛ばされても、二次攻撃までは弾を詰める時間がある。SAT部隊には、その間隙をついてM16をフルバーストで撃ちまくらせることを命じた。狙撃支援班も高所配備させ、対戦車ロケット砲の射手を狙わせる。だがな、繰り返すが、お前の班は戦闘に巻き込まれず、海への脱走者だけに関心を持て。いいな。よし、すぐに隊を編成しなおして命令を徹底させろ！」

「了解しました！」

直立不動で敬礼した後、エアーテントの出口へ駆け出そうと踵を返した堤の背中に、葉山が声をかけた。

「これだけは忘れるな。どんな時でも冷静さを失ってはいけない。仇を取ろうとして興奮するな。怒りも忘れろ。プロフェッショナルとしての任務を着実にこなせ」

堤は出口で立ち止まった。一瞬、網膜に霊安室で泣き叫ぶ玲子の姿が蘇った。だが、一度瞼を閉じると、ふたたびプロの顔に戻った。

八日目

永田町　自民党本部　午前九時半

ふだんならこんなに集まることはない。自民党本部五階の大会議室で緊急に招集された自民党総務会には、ほとんどの議員が顔をそろえていた。会議室の入口には政治部記者やテレビクルーたちが今にもドアを突き破りそうにひしめいて、中の様子に聞き耳を立てていた。

五分ほど前から立ち上がっていた元運輸大臣は、自民党職員にお茶の催促を命じたのがなかなか来ないことで議論を中断していた。やっとお代わりのほうじ茶が届くと一気に飲み干して、自民党幹事長の岡本雅洋に向かって話を再開した。元運輸大臣は党の外交調査部会長を務めるほか、財政改革会議の主要メンバーとして、当選七回のキャリアを生かした政府のご意見番という自分の地位を確立していた。

「さきほどから申し上げている通り、いくら党の安全保障委員会や調査会で満場一致で賛成されたからといっても、それは党の総意ではない。あくまでも党の一機関がそういう結論を出したにすぎないということをお忘れなきよう。今日の朝刊を見ると、なにやら幹事長は自衛隊の治安出動について『しかるべき党の機関で調整していただく』とかおっしゃったようだが、それは今申し上げた機関のことを指していないと理解させていただいた。幹事長のおっしゃる『しかるべき機関』とは、それこそ、この総務会での、これだけ珍しくも集まった議員の総意で決めていただくものと信じておりますが、いかがでしょうか」

雛壇に座っていた幹事長の岡本は、隣の総務会長をチラリと見て、苦り切った顔をした。自分ではポーカーフェイスを気取っているつもりなのだが、怒りを腹に持っている時や困った時には露骨にそれが表情に出ることを、政治部記者なら誰でも知っていた。

岡本は、昨日の安全保障委員会と調査会で自衛隊の治安出動がシャンシャンで決められたので、総務会では三役預かりを取りつけてほんの報告だけ行おうと思っていた。それが今ぶち壊されたのだから、おもしろいはずはない。だが、議論になった以上、もはやあれこれ言ってもしかたがない。正面突破するしかない。

「おっしゃることもわかりますが、警察官が死亡し、三基もの原子力施設を抱えている以上、自衛隊の治安出動しかもはやございませんので」

立ちっぱなしの元運輸大臣がさえぎった。

「警察はどうしている？」

「もはや警察力を上回る武器を持っている戦闘集団に対しては立ち向かえないと言っておりまして」

議場のあちこちからのヤジで言葉が途切れた。

「何を甘えているんだ、警察は！」

「一人がやられたからといって、おめおめ逃げるとは何事だ!」

「たった十一人の北朝鮮兵士を捕まえるのに、自衛隊を出すなんて大げさすぎるぞ!」

岡本はヤジが上がった方角を睨んだ。そこには幹事長改選を狙う反執行部派の若い代議士グループが固まっていることを知っていた。

ヤジにはヤジで反撃の狼煙《のろし》が上がった。

「ロケット砲に拳銃で立ち向かえって言うのか! オマエは人間じゃないのか!」

「自衛隊は国民の安全と財産を守るべく存在しているんだ。こんな事態になれば当然自衛隊じゃないか。オマエの子供が殺されたらどうする気だ!」

「誰だ、今の発言は! 立ってみろ、コラ!」

「そうだ、国民総意というなら国会だろうが。お前が国会を開け!」

会議場は飛び交うヤジと恫喝する罵声で大混乱に陥った。

元運輸大臣が大声でヤジを制した。

「とにかくだ。わが国初の自衛隊出動という重大な問題であり、この議論は教科書にも掲載されるだろう。総理にも申し上げたいが、官邸だけで判断できる問題ではない。国民の総意が必要ではないか。しかも局地的な治安問題に対して自衛隊ではやはりおかしい。拡声器などを駆使して時間をかけてもいいから投降を呼びかけるのが望ましいと思われる。テレビによると、周囲は完全に封鎖していると聞く。だったら、焦る必要はない。禍根を残すような決断を執行部の判断だけですべきではない」

　大蔵大臣を務めたベテラン議員の政調会長は、いま目のあたりにしている光景が信じられなかった。ひと昔前なら、自民党はこんなていたらくにはならなかったはずだ。幹事長の発言力は絶対的であり、会議の席で真っ向から立ち向かってくるような度胸のあるヤツはいなかったものだ。それが何だ、これは。幹事長の権威はここまで落ちたのか。代議士一人一人もそうだ。国家の安全保障上の重大な問題に対して、いつの間にこんな腰抜けになってしまったのか。

「この問題は、三役、執行部預かりとさせていただきたい。慎重に判断を下すつもりであります」

「異議アリ！」

「これだけ大きな問題で執行部の独断専行は許さない！」

「議論を尽くせ！」

　ヤジはもはや収拾がつかず、入学したばかりの小学一年生のようにテーブルの隣同士で勝手に話し合う光景がいたる所に出現した。

　元運輸大臣がとどめを刺した。

「次回の総務会には官房長官にもお越しいただきたい」

　岡本は夕刊の記事がすぐに想像できた。

赤坂　夕刻

「女将《おかみ》、今日はな、最初から酒にしてくれ。いつもの立山《たてやま》がいいな」

「あらぁ、なんてお珍しいですこと。もうどこかで一杯やってこられたんですか」

赤坂で二十年の歴史を持つ料亭「椹木《さわらぎ》」の女将は、篠塚の上着を衣紋掛けに吊るしながら笑顔で訊いた。

「バカ言うな。もうそれどころじゃなくてな」

「ああ、怖いですよね。警察官の方が一人亡くなられたそうで」

「それだ、それ。大事な話があってな、もう少ししたら来るはずだから、分かっているな。ここの全員にコレな」

篠塚は人差し指を唇の真ん中で立てた。

「もちろんですよ。ご安心ください。裏口も用意しますか？」

「おお、頼む。それと今日は、運んでもらうだけでいいから」

小樽の伝統工芸である北一硝子のタンブラーで冷やされた純米吟醸酒「立山」が部屋に運ばれてきた時、入口の襖の向こうから「お見えになりました」という声が聞こえた。

「やあ、どうも、どうも、遅れちゃって」

自由党党首の近藤一郎がにこやかに頭に手をやって入ってきた。

「椹木」から五十メートル離れた道路上のハイヤーの中では、読売新聞政治部の自由党担当記者が、じっと正面玄関を見据えていた。自由党幹部から、今晩、党首の近藤が自民党最高幹部と極秘会談するという情報を入手し、その現場を押さえようとしてやってきたのだ。ところが、予想もしなかった官房長官専用車が姿を現したことで、事態は緊迫した。目下、永田町でのコンフィデンシャルは、敦賀半島事件の対応を巡って自民党内の権力闘争が激しさを増し、新しい巨大派閥の誕生が噂されていた。その中心人物と目される篠塚と自由党党首が極秘に会談したとなればビッグニュースだ。会談したことだけでも確認がとれれば、政治面トップの記事になる。原稿を引っ張れば五段抜きくらいにできる自信があった。

自動車電話を取ろうとした手が止まった。朝刊担当デスクを呼び、スペースをあけておいてもらうように先約しようとしたのだが、もう少し待とうと思った。料亭での極秘会談の取材の難しさを身に染みて知っていたからだ。いくら篠塚が玄関から入っても、近藤と同じ部屋に入ったかどうかは分からない。さらに料亭の口の固さが難敵だった。

篠塚は掘り炬燵に足を投げ出しながら、旧友に冷酒を勧めていた。かつて同じ自民党最大派閥で、六奉行と呼ばれていた時代には時間を共有することが多かった。近藤の夫婦関係が悪かったので、慰めに篠塚が向島へ遊びに連れていったことも一度や二度ではない。それから十年。二人を取り巻く環境はすっかり変わってしまった。自民党分裂は骨肉の争いとまでマスコミに書かれ、実際に自民党の中には「近藤だけは絶対に許さない」と恨みに思っている幹部も多い。もう何年も表立っては会えない仲となってしまっていた。

「イッちゃん、オレたちは先を見ようよ。昔のことは単なるエピソードで終わる」

篠塚はぐっと冷酒を喉に流し込んだ。

「シノさんだけだよ、そんなことを言っているのは。自民党にはお化けが多すぎる。総務会では岡本が吊るし上げを喰ったんだろ」

篠塚は苦笑した。

「オレが説得する」

近藤がセブンスターを取り出したのを見て、篠塚は怪訝《けげん》な顔で見つめた。

「まだ心臓が悪いんだろ」

「もう嫌気がさしたんだ。党首ももういいや」

「投げやりな性格は全然変わってないな。単なる愚痴として聞いておこう」

篠塚は、はもの刺し身を梅肉にひたしてから口に放り込んだ。

「なあ、イッちゃん。自衛隊の出動は日本にとっては重大なことだろ。国民の猛烈な反発も予想される。だから絶対多数で決めたい。協力してくれ」

「自民党次第。しょせん野党に何ができる？　劇的なことは何も起こらんさ」

「氷室が民主党に接近している」

氷室勇介は、元自民党幹事長で、次期総理候補と言われた男だったが、彼は勝負のタイミングを間違えた。野党に同調したことで、派閥は分裂。弱小集団となってしまっていた。

「あいつの動きは今に始まったことでもあるまい」

近藤は勢い良く杯をあおった。

「今度こそ、不信任案に乗る気配だ」

「本気じゃあるまい」

「氷室に総理のイスが回るんだったら話は変わる」

近藤は右眉を上げた。

「防衛出動というアドバルーンを新聞に書かせる。自民党は当然大混乱する。連立も揺らぐ。下駄の雪のように踏んでも踏んでもついてくる彼らもさすがに距離をおく。これは、どこかの国のお伽話だ。いいか？　そこで、ある国を憂う政府高官が旧友と握手をする——」

近藤は扇子を取り出してあおぎながら沈黙した。室温が高いわけではなかった。考え込む時のいつもの癖だった。

「自衛隊問題はできるだけ先延ばしにして、防衛出動で頑張ってみる。連立が揺いだところで、正式に話を持ちかける」

「どれくらい引っ張れる？」

「一ヵ月だ。それまで自衛隊を出さない。明日から北朝鮮の軍に関する危険な噂を流す。政治記者は防衛情報のウラなんて取らない。ＣＩＡ筋だと言ってやればイチコロだ」

「何をたくらんでいる？」

近藤は口にもっていった杯を止めて聞いた。

「オレと一緒に派閥を作ってくれ。自民党に帰って来て」

近藤はじっと篠塚を見つめた。

玄関口があわただしくなった。ハイヤーでまんじりともせずに張り込んでいた記者はドアを開けて飛び出していった。カーテン付きの官房長官専用車が寄せられ、二人のＳＰが先に出てきて周囲を警戒した。篠塚が姿を現し、ＳＰが開くドアに近づく寸前で、記者が声をかけた。

「官房長官、お久しぶりです」

自民党担当の平河クラブ記者の頃、幹事長を務めていた篠塚とは顔なじみだった。

「仕事熱心だな。敦賀半島が大変なのに、こんな所に来て大丈夫なの」

篠塚は平然と答えた。

「今日の近藤党首との会談で敦賀半島情勢への結論が出ましたか？」

記者はハッタリをかけた。会談があったことを前提に中身を聞くという取材テクニックだった。

「近藤さん？　どっかの部屋に来ていたのかなぁ。場所を間違えているんじゃないか。まさか彼が来るのが分かっていながら、たとえ別の部屋でも、一流料亭が同時に予約を取るようなマネをするはずがないじゃないか。キミもいまさらそんな常識が分からないようじゃダメだな。こっちは自衛隊の出動について党内の調整で若い代議士たちと会合だ。地味なもんだよ。安心しな」

いつもの屈託ない笑顔を残して、篠塚はさっさと車に乗り込んだ。

遠ざかっていくテールランプに恨めしそうな視線を送りながら、政治記者は「椹木」の前でタバコに火をつけて大きく吐き出した。それから三分後、料亭の従業員に聞いても、「近藤党首は今晩お越しになっていませんよ」と言われる始末だった。ハイヤーの運転手に遠くで待機するように言って、一人狭い路地の隅にたたずんだ。一時間後。「椹木」の玄関から高下駄を履いた見習いの若い板前が出てきて暖簾をしまい、入口の電灯が消えた。記者は十本目のタバコを地面に叩きつけると、携帯電話を取り出してハイヤーを呼んだ。

赤坂の繁華街から外堀通りに出たハイヤーの後部座席に深く体を沈めた記者がコトの顚末を本社のデスクに伝え、ご苦労さんという言葉を唇を噛みながら聞いていた頃、「椹木」の裏口の近くで、待機していた黒塗りの車が静かに停車した。自由党党首は、あたりを見渡して誰もいないことを確認すると、頭を屈めて後部座席に乗り込んだ。時間潰しのために女将相手に飲みすぎて、車が外堀通りに出た時には、すでに眠りについていた。

九日目

敦賀半島竹波地区　午前十一時

事件発生以来、一度も風呂に入っていない。さすがに岡田は首の周りのベトつきが気になりだした。沢口も警察庁から来た幕僚団も、せめて一日自宅に帰って休めとは言ってくれるが、指揮下においた部隊の中に殉職者を出し、とても眠れるような精神状態ではなかった。大脳はすでに麻痺しているのに中枢神経だけが体を無理やり動かしていた。いつ何どき、北朝鮮兵士がSATや機動隊の隊員たちの前に出現するか分からない。一瞬の判断ミスが大勢の隊員の生命を危うくするのを三日前の悲劇で悟ったばかりだ。

岡田は白い制服の胸のボタンを外してタオルを中に入れ、脂汗を拭き取りながらデスクに置かれたメモに目をやっていた。敦賀署からの定期連絡の一項目に、東京から駆けつけた殉職SAT隊員の妻が霊安室で気を失ったまま市立敦賀病院に入院したが、相変わらず不整脈であると記されていた。

「至急！　ゲンポン、チュウブカンク・ニです。どうぞ」

現地警備本部の狭い車内のスピーカーから突然メガががなり立てた。水晶浜の北部一帯で阻止線を張っていた中部管区機動隊第二中隊からの緊急通報だった。

「至急！　こちらゲンポン、どうぞ」

小さなスピーカーから聞こえてきたリモコン担当の若い警察官と通信指令課とのやりとりを聞くなり岡田はタオルをデスクに放り投げて、メガマイクに飛びついた。

「チュウカン・ニ、ゲンポン部長だ。何があった！」

「水晶浜の北、竹波海岸から東へ約四百メートル入った地点、関西電力の水利施設の近くの落合川下流に身元不明の女性の変死体を発見！　以上」

＊

川原の砂利と大きな岩に足を取られながら、岡田は福井地方検察庁敦賀支部の検事や刑事部参事官とともに、川の流れの淀みに引っかかった死体に近づいた。仰向きになったパンパンに膨れ上がった死体を一目見て、彼女の生命を奪った原因が何だったかすぐに分かった。ピンクのトレーナーが真っ二つにちぎれた部分からは三十センチにわたって切り裂かれた白い腹がパックリとした穴を見せていた。大腸が盛り上がるようにむき出しになり、一部は下腹部にかけてダラリと垂れ下がっていた。

紺色の制服に身を包んだ現場鑑識課員が顔を上げ下げして検視記録を取っていた。岡田に気づくと立ち上がった。

「ご覧の通りのひどい状態です。鋭利なナイフではなく軍用ナイフのようなギザギザした刃が付いた凶器で中腹部を無理やりこじ開けたという残虐さです。ここです、見てください。

創傷部分がグチャグチャになっているのが分かるでしょう」

鑑識課員が指で示す部分を覗き込むと、確かに真っ赤な肉がちぎれ、ワカメのように広がっていた。鑑識課員がトレーナーをめくって胸をさらした。

「ここですがね。心臓部付近にも十ヵ所以上突き立てられた跡があります。メッタ刺し、というやつですね。十三日の金曜日のジェイソンだってこんな残忍な方法は恐ろしくてできないでしょう。足や手などにも何ヵ所かの創傷がありますが、これは刺されたものではないと思われます。後ろの草むらにガイシャのものと思われる足跡と血痕が続いているのが見つかりました。ナイフで襲われながらも、救いを求めるために必死で這ってきて、ここで力尽きたと推定できます」

被害者はおそらく山の中で襲われ、血が止めどなく吹き出す腹を押さえながらここまで来たのだろう。その光景を想像して岡田は身震いした。鑑識課員は靴が水浸しになるのも構わずしゃがみ込んで、岡田を振り返った。

「ところで部長。ここの目の部分を見てください」

その途端、司法修習期間を終えたばかりの若い検事は背を向けて草むらに走って嘔吐した。なんだ、死体を見るのは初めてなのか。岡田は鑑識課員と目を合わせて苦笑した。

「いいよ、ほっとけ。検事さんも慣れるほかないんだから。それよりさっきの続きだ」

確かに目を逸らしたくなる光景だった。右目が潰れ、赤い肉のかたまりがボロボロになっている。

「眼球がズタズタになっています？」

　鑑識課員が冷静に言った。

「……どういうことだ？」

「これは銃の射入痕ですね。とどめの一発というやつですよ」

「とどめ？」

「射出痕がないので弾は脳内に留まっていると思います。銃の種類はすぐに特定できるでしょう」

　岡田の顔が青ざめていくのが鑑識課員には分かった。

「部長、もう一つ、これを見てください」

　鑑識課員は検視用の白手袋でリュックサックを握る死体の右手を広げた。縦に赤い線が何本も走っていた。

「リュックサックの紐を右手で握ったままですが、この傷は強い摩擦で発生したようです。誰かに奪われようとしたのを必死に放さなかったようですね」

　岡田がリュックを開けると、しなび果てた山菜が詰め込まれていた。

敦賀警察署

市立敦賀病院で遺体と対面した男は刑事課第一係捜査員の言葉に無言で大きく頷いた。そして、ガックリ膝をついて泣きじゃくった。捜査員に肩を叩かれてようやく顔を上げたのは十分後のことだった。

「子供たちに何と言おうか頭が混乱してしまって」

捜査員には、かける言葉が見つからなかった。

二時間後。主婦の前頭葉に残留していた銃弾は福井県警の科学捜査研究所に運ばれた。だが、弾に残されたライフリング加工の線条痕と一致するデータがなかった。弾はすぐさま厳重に封がされた二重のビニール袋に入れられてパトカーで小松空港に運ばれた。非常当直態勢をとっていた東京の科学警察研究所に届いた時は、すでに夜になっていた。たった一発の銃弾が五百キロもの旅をしてきたのは、科学警察研究所が世界の銃のデータを持っていたからだった。

午後十時半。敦賀警察署一階のほとんどのデスクがマスコミに占領された。三階に置かれた臨時記者会見場では、待ちきれなかった大勢の新聞記者が「早く副署長を出せ!」と警務課長に詰め寄っていた。ようやく姿を見せた副署長に多数のテレビのハロゲンライトが容赦なく浴びせかけられた。副署長は、勤続三十年にして初めて経験する事態に紙を持つ手が震え、視線がおどおどとさまよっていた。口から出たのは興奮でうわずった大声だった。

「身元が判明しました。九日前から行方が分からなくなり、捜索願いが出ていた、美浜町竹波、水晶浜近くに住む、繊維会社勤務、小宮優太さんの妻、聡子さん、四十三歳です。浜近くで民宿を経営していらっしゃったと聞いております」

何人かの記者が玄関を飛び出していった。

「司法解剖の結果が出ているはずだろ。早く言えよ」

大阪本社から応援に来ていた新聞記者が朝刊の締切時間を気にしながら、自分の父親ほどの副署長に命令口調で叫んだ。敦賀警察始まって以来の大事件ですっかり平常心をなくしていた副署長は、報道資料には書かれていなかった極秘事項を口にしてしまった。

「頭部から銃弾が発見されました。鑑定の結果、チェコ製の自動拳銃であるスコルピオンVZ61マシンピストルから発射されたことが分かったようです」

その言葉を聞いた途端、押しかけていた数十人の記者が空いている電話に片っ端から飛びついた。二日前の取り調べで初めて供述された潜水艦乗組員の話を忘れるはずはなかった。

十日目

永田町　首相官邸

美浜町中央公民館前からの生中継で、ミニスカート姿の女性レポーターが目を見開いて甲高い声で叫んでいる。

「いま、北朝鮮兵士に惨殺された小宮聡子さんの変わり果てた遺体を乗せた車が、公民館前に到着したようです」

寝台車がゆっくり公民館前の道路に停止するとカメラマンが一斉に取り囲んだ。後部ドアが開いて、白い布で包まれた柩《ひつぎ》が地元住民の手で担がれた。公民館の玄関には父親の足元に抱きしめられていた幼い兄弟の姿があった。兄が幼い弟の手を引っ張って走り出した。だが、カメラマンに阻まれてなかなか前に進めない。見かねた住民の一人がカメラマンに体当たりした。

「どいてやれや、アホ！　オマエらは人の不幸を撮るしか能がないんか」

はじかれたようにカメラマンたちが後ろに引いた。二人の兄弟は、やっと隙間を縫って柩にたどりついた。柩を担ぐ男たちの足が止まった。

「お母ちゃーん、お母ちゃーん……」

兄が柩に向かって叫ぶ。弟は両手で目を押さえて幼い泣き声を上げた。

「お母ちゃんは帰ってこんの？」

弟は兄のズボンを引っ張って泣きじゃくっていた。玄関先にいる父親がわが子の姿に口を押さえて男泣きに泣いていた。子供たちの祖母らしい老婆が駆け寄ってきて二人の孫の頭をさすり、声をかけながら泣いていた。公民館に避難していた住民の間からもあちこちから嗚咽がもれた。

テレビ画面がスタジオからの映像に切り替わると、諸橋首相は大きく息を吐き出した。執務机まで歩き、白い機能電話を取った。朝日新聞東京本社の交換手に、二十年来の友人であり密かにブレーンとしてときどき公邸に呼ぶ政治部論説委員の内線を告げた。

「久しぶりだな。諸橋だよ」

「これは、これは。こんな大変な時にわざわざ総理からお電話いただくとは。祝杯を上げるのには、まだ早いでしょうに」

諸橋にはいつもの冗談で立ち向かう余裕がなかった。

「敦賀で何が起こったか、知っているよな」

「むごいな、あれは。ちょうど今テレビを見ているところだけど、あの子供たちの姿は見てられんよ。ついに恐れていたことが起こった」

「単刀直入に意見を聞きたい。いま私が自衛隊の治安出動を決断したら、朝日の社説はどう書く？」

大部分の政治家や官僚のご多分にもれず、諸橋も日本の世論を形成するのに最大の力を持っているのは朝日新聞だと認めざるを得なかった。社説とは、言ってみれば論説委員という立場のベテラン記者が勝手なことを書いているものにすぎないが、その影響力は計り知れなかった。検事総長でさえ朝日の社説の論調だけはひどく気にするのを諸橋はよく知っていた。

敏腕政治記者として鳴らした論説委員は、並々ならぬ諸橋の張り詰めた口調に気がついた。

「反対として書くか、賛成するか、ということか」

諸橋は押し殺した声で肯定した。論説委員は一瞬、間を置いたが、その言葉には澱みがなかった。

「犠牲者はこれで終わらないだろうと思う。ウチは、注文はワンサカつけるとは思うが、反対路線は取れまい。ウチも世論の動向をすでにつかんでいると思うね」

電話を置いた諸橋は秘書官に命じて篠塚を呼んだ。

「シノさん、もう決断すべき時は来たんだよ。連立与党首脳会議を開催しよう」

防衛出動論議に誘い込むことで自民党の若手を水面下で焚き付けて自衛隊の出動を遅らせようと考えていた篠塚も、まさかこんな事態になるとは思ってもみなかった。政治家としての研ぎ澄まされた勘が警告音を鳴らした。ここで自分が慎重意見を口にすれば、今後起きるであろう悲劇の責任者としてスケープゴートにされるに違いない。

石川県金沢市

陸上自衛隊の第一四普通科連隊第三中隊本部二階の会議室には大勢の隊員が座っていた。

不思議だったのは第三中隊以外の隊員もいたことだ。だが国富明中隊長付曹長は、全員の顔ぶれを見渡した瞬間、どういう人間が集められているのかが分かった。

「皆よく来てくれた。座ってくれ」

第三中隊長の黒木利人一尉が珍しく穏やかな声をかけた。

「お互いの顔を見て、どういう理由でここに呼ばれたか察しはつくと思う。これから先の話は防衛庁長官扱いの防衛秘密指定と同等の極秘区分に入ると思え。ほかの隊員はもちろんのこと、ここにいる士官以外の幹部にも話すことを厳禁する」

全員の背筋が伸びた。オリーブの葉のあいだにダイヤモンドの形をあしらったレンジャー記章が光る。

「本日から、ここにいる諸君は連隊長命令によってレンジャー部隊編成のための特別訓練を行う。もちろん敦賀半島の事態に備えるためだ。まだ自衛隊には行動命令が下ってはいないが、万が一のことを想定する。敦賀半島は知っての通りジャングルといっていいほど山深い。諸君たちレンジャー資格者が厳しい訓練で養った肉体、精神力と動物的攻撃性を発揮させる場面が訪れる可能性が高い。明日のマルロクマルマル（０６００）に、ここにもう一度集まれ。これからしばらくの間、君たちが暮らす新天地に連れていく。質問はあるか」

誰も口を開かなかった。それぞれのレンジャー資格者たちは、それぞれに違った最悪の場面を想像していた。

神野剛二曹は、夢のことを思い出した。第三種非常警戒態勢で駐屯地に泊まるようになってからは、あの夢は見なくなっていた。だが、全身に鳥肌が立ってくるのが分かった。演習で草むらにいると必ず思い出すあの夢。邪悪な蜘蛛《くも》が体中を這い回るあの忌まわしい夢。レンジャー訓練での苛酷な試練は、そう簡単に忘れるはずもなかった。

十二日目

永田町　首相官邸　午前九時

定例閣議が開催される直前の閣議室のドアの前は、今日も大勢のマスコミでごった返していた。敦賀事件発生以来最大の人数が押し寄せた。自衛隊出動に関して重大な決議が行われるのではないかという観測が広がっていたからだった。

閣議の実態はほとんど外部に洩れることがない。あまりにも空虚な行事だからだというと身もふたもないが、閣議の冒頭に新しい法案の決裁、閣議了解事項の署名などについて官房副長官から説明がある以外は、ほとんど会話が交わされることがない。閣僚たちが自分の前に置かれた専用の硯《すずり》——閣僚を辞めると記念品として持ち帰れる——のふたを開け、太い毛筆を持ち上げて一枚一枚の決裁書類に署名をするだけで時が過ぎていく。その紙が回覧されて閣僚の間で一周すれば、また新しい決裁事項の説明に引き続いて署名儀式が始まる。この繰り返しの中で、閣議室はまったく静寂のまま、ほとんど十五分ほどですべてを終えるのだ。

　今日の閣議もいつものように十分で終わった。だが続けて閣僚懇談会に移ることを淵野が宣言すると、ガラリと様子が変わった。楕円形の大型テーブルの一番入口に近い席から議題の説明を行う淵野と入れ替わりに、諸橋の隣に座っていた外務大臣が突然嚙みついてきた。

「いささか申し上げたいことがある。自衛隊の出動については、まだ議論を尽くしてはいないということ、それに尽きる。問題を小さく考えてはならんね。自衛隊の出動となれば北朝鮮とどこまで戦う気があるかということを国家として考えなければいけない。治安出動も防衛出動も北朝鮮に宣戦布告するのと同じだ。そのリスクをどれだけ覚悟できるか。それを国家として判断しなければならないと思う」

　諸橋は胸のうちで舌打ちした。昨夜、外務事務次官の田島が公邸に出向いて説明したいことがあると言っていたのを断っていた。防衛庁幹部たちと極秘の作戦会議を行っていたこともその理由だったが、もはや外務省の意見は聞くまでもないと判断したからだった。外務省はうまく丸め込んだものだ。閣僚を取り込めば、満場一致が原則の閣議を封印することができる。

「私も意見がある」

　総務庁長官が発言を求めた。

　この自民党長老は、日陰者的存在であった総務庁を一流官庁に引き上げることを最後の仕事と決め、各省庁に対して容赦ない批判を繰り広げていた。押し入れの隅に放り込まれたような存在から国家行政組織法で本来定められている中央省庁の大目付という役割を復活させることに余念がなかったのだ。

「昨日、防衛庁から私のところにも説明があったが、だいたい、自衛隊を出動させるにしても、除外事項の制定に膨大な時間がかかるんだろうが。しかも驚いたが、出動しても勝手に穴ひとつ掘れないそうじゃないか、自衛隊員は。そんな状態で自衛隊をどう出動させる？　内閣の全員の首を差し出すというんなら話は別だが」

これで決まりだ。総務庁長官は自信満々の表情で体を深いソファに預けた。

「しかし、現実に市民に犠牲者が出たことを忘れないでいただきたい。しかも、これからも犠牲者が出るのはもう間違いがない。国として、何を決断し、何ができるか。国民の財産を守るために国として決断すべきことがあるはずです。警察が最前線から引いた状態の中で自衛隊が国民の生命を守るために出動するのが、なぜ早計であり、なぜ面倒なんですか。法律がジャマしているんなら、国が権限を行使して何としてでも短期間でまとめあげるべきだ」

篠塚が大きな声を張り上げた。

篠塚にとっては、ここまでくれば諸橋と心中するしかなかった。

総務庁長官は唾を飛ばしながら食ってかかってきた。

「君だって分かっている話じゃないか。だいたいな、自衛隊に関する法律を一つとっても分かるが、日本という国は国の体をなしていないんだから。憲法で暴力を振るうことを否定しているような国なんだ、わが国は。にもかかわらず、何が自衛隊の出動で、何が制圧なんだ？　満足に国家としての形ができていないのに、カッコいい真似をしてもしかたがない」

「では、これ以上犠牲者が出た場合はどうされるんですか」

「警察がちゃんと仕事をしておれば犠牲者なんて出るはずがないだろうが。三日前の主婦が死体で発見された事件だって、もっと早く警察が立ち入り禁止措置を取らないからだろう？　どうなっとるんだ。警察さえきちんとやれば、あんなバカなことは起こらなかったはずだ」

総務庁長官はメガネの奥から遠くに座る若い国家公安委員長に冷ややかな視線を送った。

「それにだ。野党どころじゃなくて自民党だって大もめじゃないか。情けない」

「だからどうしろと？」

篠塚が苛立って訊いた。

「兵糧攻めだよ。分かりきったことを聞くな。警察の包囲網を維持しながら相手が降参するまで待つんだ。今の日本が出来るのは、せいぜいこれくらいだ。欧米のマネをしても仕方がない」

他人事のようだな、まるで。篠塚は声に出さずに毒づいた。

諸橋は、篠塚と内閣ナンバー2である総務庁長官との激しいやりとりを聞きながら、総理大臣の権限のなさに無力感に襲われていた。チェリーに火をつけながら大きな溜め息が出た。この場を強引に押さえて断を下すこともできない。満場一致などという小学校の学級会でもやっていないようなことが国家の最高判断の場で行われているとは。後世の政治家たちはどう評価するだろうか。答えはすでに分かっている。不幸な時代があったと歴史の教科書に記されるだろう。そして、無力で不幸な総理大臣がいたと。

閣議室に通じる控え室のドアが開いて、閣僚たちが続々と姿を現した。蟻の群れのように囲む記者団を蹴散らすようにして、各大臣は無言で官邸玄関へ向かっていった。だが総務庁長官だけが玄関付近でぶら下がりインタビューに応じた。

「なぜキミたちは自衛隊の出動のことばかり聞くんだ。その前にやるべきことは山ほどある」

霞が関　警察庁

到着したばかりの防衛庁幹部、陸上幕僚監部の幕僚たちが、スチール製の官用テーブルを挟んで、全国機動隊オペレーションの最高指揮官である警察庁の湯村、公安警察を統轄する警察庁警備企画課長を中心とした警備・公安警察の指揮官たちと向かいあった。警察庁十九階の会議室はそれでなくともぎゅうぎゅう詰めになった。

治安出動に対応する警察と自衛隊の合同会議が開催されたのは、戦後初めてのことだった。新しく締結された協力協定の細部事項に関して、本格的な協議がすでに始まっていた。

防衛庁運用企画課長の水田茂樹は、市谷の防衛庁を出る時から顔を曇らせていた。内閣安全保障室総轄班担当の筆頭内閣審議官を務めたことがある水田は、日本の官僚がマニュアル外のことを、しかも他官庁と膝を詰めて協議するのがいかに不可能に近いかをよく知っていた。バイ（二つの官庁がダイレクトに交渉すること）による他官庁との協議がいかに神経をすり減らし、エネルギーがいることか。官僚にとって最大の敵は、政治家でも首相官邸でもなく、他官庁の官僚であるというのが霞が関ワールドの常識だ。それを思うと、水田の顔は、警察庁の会議室に入ってからもゆがんだままだった。しかも、これが終わったら、午後から今度は十五省庁を相手にしなくてはいけない。

水田の予想は当たった。テーブルを挟んでもう二時間も激論が続いていたからだ。

陸上幕僚監部サイドは、もし治安出動が命じられれば敦賀半島をカバーする第一〇師団のすべての隷下部隊を現地に投入することを主張した。あくまでも自衛隊が主体となり、一個師団七千名規模というオペレーションを説明したのだ。これに警察庁は猛反発した。自衛隊法を盾にとって、警察の支援としてのジョイントを望んだ。防衛庁長官と警察庁長官がサインした新しい協力協定では、あくまでも警察の支援という解釈が徹底されていたからだ。湯村は機動隊との合同チームを作って、前面には自衛隊に出てもらうが、局部的な投入だけにしてほしいと要請した。

陸上幕僚監部の運用課長は、憮然として、さっきから繰り返している話をもう一度説明した。

「ですから。重武装している北朝鮮の特殊部隊に対して警察の支援の形で少数だけ投入しても、何ら自衛隊の力が発揮できないどころか、隊員にとっても危険すぎます。自衛隊としての能力を発揮するためには自衛隊独自のオペレーションでやらなければまったく意味がありません。第一、武器の使用も警察官職務執行法の範囲内とされているという、自衛隊にとっては未体験の状況下では万全な態勢が必要です。たとえ一個師団で出動しても、今回のオペレーションは自衛隊にとってもきわめて難しい作戦行動になります。敵が撃ってこない限りは武器を使用してはならないのでしょう。隊員たちを送りだす側としては責任があります。隊員たちの安全をまず考えて作戦計画を立てざるをえません」

横で聞いていた陸上幕僚監部防衛部長は、部下の弁舌に頷きながら、警察庁幹部たちを怒鳴りつけたい気分をなんとか抑えていた。

これまで連隊長として三つの連隊を指揮し、師団司令部の作戦担当である第三部長を歴任してきた彼は、自衛隊の能力を誰よりもよく知っていると自負していた。その経験から、治安出動は自衛隊にはまったくなじまないと確信していた。軍隊とは、敵を制圧する、もっと言えば皆殺しにするのが本来の姿であり、そう訓練されている。武器の使用が制限された状況など隊員たちは今まで一度も経験したことがない。

山中での対ゲリラ戦にしても、これまで各種訓練、演習のカリキュラムの中に入れたことがなかった。フラットフィールド（平地）での訓練や演習がほとんどだったのだ。山中に入る時もあるにはあるが、ジャングル戦のように闇雲に入っていくのではなくて、敵が出現することが予想されるポイントでの待ち伏せ戦法を訓練してきた。その場所はいつもフィールドに近い状態だった。

また、捜索とひと口に言っても、簡単にはいかない。その難しさは十回以上におよぶ災害派遣で身をもって知っていた。

警察庁のお偉いサンたちは、いったい何が分かっているというんだ。軍事知識さえ満足に持っていないくせに、オマエたちが自衛隊の安全を守ってくれるというのか。しかも前に座っている警備課長は、いったい何様のつもりなんだ。見下すような目をしてやがる。

「当庁と防衛庁との新しい協定の中身はご存じでしょうね？　治安出動命令においては、自衛隊は警察力の不足を補い、任務分担をする——とある。おわかりですか？」

湯村は胸を張ってまくし立てた。

警察庁側が会議の冒頭からこだわっていたのは、あくまでも一部の場面での自衛隊の展開だった。その場では口にしないが、湯村は防衛庁や自衛隊の幹部を不信感のこもった目で見つめていた。自衛隊を一個師団も自由に行動させては危険だ。ますます力をつけさせてしまう。自衛隊は監視しなければいけない存在なんだ。絶対にコイツらの好きなようにはさせない。

この考えは湯村だけが持っているわけではない。ほとんどといっていいほどの警察官僚が自衛隊の暴走を危惧していた。
湯村の脳裏に十年前の出来事が浮かんだ。警視庁公安総務課長だった湯村は、大衆活動を追跡していたチームを担当する管理官からの参考情報と右上に記された報告書に驚いた。〈陸上自衛隊の中で不穏な動きがある〉とされていたからだ。すぐに警察庁警備局に上げたところ、予想通り大きな反応が返ってきた。直ちに調査を行え。警視庁公安部の〝機動対処チーム〟と呼ばれ、最大の部隊を抱える公安総務課に特命が下った。その結果、陸上自衛隊のある師団長を囲む私的な勉強会があることが分かった。師団長は防衛大出の若い指揮官たちからの信望が厚く、担ぎ出された格好だった。勉強会は「桜会」と呼ばれ、憂国の士と自称する若手将校たちが多く集まって、腐敗した政治、乱れた風紀、ナショナリズムを忘れ去った国民たちを罵倒する光景が繰り広げられていた。
公安総務課から警察庁へ緊急報告が上がった。〈陸上自衛隊の一部でクーデターの動きがある〉
結局、この「桜会」は私的な勉強会というレベルを越えることはなかったが、公安警察の幹部たちは自衛隊に大きな不信感を持つにいたった。警視庁公安総務課を始め、各都道府県警察本部の警備部に新しいチームが極秘のうちに創設された。「マルジ」と呼ばれる自衛隊を監視する捜査チームだった。それ以来、公安警察では「マルジ」が音も立てずに活動を続けているのだ。

戦後初の合同会議はついに平行線のまま終わった。決まったのは明日会議を再開することだけだった。陸上幕僚監部運用課長は、市ヶ谷に帰る車中でアークヒルズをぼんやり眺めながら、本番を前にした〝長期戦〟が立ちふさがっているのを実感した。陸上幕僚監部ビル三階の運用課に入ると、からっぽのデスクの間を通り抜けて自分のデスクの前に座った。運用課は全員、廊下反対側の陸幕指揮所に行き、第一〇師団や中部方面総監部とあわただしく連絡を取りながらオペレーションの細部の詰めに入っていた。

衝立《ついたて》で区切られてもいない運用課長デスクの一番下、鍵のかかるキャビネットを引き出した。書類の束の中から青いファイルを取り出した。表紙には「P事態」とだけ記され、「秘」と朱印が押されている。陸上幕僚監部が極秘に研究を続けてきた、治安出動と防衛出動との中間的な出動を可能にする極秘プランが書き込まれていた。

永田町　首相官邸

首相官邸別館三階の危機管理センターに設置された、官邸対策室に、壁一つで隣り合わせる内閣情報集約センターの情報班員が一枚の紙を握ってあわてて走ってきた。各省庁から集まった対策本部要員でごった返す間をかき分けて、内閣安全保障・危機管理室の担当審議官を見つけると、息を切らして駆け寄った。

「審議官、朝鮮中央通信がたったいま北朝鮮国防部第一次官名で発表した声明を配信しました」

審議官は情報班員が手渡そうとする紙を待ちきれず、ふんだくるように手に取って、首を上下させながら配信内容に食い入った。内閣情報集約センターには内閣情報調査室がコントロールする外郭機関ＪＯＮＣ（日本海外ニュースセンター）の朝鮮語スペシャリストが特別出向していたので、配信文はすでに日本語に翻訳されていた。

「なんてヤツらだ……」

審議官は、コピーを十枚取り、官房長官、官房副長官、警察庁、防衛庁に緊急ファックスするように指示した。そして元原稿を手にすると、ロッカーにかけた粗末なハンガーから背広を抜いて、急いで対策室を後にした。その翻訳文が総理秘書官室に届いたのは、それから五分後のことだった。

普通ならさっさと客を帰して後の予定をすべてキャンセルするところだ。だが、全国銀行業協会から新任の会長が挨拶に来たとなると、断るわけにはいかない。自民党はすでに複数の都銀から何百億円もの融資や債務保証を受けており、次の選挙でも最大のスポンサーであることに変わりはなかった。途中で秘書官からメモが入ったが、諸橋首相は必死の思いでポーカーフェイスを取りつくろった。官邸を訪れるゲストたちが許される時間の中でも破格の二十分もの長時間、総理と会うことができた全国銀行業協会の新会長は、そのうえに首相が執務室のドアの外まで見送ってくれたことにいたく感動して、官邸を後にした。諸橋はスポンサーの姿が見えなくなると急いで寺崎秘書官を呼び、朝鮮中央通信の翻訳文をもぎ取った。北朝鮮の国営通信が、事件発生以来、初めて論評していた。

〈わが共和国の潜水艦は航法装置の故障を起こし、日本の領海内に緊急避難した。日本政府に対しては、偶発的な事故にみまわれたわが国の資産である潜水艦と、遭難した乗組員を安全に帰還させるように強く希望する。わが国と日本は今後も朝日協議を通してアジアの平和のために友好関係を維持すべきだと考えているが、それはひとえに日本側の真摯なる態度如何《いかん》によるということを日本政府が正しく理解することを望む〉

何度も読み返した諸橋は悪い予感がした。

執務室の窓際にあるテレビをつけた。ちょうど午後のワイドショーでは、北朝鮮兵士に殺された主婦の葬儀風景を現場から中継していた。自衛隊最高司令官は、ただ黙ってテレビを見つめていた。

総理府　内閣安全保障・危機管理室

会議が膠着化して一時間を経過しようとしていた。自衛隊の出動に関する各法令の除外規定や政令の制定を行うために関係省庁が一堂に集まっていた。日本の中央官庁では典型的な、パイプ椅子に簡易テーブル、その上に灰皿がポツンと置かれた殺風景な狭い部屋に、防衛庁を始めとする十六もの省庁が集まっていた。

いずれも将来は事務次官候補とされる若いエリートたちが、肩を触れ合うほどに狭いテーブルを囲んでいた。このメンバーは、日本有事における法整備の検討を一九九六年に総理が命じてから続けられていた有事法制整備会議をそのまま引き継いだものだった。日本が外国から攻撃された緊急事態の場合、また避難民が大量に押し寄せた場合などを想定したシミュレーションを行い、法的に何が問題か、自衛隊が出動するに際して法律の除外規定をどう設ければいいかなどの検討を繰り返してきた。

これまでの会議と違っていたことといえば、大蔵省が初めて参加したことだ。内閣安全保障・危機管理室では最初、反対意見が多かった。何事につけ新たな歳出に抵抗する大蔵省を入れたのでは、まとまる話もまとまらない。事実、これまでの有事法制整備会議のメンバーには入っておらず、限られたメンバーで統一案を作ってから政治決断で大蔵省を動かしてもらおうというのが内閣安全保障・危機管理室のプランだった。

実戦を目の前にした各省庁の若い官僚たちは口が重かった。これでは自衛隊の出動、ひいては戦闘行為をわが省がバックアップしているようなものじゃないか。わが省は戦闘行為は所管ではない。極秘でやっていたうちはよかったが、マスコミ環視のうえでやることに強い抵抗感があった。

とくに自治省政策課長の顔には苦悩の色が浮かんでいた。自治労中央委員会が非難決議を行い、全国の都道府県庁の組合員にサボタージュ行動を起こすように煽動、各都道府県庁から自治省にSOSが殺到していたからだ。しかも具体的な協議がまったく進まない。協議の中心は、有事法制の整備の中でも最も難解だとされていた第三項目、〝グレーゾーン〟に突き詰められていたが、これは日本行政の最も典型的な消極的権限争いの泥沼の中に両手を突っ込むようなものだった。

内閣安全保障・危機管理室長の千葉が危惧した通り、最初の項目についての長時間の協議さえ、なかなか結論が出そうになかった。それは、郵政省と防衛庁の対立だった。自衛隊が本格的に出動すればさまざまな無線周波数帯を使用する必要がある。平時で割り当てられている周波数帯が極端に少ないため、大幅な無線局の確保と一般無線の制限がどうしても必要だと防衛庁の水田は主張していた。郵政省事業政策課長は猛反発していた。

「電波統制は軍事的な問題であり、当方ではなじまない問題です。郵政省は軍事官庁ではありませんので」

「そうはおっしゃっても、現実的に電波管理は郵政省の所管じゃないですか。防衛庁にはその権限は何もありませんし、手段も知りません。郵政省の監督権限において実行していただくしかないんです。そうしないとわれわれの作戦行動は不可能です」

「何度言われても同じです。そもそも日本の電波は、終戦後、アメリカが半分以上を占有し、残ったわずかな部分を日本の役所、企業が細々と分け合っているのが実情です。その枠組みははずせませんよ。これは省議で検討を尽くした結論です」

郵政省の筆頭課のエリートは顔色ひとつ変えなかった。千葉は渋面を作って言った。

「その問題は後にしましょう。どうせ簡単には決まらないと思ってましたよ。それより先に考えないといけない重要問題は二百項目近い特例措置の問題です。ご存じの通り、九〇年の防衛庁研究以来、安危室が中心となって行ってきた九四年の北朝鮮クライシス、そして九六年の極東有事法制研究シミュレーションはまだ完成してはおりません。これだけかかっても完成しないものを、今日、明日のうちに作れと言うほうが無理であることは重々理解しているつもりです。ですが、敦賀半島の事態は、もはや国家が現実的に直面している重大問題だということをお考えくださいませんか。皆さんにはぜひ、ご決断いただきたい」

内閣法制局総務部長が口を挟んだ。

「ちょっと待ってください。どういう事態であるかは十分すぎるほど知っています。しかしながら、国家の重大危機なら、きちんとした国家としての機関決定を経て、正攻法による自衛隊出動が求められます。そもそも治安出動、防衛出動については、下部法が決められていないので、実質的には実効力がありません。自衛隊法では、実際の細かいことは〈政令で定める〉とは明記されていますが、肝心のその政令がどこにもないからです。そういう状態で二百項目にもおよぶ法律や政令を特例措置としてワンパックにしてやってしまおうということ自体が無理です。しかもですよ、重大なことがあるのです。憲法では、個人の権利、財産は基本的に守られている。自衛隊の出動で前線本部や補給基地を設けることは、裏付ける法令がない限り、現実的にそれを侵害することになる。つまり憲法違反ということです。ですので、特例と簡単におっしゃられますが、憲法そのものを特例とさせるものであるということをお考えください。そんな簡単なことではないんです」

「昨夜の総理への説明では、陸上自衛隊の第一〇師団をほとんど現地に投入したいと言っていたが、実際に投入するとなると、現地で確保しなければいけない敷地や道路はどれくらいの規模になるんだ」

淵野官房副長官が水田のほうを向いて訊いた。一個師団？　会議に出席していた官僚の中から、初めて聞かされたオペレーションの内容にざわめきが起こった。

「相当な規模です。一個連隊が宿営するだけでも八百メートルのトラックがある運動場一面分は最低必要です。それでもぎゅうぎゅう詰めですが。その他の補給部隊などのことを考えましても、普通の陸上競技場のグラウンドなら最低でも二十面分の広さが必要です」

「二十面分？」

真っ先に声をあげたのは自治省政策課長だった。大きなざわめきが会議室を席巻した。水田は大声を出さなければいけなかった。

「皆さんはお分かりいただけないかもしれませんが、自衛隊というのはそういう組織なんです。一つの連隊が使用する車両だけでも三百両以上ありますし、弾薬の管理にしても安全面を考えれば相当広い場所が必要です。装甲車としての役割を果たす戦車部隊の駐車場、部隊や補給物資を運ぶ何ヵ所ものヘリポートなどもいります。何千食という食事を毎日賄うための補給部隊の展開場所も多くのスペースが必要なのです。それが自衛隊です」

「それだけの部隊を展開させるには、もう天文学的な数の特例措置が必要じゃないか」

淵野が椅子に体を投げ出して吐き捨てた。水田がペーパーをめくりながら勢い込んだ。

「だからですね、防衛庁では敦賀市内および美浜町に災害対策基本法を適用することがすべてを解決すると考えております。災害対策基本法では、私有財産など、ごく一部ではありますが国家が統制できるようになっており、こういう事態では実に有効な法律です。これならピッタリじゃないですか」

水田は陸上幕僚監部と徹夜で協議した自信のあるプランを披露して笑顔を見せた。淵野も首を縦に何度も振った。

「そうか、そうか。災害対策基本法があったか。いいアイデアじゃないか。早い話が災害の概念の解釈を拡大すればいいだけの問題だ。まあ、かなり強引ではあるが、現実的に時間をかけず現行法の範囲内でできるのはそれくらいだろう」

災害対策基本法の所管官庁である国土庁の計画調整局調整課長は、椅子から飛び上がらんばかりに驚いた。

「冗談じゃありませんよ！　災害対策基本法はその名の通りあくまでも災害対策で、住民の保護を目的とした法律です。それを軍事に適用するなんて、荒唐無稽もいいところです。国土庁は絶対に賛成しかねます」

　警察庁警備企画課長の福永がおずおずと発言した。

「さらに重要な問題があります。自衛隊出動に伴う避難勧告は自衛隊と共同して普通なら警察が行うのが自然ですが、現地ではもう手がいっぱいでその余裕がありません。ですので、対北朝鮮問題であるということから、外交問題でもありますので、避難広報や誘導について外務省の国内報道課にお願いしたいと思っているのですが」

　あわてたのは、もちろん外務省だった。

「九四年のシミュレーションでもそういう提案が出たことは承知していますが、こと軍事に関することは、外務省はまったく門外漢です。第一、権限がありません」

「強引にやってほしいと言っているわけではありません。あくまでも広報活動の一環として……」

「とんでもありませんよ。ノウハウも持っていませんし、広報車などのハードの面ですら機材はそろっていません。ムチャクチャを言うな……」

　自治省行政課長が分厚いファイルを掲げながら立ち上がった。

「その前に政府で検討していただきたいことがあります。私がここに持っているのは、避難場所を要望する敦賀市民と美浜町民からの要望書の束です。すでに他府県のご親戚の家に避難されている方もいらっしゃいますが、敦賀市の場合、人口六万七千三百三十九人、二万三千三百二十六世帯のうち、まだまだ全体の十五パーセントくらいです。ほとんどの方が、避難しようにも行き場所がないと、市役所などに苦情を寄せています。ですので、敦賀市民の大規模避難と避難場所についても考えていただきたいと思うのですが」

淵野が目をむいて甲高い声をあげた。

「七万人近い人間をどうやって避難させるんだ。第一、そんな場所を確保するだけで大変じゃないか。確か十年前に三原山の大噴火に伴う大島住民の大避難があったが、あの時でさえ一万未満だったんだぞ。しかも東京という施設が充実した都市があったからいいようなものの、その七倍もの人間をあんな田舎でどうするんだ。自治省はプランを持っているのか」

自治省のエリートはファイルから一枚の紙を抜き出した。

「自衛隊の出動が決まったら、いっそのこと他の部隊を投入していただいて、大がかりな輸送作戦を行っていただけないかと。場所は近隣県が分担して……」

なんてことだ。優秀なヤツらでさえ、この程度なのか。水田は愕然とした。

「まったく無理ですね。それこそ荒唐無稽な話です。自衛隊にそんな余裕はありません。治安出動だって、今これほどもめているのに。よくもそんなことが……」

自治省エリートは顔を真っ赤にした。

「よくもそんなこと？　どういう意味だ。こっちは北朝鮮兵士に震えて夜も寝られない住民のことを真剣に考えているんだ。今の言葉を撤回していただきたい」

「まあ、まあ。ここで険悪になってもしかたないじゃないか。ここは対策をまとめる場であってディベートの場ではない。自治省の主張も分かる。私も今朝、内閣情報集約センターから地元新聞を見せてもらったが、地元はかなりヒステリックになっているようだ。だが、だからといって自衛隊というのは無理な話だろう。治安出動という初体験を目の前にしてベッドでブルブル震えているような自衛隊に、そこまで要求はできない」

淵野は似合わない台詞を言ったことに、少し満足した。

「お言葉ですが、自衛隊は何も、処女のように震えているわけではありません」

陸上幕僚監部の運用課長が憮然とした。あわてて淵野が取りなした。

「ああ、ちょっと語弊があったかもしれないが、住民避難の件は総理とも話さなければいけないので、この会議の議題からはいったん外す」

自治省エリートはまだ言い足りず腕組みしたままだった。

いったい何時間費やせばいいのだろうか。会議は、どの省庁が管轄するか分からないグレーゾーンの項目ですっかり壁にぶつかってしまった。エリート官僚たちがまったく沈黙し切ってしまう場面が何度も淵野の前に現れた。腰を浮かしたのは、朝刊が配られる直前の午前四時五十分のことだった。淵野は疲れ切っていた。

「もう一度集まろう。ただひと言申し上げておきたいのは、この会議は総理の意向というより各省庁の大臣に対して行った命令だということです。大臣は全員、総理の意向に賛成している。分かっていますね」

会議室から出た淵野は、エレベーターの前で警察庁の福永を呼び止めた。

「もう埒《らち》があかない。想像はしていたが、ここまでとは」

「ハッキリ言えば、もう戒厳令で決めてしまわないと解決は無理でしょうね」

「それにしても、たった十一人だぞ、相手は」

淵野は官邸を見上げる窓から白みかけた空を見上げた。

十三日目

福井県庁　三階大会議室　午前十時

一睡もしていない官僚たちが内閣安全保障・危機管理室にふたたび参集している頃、五百キロ離れた福井県庁では、実際に部隊を展開する第一〇師団司令部や中部方面総監部防衛部の幕僚たちと地元自治体との細かい協議が白熱していた。海上自衛隊舞鶴地方総監部からも兵站《へいたん》幕僚たちが顔をそろえていた。地元自治体側は、福井県庁を始め敦賀市役所、美浜町役場の担当者がテーブルを挟んで席に着いていた。

「小学校など学校は、やはりダメでやね。教育上好ましくないという建前論以外でも、教師たちがうるさい。昨日も敦賀市のある小学校では深夜まで校長が吊るし上げをくらっとったんですわ。日教組が平和路線を取って久しいといっても、まだまだ教師の力は強い。特にやね、このあたりは日教組というより社民党の影響を受けておって、独立したところを持っとるから。それやし、地元の新聞があかんわ。戦車も出動って書いたもんやから、絶対に神聖なる校庭を蹂躙《じゅうりん》されとうないって言っとってね」

福井県教育委員会の次長が済まなそうに言った。

背広姿に着替えていた第一〇師団第五部の幕僚の一人が言った。

「分かりました。自衛隊としてはすぐにでも現地入りしたいので、これ以上説得する時間がありません。だから教育施設をお借りするのは諦めました。お願いしたいのは、有料のものを含めた県や市の施設です。ここにリストアップさせていただきました施設をお借りできれば、もう問題はありません」

第五部の幕僚はホッチキスで止められた三枚の紙をテーブルの反対側に滑らせた。県や市の幹部たちは集まってきて紙を覗き込んだ。敦賀市の総合運動公園、体育館など十数個の公共施設が並べられていた。

「エ！　こんなに多くの場所が必要なんですか。一個師団近くの人数とは聞いていましたが、それだって警察とほとんど変わらないのに。いったいどんな部隊が来るんですか」

福井県庁幹部は呆然とした顔を上げた。

「演習や訓練などの作戦行動と同じですよ。一般の方はご存じないかもしれませんが、自衛隊は、寝ることから飲料水、食事、洗濯まで全部を自己完結、つまり自衛隊だけですべてやるんです。ゆえに、これ以外のことでご負担をかけることはありません」

「それにしても、こんなに広い場所が必要とはね……。ちょっと待ってください。そうなると、とてつもない物流が発生するんでしょうね。道路もいっぱいになるし、商売だってこれではできなくなるんじゃ……」

「交通規制の問題は警察と協力してスムーズにいくようにしますが、広範囲に制限が加えられることで発生する程度の支障はご理解ください。とにかく、一個師団レベルの部隊を駐屯させるためには、相当な敷地が必要なんです。たとえばですね、この作戦ではヘリコプターが必需品です。それも数十機がいります。そのためのヘリポートに三百メートルのトラックがいくつか必要になります。また、一個連隊の宿営だけでも三百メートルのトラックがある運動場なみのスペースを確保しなければならないんです。これでもぎゅうぎゅう詰めですよ。最低でも普通科部隊だけで三個連隊になるでしょうから、お察しはつくかと思います」

髪の毛を短く刈り込んだ兵站幕僚は、さらに一個特科連隊、後方支援連隊を加え、だいたい六、七個の連隊、計七千名の隊員が現地に入ることを説明。そのため敷地は、施設関係などのスタッフの宿営場所、膨大な輸送車の駐車スペースが必要になるほか、一個連隊でも車両が三百両以上あることを嚙んでふくめるように語った。

「また弾薬をきちんと保管して周りを部外者に通させないような広範囲な場所が必要です。駐車場に停めたトラック群を弾薬倉庫代わりに使おうと思っています。さらに水を作ったり、補給食料、医薬品、臨時病院機材などを保管しておく場所、仮設病院など、全体をみればどうしても広範囲な場所がいるんです」

産業経済部長は、一つ一つの説明に何度も驚きの声を上げた。

「いやあ、それほどとはなぁ。ちょっと待ってください。問題は陸の施設だけではないんです。海上自衛隊さんの船もたくさん出動されとるようですね。それで、地元の漁業組合から猛烈な抗議や陳情が来てましてね。何の取り決めもない海域での船の航行は漁業権の侵害だと騒いでおるんですわ。海上自衛隊さんのほうでも漁業組合と直接話し合ってくれませんか。何らかの補償をしてやらんと」

「補償といいますと？」

産業経済部の農林水産課長が言葉を引き継いだ。

「金ですわ」

「それは、もっと上のほうに訊いてみないことには」

海上自衛隊舞鶴地方総監部の兵站幕僚がハンカチで額の汗を拭いた。

「何しろですな、もし自衛隊の船が網をちょっとでも傷つけたらすぐに裁判を起こしてやるって、もうえらい剣幕で。それだけやない。農協もね、警察やったら許せるけど自衛隊の戦車が田んぼを踏みつけるなんてとんでもないことやって言うてるんです」

第一〇師団第五部の幕僚は苦笑した。

「別に戦車を田んぼに走らそうとは思っていませんよ。ちゃんと道路上を走らせますから」

産業経済部長が困惑した顔をした。

「ほやけど、言うたら悪いですけど、気を悪くしないでくださいよ。皆さんこれから、命懸けで北朝鮮の兵士と戦われるということは、ほんに大変なことやと、隊員の方々のご家族にしても、えろう心配やと思います。ほやけど住民の一部では、自衛隊がな、その、エー、つまり所詮は人殺しやと。殺してなんぼやと。そういう目的のために協力しとうないという人間もいるんですわ。しかしですね、われわれとしましても、県や自治省からの通達もあり、少しでも自衛隊の皆さんにご協力をしようと思って地元とも話しまして、警察がすでに使用している施設についてはなんとか説得できたんですが、このリストを見ると、警察が使っていた施設の十倍は必要。こんな規模になるとは想像もしてなかったもので」

敦賀市役所の助役も口を開いた。

「ほとんどの住民は避難することを希望していますが、まだ地元に残って生活をするという人もたくさんおるしな」

第五部幕僚はたまらず言った。

「大きな誤解がありますよ。これは防衛出動ではなく、治安出動なんで……」

「治安出動っていうたって、撃ちまくることには変わりないんでしょ？」

「いえ、違います」

「とにかくです。こんなに多くの場所が必要だとは想像もしていなかったので、もう一度協議させてください。それからの話ということで」

立ち上がりかける福井県庁や敦賀市役所の幹部たちを防衛大出の士官たちがあわてて制した。

「それで、いつ、ご返事をいただけるのですか？」

「もう一度、関係部署と詰めなければなりませんのでね。ＰＴＡ、商工会などともお話をしなくてはいけないし。とにかく、前向きに検討させていただきますから。前向きに」

敦賀半島丹生大橋

完全武装のワッペンの袖をまくった。ホイヤーの水中時計にあるタイムウォッチ用の秒針がクルクル回っていた。つい三ヵ月前、二十一回目の誕生日に、短期大学に通う一つ年下の彼女からもらった全天候型の時計だった。上村克彦巡査はこの時計が気に入っていた。

上村が属する中部管区機動隊第二中隊第四小隊二十名は、丹生大橋入口の警備詰所前で、美浜原子力発電所への唯一のアクセスルートを防護せよと厳命されていた。警備詰所付近には、すでに日本原子力セキュリティーの警備員たちの姿はなかった。代わりに警備詰所の屋上に展開していたのは、大阪府警SAT第二小隊の狙撃部要員たちだった。

絶え間なく繰り返される波のしぶきの音を聞いて、上村は彼女のことを思い出した。きっと今頃アイツはいつも通りに短大の授業を受けている頃だろう。夜になれば友人と栄《さかえ》にでも出て、酒とおしゃべりに夢中になるに決まっている。自分がこんな厳しい状況下で北朝鮮兵士たちを待ち続けているとは想像もしないだろうな。三週間前には彼女と二人でカラオケルームに行っていた自分が信じられなかった。

それにしても、北朝鮮兵士が機関銃を乱射しながら突入してくれば、いったいどうやって応射すればいいのだろうか。ロケット砲の威力の凄まじさは、一週間前にSAT部隊に犠牲者が出て以来、隊員たちの間に知れ渡っていた。中隊長からは、もし北朝鮮兵士を発見した場合は応射せず、防弾盾で防護して、直ちに現地警備本部に連絡せよと厳命されてはいたが、それで不安が拭い去れるわけではなかった。

盗難防止用の吊り紐を外した状態で拳銃ホルダーに収めていたニューナンブ三八口径のグリップを握ってみた。ここに配備されてから、もう何十回となく繰り返している動作だった。交替時間まで、あと三十分。立ち続けているだけでも相当体力が消耗されるのを機動隊に入隊して初めて知った。とくに完全武装にすれば出動服は五キロにもなる。だが、あと少し我慢すれば後方に退いて休養が与えられる。本来なら規則違反だが、持ってきた携帯電話をトイレに持ち込んで彼女に連絡を取ってみよう。

乾いた鈍い音が山の中から聞こえた。視線をその方向に移した時だった。大きなクギを打ち込まれたような感触を覚えた。最初は痛みはなかった。激痛が襲ってくるまで十秒ほどかかった。いったい何が起こったのか分からなかった。激しい痛みを感じた首に手をやってみると手袋の上からでも生温かいヌルヌルしたものを感じた。何だ？　手を目の前に持ってきた。赤い液体がベットリ付着している。その時だった。首にどうすることもできないほど激しい脈動を感じると、血が噴き出すのが見えた。気が遠くなっていった。

上村が首から血しぶきを上げて倒れたのを見た第四小隊長は、山の中から狙撃を受けたことを瞬間的に悟った。

「4から各班！　全員伏せろ！　狙撃されている。伝令、直ちにゲンポン連絡！」

「2から4。どこだ、敵はどこにいるんだ！」

「4から2、分からん。とにかく原子力発電所まで退避！」

その警告は遅かった。二発の銃声がして上村の左右にいた二名の隊員も悲鳴を上げながらアスファルトの上で転げ回った。銃弾は二人の足を貫通していた。第四小隊は一気にパニックに襲われた。松の木や岩陰に飛び込んでバラバラになった。

敦賀半島水晶浜

「至急！　至急！　チュウカン・ニからゲンポン！」

「至急！　至急！　ゲンポンだ、どうした！」

「何者かから狙撃を受けた。繰り返す、狙撃を受けた。マルケーは遠距離から発砲した模様。カンク・二三名が重軽傷。直ちに救急車の手配を要請するとともに、支援を求める」

「ゲンポン了解！　さらに続けよ」

「マルケーの姿は視認できず、チュウカン・ニは警戒態勢を続け、現場は維持している。以上」

「ゲンポン了解。チュウカン・ニにおいては全部隊を後方に退避させるとともに、状況を逐一報告せよ」

「チュウカン・ニ了解！」

寝不足で朦朧《もうろう》としてソファの背に首をもたせていた岡田は、リモコン担当の緊迫した声を聞いてすぐに飛び起きた。

「どうした、またマルケーか。報告しろ！」

リモコン担当の県警巡査長は、走り書きしたメモを片手に早口で現場からの悲痛な叫びを説明した。現地警備本部の中は、支援部隊を派遣するために電話に飛びつく本部員、美浜原発を警備する現地部隊とのやりとりを大声で続ける機動隊員、救急車の手配や病院の手配を行う敦賀消防本部の連絡官などの声で埋まった。

「チュウカン・ニはどこの防護だ⁉」

岡田は壁に大きく貼られた地図を見ながら訊いた。

「美浜原発です」

「敷地内には侵入されていないんだな!」

「正門を突破されることはないと思います」

「そんなこと分かるか!　相手は対戦車ロケット砲を持っているんだぞ!」

岡田はワイドの携帯電話を取り上げて警察庁を呼び出した。総合対策室では、体から異臭を発生させて湯村がずっと待機したままだった。

「課長、また攻撃です。山中から狙撃された模様です。今度は美浜原発前で警戒に当たっていた機動隊員三名に被害が発生したようです」

「何だと!　あれほど注意しておけと言っておいたはずじゃないか!」

「相手はどこからでも撃ってこられます。しかし、こっちは手出しができない。機関銃にしてもSATだけではとうてい対応できません。あきらかに警察の能力を越えています。私はこれ以上指揮下に置いている大勢の部下たちを危険な環境に置いておくわけにはいきません!」

「何を弱音を言っているんだ。貴様は警察官だろうが!　ガキじゃあるまいし泣き言を言うな!　警察が逃げていたら日本はとっくの昔にスラム化している。今こっちでは自衛隊の出動が行われるように政府で協議中だ。それまで踏ん張れ。警察が逃げたら誰が敦賀や美浜の市民たち、原発を守るんだ。ふざけたことを言っていると更迭するぞ！」

「お言葉ですが、私は千数百人という前線に出ている部下の安全のことを言っているんです。かれらだって日本国民です。生命の重さは同じのはずです。だから、せめて装甲車をもっと増やしてください。今のままでは射撃大会のように狙い撃ちされるだけです！」

岡田は湧き出す感情を抑え切れなかった。

「装甲車はちゃんと手配してる！　とにかく踏ん張れ」

さらに反論しようと受話器を持ち替えた時、現地警備本部のスピーカーに隊内系無線チャンネルからのがなり声が入った。

「至急！　カントウカンク・サン、ゲンポン！」

リモコン担当は警備実施表を素早く見て、そのメガが敦賀半島北端にある高速増殖炉「もんじゅ」につながる県道で夕方からの防護部隊に決められていたはずの関東管区機動隊第三中隊が使うチャンネルだと分かった。

「カントウカンク・サン、こちらゲンポン！」

「部隊二十名を乗せた警備車が白木トンネル南入口付近に差しかかったところ、前方五十メートルで相当大きな爆発！　警備車はフロントガラスが破損し、運転手のマルキ一名が顔面にガラスの破片を受けた！」

「ゲンポンからカントウカンク・サン！　爆発とは何か！」

「爆発は相当大きな火力によって行われた模様。ロケット砲のようなものでの攻撃ではないかと思われる。以上！」

緊迫した声が終わらないうちに、敦賀消防組合本部から派遣されていた連絡要員は、震えが止まらない手で現地消防本部連絡所へのホットラインの番号を押した。

十四日目

永田町　首相官邸

今日は、まず何と言って挨拶をしようか。秘書官室の狭い応接椅子で待ちながら、瀬川は高い天井を見つめながら考え込んでいた。毎週木曜日の午後、御進講と呼ばれる定期的な総理報告。いかに総理に興味がある情報を伝えるか、その選択の難しさもさることながら瀬川の頭を悩ませるのは、総理と会った瞬間の第一声だった。フランスならボンジュール、ムッシュ・プレジダンで済むだろうし、アメリカでもグッドアフタヌーン、サー・プレジデントという便利な言葉がある。

だからといって「こんにちは、総理」では間が抜けている。「お元気ですか」でも芸がない。何かひと言決める言葉を何時間も考えることも珍しくなかった。三人の総理に仕えた瀬川にしても最大の難問だった。

総理報告の時間が来たことを知らせるのは、本来なら警察庁出向の秘書官だった。だが諸橋首相はいつも自分から秘書官室まで出向いて「お待たせしました」と呼ぶのが恒例となっていた。短気な性格という風評の諸橋は実は意外と気遣い性だという印象を官僚に与えていた。ところが今日は寺崎秘書官が呼びにきた。寺崎は他の秘書官に聞こえないように小声で話しかけた。

「総理は極度に疲労が溜まっているようです。手短にお願いします」

瀬川は自分より十五年も入省年度が若い後輩の指示に一瞬ムッとした。だが、執務室のドアを入って思わず立ち尽くすことになった。諸橋はタオルを目に当ててソファの上でぐったりしていた。声をかけるタイミングを失ってしまった。

「ああ、済まない。ちょっと寝不足でな。許してくれ」

「睡眠薬を飲まれるよりはいいと思います」

瀬川はそう言いながらソファの反対側に腰かけた。とっさに口から出たわりには満足な第一声だと思った。

「それがな、ついに手を出しちゃったよ。戸山の先生も、処方に気をつけながらだったらって、許してくれたんだ」

戸山とは新宿区戸山にある国立国際医療センターのことで、副院長が諸橋の主治医を務めていた。過去三回のサミットでも、政府専用機に密かに帯同していた。

「今日はごく短くやりましょうか？」

諸橋はソファに座りなおしながら顔の前で手を振った。

「いや、マスコミがどう扱っているか知りたい。センターから毎朝、投げ込みで新聞の切り抜きをもらってはいるが、読む時間がなくてな。またどうせ内閣支持率が落ちているんだろう」

諸橋の支持率はSAT部隊に犠牲者が出て以来、急速に下がって、なかなか底が見えなかった。

「官邸迷走か」

諸橋は新聞の見出しを見て、吐き捨てるようにそう言いながら、吸殻で満杯の灰皿を執務机から持ってきて、朝から二箱目のチェリーの封を切った。多くの週刊誌がSAT部隊に犠牲者が出たのを盛んに責め立てていた。辞任を求める見出しをブチ上げている週刊誌もあった。瀬川は諸橋の口から初めて弱音を聞いて驚いた。官房長官や筆頭秘書官の前でもけっして弱音を吐くことがなかったからだ。まるで諸橋の体がガラスでできているような気がした。総理に就任したばかりの時のような潑剌とした雰囲気はもはやなかった。自信を喪失した疲れ切った顔が目の前にあった。官邸詰め記者ともトラブル続きで、ぶら下がりのインタビューをすべて拒否していた。新聞の政治面では〈迷走を続ける官邸〉と書かれる始末だった。

瀬川は内閣情報調査室の〝ヤマ〟と総称される六つの外郭団体のうち、内外情勢調査会が世論調査会社に委託して行った支持率の調査結果を、諸橋に気づかれないように一番下に隠した。総理の想像通り、最悪の数字が記されていた。これ以上痛めつける必要もないだろう。

切り抜かれた新聞記事のコピーよりも先に、まずいくつかのコピーの束を総理の前に置いた。

「一週間後に公表される、共同通信社、朝日新聞社、読売新聞社の世論調査が手に入りました。読売では、自衛隊の出動に対して、出動はしかたがないを含めると賛成は五十四パーセントです。反対は三十二パーセントなので、賛成の意見が圧倒的に過半数を得ていると言っていいでしょう。共同も大体同じです。驚くのが朝日新聞です。反対は三十八パーセントですが、四十八パーセントが賛成と出ています。あれだけ紙面を通じて自衛隊の出動に批判的な態度を貫いてきた朝日がこの数字を出したということは、すでに国民の大半が自衛隊出動に反対はしないと感じている証左でしょう。SAT隊員に犠牲者が出たことが大きいと思われます」

諸橋は世論調査のペーパーを奪い取るようにして見入った。

「血でもって証明されたわけか。で、どう思う？　これですぐにでも自衛隊を出せるか」

「私は情報屋ですから、政策判断はしませんが、環境は整ったと言えるのではないですか。

ただ、いろいろな動きをされている方がいらっしゃるので……」

「いろいろな動き？　何だ、ハッキリ言えよ」

言葉にする代わりに別のメモの束をテーブルに置いた。内閣情報調査室の国内一部政治班が入手した二枚のペーパーだった。

「何だ、これは？」

〈篠塚官房長官の野望。自由党と密会の夜〉

一枚目の冒頭にはこう書かれていた。諸橋は五分かけて、みっちり書き込まれた内容を読み込んだ。

「あのシノさんが近藤とな……」

「いわゆる怪文書のたぐいです」

「それにしても細かいじゃないか」

「真偽は不明です」

「官房長官が後ろから弾を撃とうとしているというわけか」

「分かりません」

「なぜオレに見せる？」

「中身はともかくとして、この文書を誰が作ったかです」

「意味が分からんが……」

「この怪文書は、自民党長老とマスコミに届けられました」

「何が狙いだ？」

「簡単に出せる答えは、自民党内を混乱させて分裂させる。ひいては弱体化させることにあるということです」

「共産党か？」

「いえ、違うでしょう。もっと大がかりな組織的背景が感じられます。しかし、それを突き止めるのは無理です。こういった陽動情報がこれからもワンサカ出てくると思います」

「私自身はとうに決断している。党のほうも、幹事長が次回選挙の支援金分配を鼻先にちらつかせることで、なんとかまとまりつつあるよ。あとは関係省庁との法令整備だけだが、これが想像以上にやっかいだ。それにしても瀬川君。滑稽な話だとは思わんか。ガラスの兵隊とはよく言ったものだ。この国はこれまで強大な軍事力を育ててきた。昨年だけでも五兆円を投入した。ＡＷＡＣＳ（早期警戒機）だって、二二〇〇億円使って四機もそろえた。これで日本中が大きなバリアで覆われたも同然になる。航空自衛隊だって、中国とまともに戦っても数日で制空権を取れる。それほど自衛隊の能力はアジアでは圧倒的なんだ。にもかかわらず、日本の国土に外国の軍人がナイフを突き刺すように潜水艦で侵入して日本国民が何人も殺傷されているというのに、自衛隊は眠ったままだ。兵隊一人、前線に出せない。九千名の兵力を抱える北海道の第二師団では、この今でも、侵攻してきたロシア軍に対する後方攪乱訓練を続けているという。これがブラックユーモアなら最優秀賞じゃないか。そして自衛隊最高司令官の私は、何ら命令を出すことはできずに、朝一番で月例経済見通しの会議を開いている」

「日本人は、アングロサクソンのように冷厳にも、ラテン民族のようにふてぶてしくもなりきれません」

歴代の旧竹下派系の総理のご多分にもれず、目の前に疲れて座る男もやたら数字に強いところを見せようとしていた。瀬川は溜め息をつきたかった。ＡＷＡＣＳを何機持っているか総理大臣がそらんじているからといって、国政にいったいどんなメリットがあるんだろうか。

「総理、さらにこういったメモもあります」

二枚の紙をそっとテーブルに置いた。諸橋は気乗り薄といった表情で面倒臭そうに手に取った。だが、すぐに表情は一変した。

「本当に、シノさんがこんなことを言ったのか。信じられん」

「その場には三社の記者がいたので、信頼性はあると思います」

篠塚が担当記者との間で完全オフレコでしゃべった内容が生々しくつづられていた。

「シノさんの狙いは一体、何なんだ？　政権を支えるためか、それとも次の出番を睨んでシコを踏んでいるのか？」

諸橋は篠塚が記者たちに縷々《るる》語り続ける壮大な大派閥構想を目にして呆然とした。ネクタイを外して、テーブルに叩き付けた。

「皆それぞれ自分のメリットになる方向を見て、自衛隊出動を政争の具にしてる。一体、国のことを真剣に心配しているヤツはどこにいるんだ?」

いまさらそれはないでしょうと瀬川は言いたかった。この男にしたって、この部屋の主となる直前まで、党利党略、自分のメリットのためだけに動いてきたはずではないか。だが、日本の国のことを誰が真剣に考えているのかという素朴な疑問は、確かに諸橋にしか語れない言葉かもしれない。おそらく、いま日本の将来だけを真剣に考えているのは、数字にやたら明るく、軍事オタクで、坊ちゃん育ちで単純な、目の前の男ひとりしかいないのではないか。

「誰に相談すればいいんだ、オレは。国のことを考えているのはオレと君くらいじゃないか」

ピッチャーズ・マウンドに立つ投手のように孤独感を味わうのも歴代の総理と同じだと瀬川は感じた。たまにサードやファーストから声がかけられることはあるが、しょせん、投手は孤独だった。ピッチャーズ・マウンドに立つと、口汚いスタンドからの野次がどれほど反響し腹に応えるか。投手になった者でないと分からないだろう。

「瀬川君、オレはすでに腹をくったよ。自衛隊を出動させる。内閣をあらゆる方法で納得させ、自由党の件もシノさんに乗っかってみるよ。この件だけは絶対的な多数で乗り越えたい。歴史に恥ずかしい汚点を残すわけにはいかないだろう。自衛隊の出動は多数で決定したという既成事実を作りたいんだ。それに実は女房にな、昨夜怒られたんだよ。『どうせ行くも地獄、帰るも地獄でしょ。だったら前に進むしかないじゃないですか』ってな。このひと言ですべてを決めたよ。アイツもおれと伊達《だて》に三十年も付き合っていないんだよな。あの気迫は、そりゃすごかったよ」

予定された定期報告の時間を大幅に過ぎて、瀬川は一時間十五分後に総理執務室から出てきた。取り囲む記者団に笑顔だけ見せて玄関を後にした。まさか、一国の元首が「女房のひと言で国家としての重大決断を下した」とは口が裂けても言えなかった。取りすがる記者団に、公用車の後部座席に体半分入れながら、ひと言だけ口にした。

「総理の決断の理由？　それは国家機密だ」

（下巻に続く）

◉この作品はフィクションです。実在の人物、団体、国家とは一切関係がありません。

◉本書は一九九八年三月、小社より単行本として刊行された『宣戦布告　上』に大幅加筆したものです。

|著者|麻生 幾　1960年大阪府生まれ。作家、ジャーナリスト。著書に、阪神大震災時の官邸の混迷などを描いた『情報、官邸に達せず』、オウム真理教と日本政府・警察・自衛隊との壮絶な戦いを描いた『極秘捜査』(ともに文藝春秋刊)、グリコ森永事件・ペルー日本大使公邸占拠事件など日本を揺るがした重大事件の闇に迫った『戦慄』『消されかけたファイル』(ともに新潮社刊)がある。本書は氏が初めて手がけた小説作品である。

加筆完全版《かひつかんぜんばん》 宣戦布告《せんせんふこく》 上

麻生《あそう》 幾《いく》

2001年3月15日第1刷発行
2002年10月4日第8刷発行

発行者――野間佐和子
発行所――株式会社 講談社
東京都文京区音羽2-12-21 〒112-8001
電話 出版部 (03) 5395-3510
販売部 (03) 5395-5817
業務部 (03) 5395-3615

Printed in Japan

講談社文庫

定価はカバーに
表示してあります

デザイン―菊地信義
製版――株式会社東京印書館
印刷――豊国印刷株式会社
製本――株式会社大進堂

落丁本・乱丁本は小社書籍業務部あてにお送りください。送料は小社負担にてお取替えします。なお、この本の内容についてのお問い合わせは文庫出版部あてにお願いいたします。

ISBN4-06-273111-8

講談社文庫刊行の辞

二十一世紀の到来を目睫に望みながら、われわれはいま、人類史上かつて例を見ない巨大な転換期をむかえようとしている。

世界も、日本も、激動の予兆に対する期待とおののきを内に蔵して、未知の時代に歩み入ろうとしている。このときにあたり、創業の人野間清治の「ナショナル・エデュケイター」への志を現代に甦らせようと意図して、われわれはここに古今の文芸作品はいうまでもなく、ひろく人文・社会・自然の諸科学から東西の名著を網羅する、新しい綜合文庫の発刊を決意した。

激動の転換期はまた断絶の時代である。われわれは戦後二十五年間の出版文化のありかたへの深い反省をこめて、この断絶の時代にあえて人間的な持続を求めようとする。いたずらに浮薄な商業主義のあだ花を追い求めることなく、長期にわたって良書に生命をあたえようとつとめるところにしか、今後の出版文化の真の繁栄はあり得ないと信じるからである。

同時にわれわれはこの綜合文庫の刊行を通じて、人文・社会・自然の諸科学が、結局人間の学にほかならないことを立証しようと願っている。かつて知識とは、「汝自身を知る」ことにつきていた。現代社会の瑣末な情報の氾濫のなかから、力強い知識の源泉を掘り起し、技術文明のただなかに、生きた人間の姿を復活させること。それこそわれわれの切なる希求である。

われわれは権威に盲従せず、俗流に媚びることなく、渾然一体となって日本の「草の根」をかたちづくる若く新しい世代の人々に、心をこめてこの新しい綜合文庫をおくり届けたい。それは知識の泉であるとともに感受性のふるさとであり、もっとも有機的に組織され、社会に開かれた万人のための大学をめざしている。大方の支援と協力を衷心より切望してやまない。

一九七一年七月

野間省一

講談社文庫　目録

秋元　康　明日は明日の君がいる
荒川じんぺい　週末は森に棲んで
荒川じんぺい　週末は山歩き〈「初めて」からのお役立ちガイド・エッセイ〉
青木　玉　小石川の家
青木　玉　帰りたかった家
青木　玉　なんでもない話
阿木燿子　ちょっとだけ堕天使
天樹征丸　さとうふみや画　金田一少年の事件簿1〈オペラ座館・新たなる殺人〉
天樹征丸　さとうふみや画　金田一少年の事件簿2〈幽霊客船殺人事件〉
天樹征丸　さとうふみや画　金田一少年の事件簿3〈電脳山荘殺人事件〉
芦辺　拓　殺人喜劇の13人
芦辺　拓　殺人喜劇のモダン・シティ
芦辺　拓　地底獣国《ロスト・ワールド》の殺人
浅田秀子　知らないと恥をかく「敬語」
浅川博忠　小説角栄学校
浅川博忠　小説角福戦争
浅川博忠　小説池田学校
浅川博忠　電力会社を九つに割った男〈民営化の鬼、松永安左ェ門〉
浅川博忠　人間小泉純一郎〈三代にわたる「変革」の血〉

浅川博忠　自民党・ナンバー2の研究
荒　和雄　銀行マンの掟
荒　和雄　ペイオフ〈あなたの預金が危ない！〉
荒　和雄　勝ち残った中小企業伸びてる女社長
愛川　晶　七週間の闇
安藤和津　愛すること　愛されること
安部龍太郎　密室大坂城
安部龍太郎　忠直卿御座船
阿部和重　アメリカの夜
麻生　幾　加筆完全版　宣戦布告(上)(下)
阿川佐和子　あんな作家こんな作家どんな作家
青木奈緒　ハリネズミの道
五木寛之　恋歌
五木寛之　ソフィアの秋
五木寛之　狼のブルース
五木寛之　海峡物語
五木寛之　風花のひと
五木寛之　鳥の歌(上)(下)
五木寛之　燃える秋

五木寛之　みみずくの大サーカス〈流されゆく日々'76〉
五木寛之　雨の日の珈琲屋で〈流されゆく日々'77〉
五木寛之　真夜中の望遠鏡〈流されゆく日々'78〉
五木寛之　ナホトカ青春航路〈流されゆく日々'79〉
五木寛之　海の見える街にて〈流されゆく日々'80〉
五木寛之　改訂新版　青春の門　全六冊
五木寛之　旅の終りに
五木寛之　野火子
五木寛之　旅の幻燈
五木寛之　メルセデスの伝説
五木寛之　男が女をみつめる時
五木寛之　疾《はし》れ！逆ハンぐれん隊
五木寛之　爆走《ばくそう》！逆ハンぐれん隊
五木寛之　危《あや》うし！逆ハンぐれん隊
五木寛之　挑戦《チャレンジ》！逆ハンぐれん隊
五木寛之　珍道中《ちんどうちゅう》！逆ハンぐれん隊
五木寛之　怒《いか》れ！逆ハンぐれん隊
五木寛之　さらば！逆ハンぐれん隊
五木寛之他　力

井上ひさし　モッキンポット師の後始末
井上ひさし　モッキンポット師ふたたび
井上ひさし　ナ　イ　ン
井上ひさし　四千万歩の男全五冊
井上ひさし　百年戦争(上)(下)
井上ひさし・樋口陽一　「日本国憲法」を読み直す
井上ひさし・司馬遼太郎　国家・宗教・日本人
生島治郎　星になれるか
池波正太郎　忍びの女(上)(下)
池波正太郎　近藤勇白書
池波正太郎　まぼろしの城
池波正太郎　私の歳月
池波正太郎　殺しの掟《おきて》
池波正太郎　よい匂いのする一夜
池波正太郎　梅安料理ごよみ
池波正太郎　田園の微風
池波正太郎　新 私の歳月
池波正太郎　抜討ち半九郎
池波正太郎　剣法一羽流
池波正太郎　若き獅子
池波正太郎　池波正太郎の映画日記〈1978・2〜1984・12〉
池波正太郎　きままな絵筆
池波正太郎　新装版 緑のオリンピア
池波正太郎　新装版殺しの四人〈仕掛人・藤枝梅安㈠〉
池波正太郎　新装版梅安蟻地獄〈仕掛人・藤枝梅安㈡〉
池波正太郎　新装版梅安最合傘〈仕掛人・藤枝梅安㈢〉
池波正太郎　新装版梅安針供養〈仕掛人・藤枝梅安㈣〉
池波正太郎　新装版梅安乱れ雲〈仕掛人・藤枝梅安㈤〉
池波正太郎　新装版梅安影法師〈仕掛人・藤枝梅安㈥〉
池波正太郎　新装版梅安冬時雨〈仕掛人・藤枝梅安㈦〉
井上　靖　楊貴妃伝
井上　靖　本覚坊遺文
石川英輔　大江戸神仙伝
石川英輔　大江戸仙境録
石川英輔　大江戸えねるぎー事情
石川英輔　大江戸遊仙記
石川英輔　大江戸テクノロジー事情
石川英輔　SF三国志
石川英輔　大江戸仙界紀
石川英輔　大江戸生活事情
石川英輔　大江戸泉光院旅日記
石川英輔　大江戸リサイクル事情
石川英輔　雑学「大江戸庶民事情」
石川英輔　2050年は江戸時代〈衝撃のシミュレーション〉
石川英輔　大江戸仙女暦
石川英輔・田中優子　大江戸ボランティア事情
石川英輔・田中優子　大江戸生活体験事情
石牟礼道子　苦海浄土〈わが水俣病〉
今西祐行　肥後の石工
いわさきちひろ　ちひろのことば
いわさきちひろ・松本　猛　いわさきちひろの絵と心
いわさきちひろ・松本　猛　ちひろへの手紙
いわさきちひろ絵本美術館編　ちひろ・子どもの情景〈文庫ギャラリー〉
いわさきちひろ絵本美術館編　ちひろ・紫のメッセージ〈文庫ギャラリー〉
いわさきちひろ絵本美術館編　ちひろの花ことば〈文庫ギャラリー〉
いわさきちひろ絵本美術館編　ちひろのアンデルセン〈文庫ギャラリー〉
いわさきちひろ絵本美術館編　ちひろ・平和への願い〈文庫ギャラリー〉

講談社文庫　目録

石野径一郎　ひめゆりの塔
入江泰吉　大和路のこころ
井沢元彦　猿丸幻視行
井沢元彦　本廟寺焼亡
井沢元彦　六歌仙暗殺考
井沢元彦　修道士の首〈織田信長推理帳①〉
井沢元彦　五つの首〈織田信長推理帳②〉
井沢元彦　謀略の首〈織田信長推理帳③〉
井沢元彦　ダビデの星の暗号
井沢元彦　義経幻殺録
井沢元彦　欲の無い犯罪者
井沢元彦　義経はここにいる
井沢元彦　芭蕉魔星陣
井沢元彦　光と影の武蔵〈切支丹秘録〉
色川武大　明日泣く
一ノ瀬泰造　地雷を踏んだらサヨウナラ
石森章太郎　トキワ荘の青春〈ぼくの漫画修行時代〉
伊藤雅俊　商いの心くばり
泉　麻人　丸の内アフター5

泉　麻人　オフィス街の達人
泉　麻人　地下鉄の友
泉　麻人　地下鉄の素
泉　麻人　地下鉄の穴
泉　麻人〈オカシ屋ケン太〉　おやつストーリー
泉　麻人　バナナの親子
泉　麻人　東京タワーの見える島
泉　麻人　大東京バス案内《ガイド》
泉　麻人　地下鉄100コラム
一志治夫　僕の名前は。〈アルピニスト野口健の青春〉
伊集院　静　乳房
伊集院　静　遠い昨日
伊集院　静　夢は枯野を〈競輪躁鬱旅行〉
伊集院　静　峠の声
伊集院　静　白秋
伊集院　静　潮流
伊集院　静　機関車先生
伊集院　静　冬の蜻蛉《とんぼ》
伊集院　静　オルゴール

伊集院　静　昨日スケッチ
今邑　彩　金雀枝《えにしだ》荘の殺人
岩崎正吾　信長殺すべし〈異説本能寺〉
井上夢人　おかしな二人〈岡嶋二人盛衰記〉
井上夢人　メドゥサ、鏡をごらん
家田荘子　バブルと寝た女たち
家田荘子　離婚
家田荘子　愛人〈ピュアで危険な愛を選んだ女たち〉
家田荘子　恋愛白書〈モテる男のコたちの性〉
家田荘子　人妻
家田荘子　イエローキャブ
家田荘子　リスキー ラブ
井上雅彦　竹馬男の犯罪
池宮彰一郎　高杉晋作(上)(下)
池宮彰一郎　風塵
池部　良　風、凪んでまた吹いて
伊藤結花理　ダンシング ダイエット
石坂晴海　やっぱり別れられない〈離婚を選ばなかった夫婦たち〉
石坂晴海　掟やぶりの結婚道〈既婚者にも恋愛を！〉

講談社文庫　目録

井上祐美子　桃夭記
井上祐美子　紅顔
井上祐美子　公主帰還
井上祐美子　臨安水滸伝
岩上安身　あらかじめ裏切られた革命
飯島勲　代議士秘書〈永田町、笑っちゃうけどホントの話〉
池井戸潤　果つる底なき
岩本順子　おいしいワインが出来た！〈名門ケラー醸造所飛び込み奮闘記〉
岩瀬達哉　新聞が面白くない理由
井田真木子　ルポ十四歳〈消える少女たち〉
乾くるみ　Jの神話
内橋克人　破綻か再生か〈日本経済への緊急提言〉
内田康夫　死者の木霊《こだま》
内田康夫　シーラカンス殺人事件
内田康夫　パソコン探偵の名推理
内田康夫　「横山大観」殺人事件
内田康夫　漂泊の楽人
内田康夫　江田島殺人事件
内田康夫　琵琶湖周航殺人歌
内田康夫　夏泊殺人岬
内田康夫　平城山《ならやま》を越えた女
内田康夫　「信濃の国」殺人事件
内田康夫　鐘
内田康夫　風葬の城
内田康夫　透明な遺書
内田康夫　鞆《とも》の浦《うら》殺人事件
内田康夫　箱庭
内田康夫　終幕《フィナーレ》のない殺人
内田康夫　御堂筋殺人事件
内田康夫　全面自供〈浅見光彦と内田康夫いいたい放題〉
内田康夫　記憶の中の殺人
内田康夫　北国街道殺人事件
内田康夫　蜃気楼
内田康夫　「紅藍《くれない》の女《ひと》」殺人事件
内田康夫　「紫《むらさき》の女《ひと》」殺人事件
内田康夫　藍色回廊殺人事件
歌野晶午　長い家の殺人
歌野晶午　白い家の殺人
歌野晶午　動く家の殺人
歌野晶午　ガラス張りの誘拐
歌野晶午　さらわれたい女
歌野晶午　ROMMY〈越境者の夢〉
歌野晶午　正月十一日、鏡殺し
歌野晶午　死体を買う男
歌野晶午　放浪探偵と七つの殺人
with編集部編　闘うオンナたち〈新・男子禁制OL物語〉
内館牧子　出逢った頃の君でいて
内館牧子　リトルボーイ・リトルガール
内館牧子　切ないOLに捧ぐ
内館牧子　あなたが好きだった
内館牧子　ハートが砕けた！
内館牧子　BU・SU〈すべてのプリティ・ウーマンへ〉
内館牧子　別れてよかった
内館牧子　小粋な失恋
内館牧子　愛しすぎなくてよかった
宇神幸男　ニーベルンクの城
宇神幸男　美神の黄昏

宇都宮直子　神様がくれた赤ん坊
宇都宮直子　人間らしい死を迎えるために
宇都宮直子　神様がくれた赤ん坊 茉莉子の赤いランドセル
宇都宮直子　だから猫と暮らしたい
薄井ゆうじ　くじらの降る森
薄井ゆうじ　樹の上の草魚
薄井ゆうじ　竜宮の乙姫の元結いの切りはずし
薄井ゆうじ　星の感触
宇野千代　幸福に生きる知恵
内田洋子 シルヴェリオ・ピズ　ウーナ・ミラノ〈Una Milano〉
内田洋子 シルヴェリオ・ピズ　食べてこそわかるイタリア
宇江佐真理　泣きの銀次
宇江佐真理　室の梅〈おろく医者覚え帖〉
浦賀和宏　記憶の果て
遠藤周作　海と毒薬
遠藤周作　わたしが・棄てた・女
遠藤周作　ユーモア小説集
遠藤周作　第二ユーモア小説集
遠藤周作　怪奇小説集

遠藤周作　第二怪奇小説集
遠藤周作　新撰版 怪奇小説集〈「恐」の巻〉
遠藤周作　新撰版 怪奇小説集〈「怖」の巻〉
遠藤周作　ただいま浪人
遠藤周作　ぐうたら人間学
遠藤周作　ぐうたら愛情学
遠藤周作　ぐうたら好奇学
遠藤周作　ぐうたら交友録
遠藤周作　結婚
遠藤周作　聖書のなかの女性たち
遠藤周作　さらば、夏の光よ
遠藤周作　最後の殉教者
遠藤周作　何でもない話
遠藤周作　悪霊の午後 (上)(下)
遠藤周作　父親
遠藤周作　わが恋《おも》う人は (上)(下)
遠藤周作　イエスに邂《あ》った女たち
遠藤周作　妖女のごとく
遠藤周作　反逆 (上)(下)

遠藤周作　ひとりを愛し続ける本
遠藤周作　決戦の時 (上)(下)
遠藤周作　深い河《ディープ・リバー》
遠藤周作　周作塾〈読んでもタメにならないエッセイ〉
遠藤周作　『深い河』創作日記
永六輔　無名人名語録
永六輔　普通人名語録
永六輔　一般人名語録
永六輔　わが師の恩
永六輔　どこかで誰かと
永六輔　壁に耳あり
永六輔 ピーコ　I愛Eye〈よってたかって目の勉強・7年後〉
江波戸哲夫　左遷!〈商社マンの決断〉
江波戸哲夫　銀行支店長
江波戸哲夫　高卒副頭取
江波戸哲夫　企業の闇に棲む男
江波戸哲夫　新入社員 船木徹
江波戸哲夫　偽《ぎ》薬《やく》
江坂遊　短い夜の出来事〈奇妙で愉快なショートショート集〉

講談社文庫　目録

NHK「なぞ解き歳時記」制作グループ編　なぞ解き歳時記
海老名香葉子　海老のしっぽ〈噺家の嫁と姑〉
大江健三郎　新しい人よ眼ざめよ
大江健三郎　宙返り　(上)(下)
大江健三郎・文　大江ゆかり・画　恢復する家族
大江健三郎・文　大江ゆかり・画　ゆるやかな絆
小田　実　何でも見てやろう
大原富枝　婉《えん》という女・正妻
大庭みな子　「万葉集」を旅しよう〈古典を歩く1〉
落合恵子　あなたの庭では遊ばない
落合恵子　恋人たち〈LOVERS〉
落合恵子　セカンド・レイプ
落合恵子　スニーカーズ
大橋　歩　生活のだいじ
大橋　歩　くらしは楽しみ
大橋　歩　心のささえに
大橋　歩　わたしの家
大橋　歩　はるかに海の見える家でくらす
大橋　歩　生きかた上手はおしゃれ上手
大橋　歩　着ごこち気ごこち
大橋　歩　すてきな気ごこち
大石邦子　この生命《いのち》ある限り
大石邦子　この生命を凛《りん》と生きる
沖　守弘　マザー・テレサ〈あふれる愛〉
岡嶋二人　焦茶色《こげちゃ》のパステル
岡嶋二人　七年目の脅迫状
岡嶋二人　あした天気にしておくれ
岡嶋二人　開けっぱなしの密室
岡嶋二人　三度目ならばABC
岡嶋二人　とってもカルディア
岡嶋二人　チョコレートゲーム
岡嶋二人　ビッグゲーム
岡嶋二人　ちょっと探偵してみませんか
岡嶋二人　記録された殺人
岡嶋二人　ツァラトゥストラの翼〈スーパー・ゲーム・ブック〉
岡嶋二人　そして扉が閉ざされた
岡嶋二人　どんなに上手に隠れても
岡嶋二人　タイトルマッチ
岡嶋二人　解決まではあと6人〈5W1H殺人事件〉
岡嶋二人　なんでも屋大蔵でございます
岡嶋二人　珊瑚色ラプソディ
岡嶋二人　眠れぬ夜の殺人
岡嶋二人　クリスマス・イヴ
岡嶋二人　七日間の身代金
岡嶋二人　眠れぬ夜の報復
岡嶋二人　ダブルダウン
岡嶋二人　殺人者志願
岡嶋二人　コンピュータの熱い罠《わな》
岡嶋二人　殺人！ザ・東京ドーム
太田蘭三　赤い雪崩
太田蘭三　餓鬼岳の殺意
太田蘭三　南アルプス殺人峡谷
太田蘭三　木曽駒に幽霊茸を見た
太田蘭三　殺意の朝日連峰
太田蘭三　謀殺水脈
太田蘭三　寝姿山の告発
太田蘭三　密殺源流

2002年9月15日現在